小学館文庫

埋蔵金発掘課長

室積 光

JN173211

小学館

埋蔵金発掘課長

村杉《むらすぎ》海岸が、西日本一の海水浴場と呼ばれたのは昔の話だ。今日も南北五キロの砂浜に人影はほとんど見当たらない。俺はいつものように、波打ち際から少しだけはなれたところにデッキチェアを広げた。沈む太陽が海面を照らし、その黄金の輝きが一筋の道になって伸びてくる。

今年の三月、俺は東京のマンションを引き払い、故郷山口県日照《ひてり》市に帰ってきた。自分から望んだ親父《おやじ》との二人暮らしは、始まってすぐに終わった。四月になるなり親父は入院した。肺癌《はいがん》だった。高齢者の癌は進行が遅いと聞いていたのに、あれよあれよという間に病状は悪化し六月になって親父は死んだ。

俺は広い実家に一人で暮らすことになった。気づけば今の俺は母の死で一人暮らしを始めたときの親父と同じ年齢だ。

五十歳。

早期退職については後悔していない。むしろ亡くなる前の三か月を親父のそばで過ごせたことに感謝している。

東京では職場以外に特別親しい友人はいなかった。同僚たちは、「田舎に帰ったら孤立するのじゃないか?」と俺を案じてくれたが逆だった。帰郷してからの方が、中学や高校の同級生との交際が復活して賑《にぎ》やかになった。

仕事もしている。東京では朝八時に起床し十時の出社、帰宅は深夜になるのがふつうだった。二十七年間それは変わらなかった。

今は毎朝六時半に家を出て、軽トラで農家を回る。採れたての野菜を集め、市営の道の駅「里《さと》の厨《くりや》」に届けるのだ。そこの販売所の棚に野菜を並べて仕事は終了、正午には家に帰る。当然大した収入にはならないものの、それで不自由はない。

農家と親しくなったおかげで、米と野菜を分けてもらえるし、釣り好きの知人や魚市場に出入りする同級生から魚を貰《もら》う。つまり食費はほとんどかからない。元より家賃はいらないわけだから、現金が必要なのは光熱費と車のガソリン代ぐらいのものだ。

今日も夜明けとともに起き出して農家を巡り、仕事を終えた午後は市立体育館でトレーニング。一旦帰宅し、あらためてこうして浜まで出てきた。瀬戸内の海は優しい。波の音が乱暴に心を揺することはない。目を瞑《つぶ》ってじっとそれを聞いていると、父の手でキラキラと輝く海に幼い体を浸された遠い日の記憶が甦《よみがえ》ってくる。

「筒井《つつい》ー」

振り返ると松林を抜けて歩いてくる髪の薄い痩《や》せた男が見えた。高校の同級生の野《の》村雅司《むらまさし》だ。現在日照市役所の秘書課長である。

「やっぱりここじゃったか。いや、家の方にも行ったんじゃ。……何しちょる？」

「何もしてない。日が沈むのを待ってるんだ。一日が終わるのをな」

野村は俺のすぐ横に腰を下ろして体育座りになった。

「ふーん。そういやあ、ここで夕日を見るのは久しぶりじゃのう」

「課長さんは忙しいな」

夕日を眺める余裕もないとは気の毒な話だ。

「今日はちょっと筒井に相談があって来たんじゃ」

「同窓会のことか？」

「あ、そのこともあったのう」

「何だ、違うのか？」

「うん、今日はその話じゃない」

「そうか……お、沈むな」

今日の夕日は雲に邪魔されず、くっきりと見えたまま赤い姿を島影に隠した。

「俺んちに来るか？」

「うん」

野村は用件を切り出さずに立ち上がった。

浜辺から百メートルほどで国道になり、それを横断してまた百メートルも行かない所に俺の家はある。

四十年前に親父の建てた家は二階建ての5DKだ。一人暮らしには広過ぎる。親父の葬式を出してから、この家は同級生たちの「溜《た》まり場」状態だ。みんな酒とつまみ持参でしょっちゅう集まる。

「やっぱり畳はええのう」

野村は慣れたもので、居間に入るとテレビの正面に座った。

「飲むか?」

この家に来て野村がアルコール類を口にしなかったことはない。

「いや、車なんじゃ」

「いつものように代行呼べばいいだろう?」

「そうじゃのう」

「他の奴も呼ぶか?」

「それはいかん。今日は仕事の話じゃけえ」

「仕事の話? じゃ、やっぱり飲むのやめるか?」

「いや、飲む」

夏の夕方に飲むビールの一口目は格別だ。その一口で野村はご機嫌になり、他愛もない同級生の噂《うわさ》話を始めた。ロング缶一本空けてもまだ本題に移らない。頃合いをみ

て、

「で、仕事の話ってのは何だ？」

と切り出すと、一瞬野村は顔をしかめた。

「あ、その話する？」

「そのために来たんじゃろうが」

「ま、それはそうじゃ……筒井、去年東京で河戸《かわと》先輩から爆弾発言があったのを憶《おぼ》えちょろう？」

「ああ、あれか」

「ま、あれは大事件だったわけじゃ」

野村は面白くなさそうに言った。


毎年十月「ふるさと日照の会」が都内のホテルで催される。関東在住の日照市出身者を集めて「今日の日照市」をアピールし、最後には決まって「ふるさと納税」をお願いする会である。日照市からは中川《なかがわ》市長はじめ、市会議員有志が上京し、地元選出国会議員も顔を揃《そろ》える。

出張してくる市役所職員と、東京在住の日照高校出身者が顔を合わせるちょっとした同窓会だ。

秘書課長の野村は、この会の準備から中心になって動く。この日も忙しそうにしていた野村は、俺を見つけるとホッとしたような表情を見せ、中川市長に引き合わせてくれた。

「市長、筒井明彦《あきひこ》君です」

「おお、筒井君か！　お久しぶり」

中川章《あきら》市長は日照高校の先輩だ。団塊の世代の苦手な俺でも、この人には抵抗がない。前へ前へと出る性格は団塊のそれだが、人間に裏がない。小太りで愛敬のある体形をしているうえに、いつもにこやかな表情で誰にでも好かれる男だ。

「筒井君の仕事ぶりは金井《かない》市の関係者から聞かせてもらったよ。なかなかのやり手だってね」

「恐縮です」

中堅の広告代理店に勤めていた俺は、日照市の隣の金井市観光協会からの仕事を受けたことがあった。

「この次は故郷日照の宣伝に力を発揮してちょうだいよ」

「それがですね、来年には退職して日照に帰ることにしています」

「え？　早期退職かね？」

「はい。実は父が高齢なものですから、その面倒をみようと考えてまして」

「ああ、お父さんもよく存じ上げてるけど。それはまあ親孝行で感心じゃが、よう奥さんが承知したねえ」

「いや、離婚してますから問題ありません」

「そうか、離婚したか、それなら良かった。いやいや良くないか！　ガハハ」

あけっぴろげなところも嫌味がなくて、この人は得な性格をしている。

挨拶を終えて自分の席に戻ると、

「筒井、あの人が河戸先輩だ」

野村がそっと教えてくれた。

河戸仁志《ひとし》さんは六年先輩だ。日照高校では毎年現役で東大に合格する生徒が一人か二人いる。河戸先輩はそのうちの一人だ。俺はこの先輩の、

「大人しくて目立たない生徒だったが、『有名な』という英単語を辞書も見ないで五個挙げた」

という伝説を聞かされて、

「『有名な』……famousだけじゃないんか？」

そう感心した記憶がある。

東大に合格する人はやっぱり違う、俺には絶対無理だ、とその時点で勉強を諦めたのは言うまでもない。

河戸先輩は現在会計検査院事務総長だ。日照高校出身の公務員の中では、間違いなく出世頭だろう。

当然、この日も河戸先輩は注目されていた。市長と同じテーブルにいる河戸先輩は、俺の先入観がそうさせるのか賢そうに見えた。背筋を伸ばして涼しげな佇《たたず》まいだ。

やがて賑やかになった会場で開会が宣言された。

この手の会で難しいのが、「乾杯の音頭」の人選である。国会議員の誰かでは、

「どうしてあの先生が？」

というクレームに近い疑問の声が上がりかねない。

まあ、野村たち市の担当者にとっては、河戸先輩の出席はこの意味でも有り難かったに違いない。公正中立、どこからも文句の出ない存在だ。

「皆様、乾杯用のグラスの中身は日照名産の梅酒でございます。どうぞグラスをお取りください」

こんなところにまで地元の宣伝を織り込んだ司会者から、

「それでは乾杯のご発声を、会計検査院事務総長、河戸仁志様にお願いいたします」

と紹介され、先輩は紳士の足取りで壇上に進んだ。

「ご指名にあずかりました河戸でございます」

目立たない生徒だった、という印象そのままの優しい声だ。

「あの、日照市は私どもの検査対象でありまして……」

会場の数箇所から笑い声が上がった。俺も笑ったような気がする。河戸先輩自身、ウケを狙ったつもりだったかもしれない。しかし、受け取り方によっては怖い言葉だ。優しい口調のままなのが、かえって迫力があった。

俺は見逃さなかった。

中川市長が作り笑顔のままサッと青ざめ、手が震えたのか日照名産の梅酒をテーブルにぶちまけ、それを慌てて紙ナプキンで拭きながら、

「アハ、アハ、アハハ」

と誤魔化すように力なく笑っていたのを。


「確かに日照市の財政はかなり厳しい。今年になって従業員五百人の企業は撤退するし、市内では古株じゃった建設会社も倒産するしのう。税収は減る一方じゃが、そねえ言うても、そう簡単に予算は削れん。そこが民間のようにはいかんところなんじ

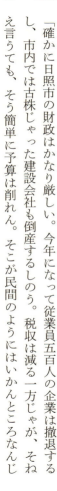

や」

野村は仏頂面で説明する。

「しかし、何だぞ。俺はあのとき河戸先輩と話したがな、そもそも国の収入支出の決算をすべてチェックするのが会計検査院の仕事だ。憲法第九十条にそう書いてあるらしい。つまり日本中が検査対象だ。日照市だけが気にすることはなかろうが」

「それは市長も理屈ではわかっちょる。じゃが、あの人も心配性でかつての夕張市《ゆうばり》みたいなことになるのを恐れちょる。そこでじゃ、自力で何とかする手段を考えようということになったんじゃ」

「自力で？　ふーん、町おこしのアイデアをくれって話か？」

「違う。それを言うと市長が怒るんじゃ。『町おこし』やら、そねえな呑気《のんき》なもんじゃない、と言うてのう」

「じゃあ、俺にどうしろって話なんだ」

「それなんちゃ、ここから先は市長に直接聞いてもらいたい。今はただこの件を引き受けるかどうかを聞かせてもらいたい」

「何言ってんだ。内容を知らずに安請け合いできるわけないだろう」

「そうじゃろうのう。筒井がそう言うのも無理はない。じゃが、そこを何とかならんかのう？」

「言えばいいだろう。その内容をさ」

イラついた俺は少し声を荒らげた。

「……筒井、真剣になると東京弁じゃのう」

「あ、『さ』がまずかった？」

どういうものか、日照の友だちの前で標準語だか東京弁だかを使うのは非常に照れ臭い。俺はすぐに言い直した。

「言えばええじゃろうが、その俺に頼む内容を」

「引き受けると言うてくれえや。どうせ暇じゃろう？」

「何だそれ」

「これは同窓生の総意なんじゃ。筒井にやってもらいたい」

「同窓生って？」

「え？　わしじゃろう。あと起本《おきもと》、末岡《すえおか》、近藤《こんどう》、久保田《くぼた》、光永《みつなが》」

「全部市役所職員じゃろうが」

「あ、バレた？」

「バレるわい」

「あ、それと木村《きむら》も」

「キム？　落選寸前の市会議員か」

「ま、そねえ言うな。あいつもやるときはやる」

「まあいい。その日照市役所職員と市会議員が俺にやってもらいたい、と言うとるわけだな」

「そう」

どうも悪い予感がする。黙り込んでいる俺を見て、

「そねえに先々のことを考えるな。筒井らしゅうないぞ」

野村は軽く言った。

「何だ? 俺が馬鹿だって言うのか?」

「またまたあ、それは被害妄想じゃ。我らが筒井の一番の長所は『見る前に飛ぶ』。これじゃろう?」

「褒めてんのか?」

「褒めちょる、褒めちょる。一々考え込むような小物じゃないけえのう。決断が早い。離婚も退職も、早きこと風の如《ごと》しじゃ」

「言いやがったな、この野郎」

「行け、筒井! 失うものは何もないぞ」

「わかった! やってやる」

一瞬(あ?)と思ったが後の祭りだ。野村は携帯を取り出すと、

「よし、仕事の話は終わった。誰を呼ぶかのう」

本格的に飲むメンバーを集め始めた。


翌日、俺は「里の厨」でのバイトを終えると、市長に会うため市役所に向かった。

一階ロビーの受付で来意を告げようとすると、

「筒井、こっちだ」

野村が、受付を見下ろす階段の踊り場に現れた。後について二階に上がり、通されたのは「市長室」の隣にある「秘書課」だ。

野村のデスクの前に来客用のソファが置かれており、座っていた若い職員が、

「あ、おはようございます」

と立ち上がった。まだ二十代だろうか、知らない顔だ。

「はじめまして、私、水産林業課の伊藤《いとう》真二《しんじ》と申します」

「はじめまして。筒井明彦です」

ここに水産林業課の職員がいるのはどういうわけだろう。

「あ、どうもわざわざご足労いただいて」

中川市長が市長室との直通ドアから汗を拭きながら現れ、俺の向かい側にある一人用のソファに身を沈めた。何やら慌ただしい感じだ。

「野村課長に話は聞いてると思うけどね。筒井君のお力をお借りしたい。というのは、ほれ、このところ市の税収が減っていてだね」

「そうらしいですね」

「そうなんだよ。まずいんだよね、このままだと。かつての夕張市と同じ道を辿《たど》りかねないんだよ。市が破産なんてことになったらえらいことだろう？　そこで筒井君の行動力を見込んでお願いしたいことがあってね。ただこれは口外しないでいただきたいんだけど、大丈夫かな？」

市長の目は真剣だ。

「え？　それは構いませんが、秘密にすることなんですか？」

「野村課長！」

突然市長の声が裏返る。

「はい！」

野村の返事もキィーが高い。

「なんだね？　ちゃんと説明してあったんじゃなかったの？」

「はい、昨夜五時間かけて説明したんですけども」

嘘《うそ》である。こいつが五時間居座ったのは本当だが、仕事の話はほんの十分で終わり、後はひたすら飲み続けていた。

「な、筒井、話したじゃろう？」

あたふたしている野村を見ていると、「嘘です。聞いてません。飲んでました」とも言えず、

「うん。ああ、そんな話だったな」

野村はホッとしたように俺の肩を叩《たた》き、

（ほらね）

みたいな表情を市長に向けた。

「だったらいいんだけどね。頼むよー。うちはね、会計検査院の検査対象なんだからねー」

心なしか市長は涙目である。俺に何をさせようというのだろう？

「危ない仕事ですか？　会計検査院事務総長を消せ、とか」

「またあ、河戸さんはわが日照高校の誇りだよ。お願いだから殺さないで」

「はい、冗談です」

「だよね。で、筒井君、この件は口外しないでもらえるよね？」

市長はなぜか秘密保持に拘《こだわ》った。市から頼まれる仕事で、命の危険や、法に触れる

事態は考えられないだろう。

「わかりました。大丈夫です。第一私は一人暮らしですから、口外するも何も、話す家族もおりません」

俺の返事を聞いた市長は、安心したように大きく頷《うなず》くと気配が気になるのか廊下の方に目をやった。

「大丈夫です」

ドアの外を確認した野村が囁《ささや》き声で告げる。

「実はね、筒井君に探してもらいたいものがあるんだ」

「探し物ですか?」

「そう」

「それ、興信所かなんかに頼む手はないんですか?」

「ダメダメ、民間企業には依頼できない。これはもうね、筒井君を見込んでお願いすることなんだ」

「はあ」

俺だって民間人だ。どうして俺が見込まれたのか意味がわからない。

市長は手招きして顔を近づけさせ、俺の目を睨《にら》むようにして低く言った。

「……埋蔵金」

「……埋蔵金？」

会話が途切れ、互いに近づけていた顔を離してソファに背中をつける。

「埋蔵金て……それ、以前民主党の言ってたやつですか？」

他に思いつかなかったからそう言ったのだが、

「違う違う」

市長は顔の前でひらひらと手を振って否定した。

「あんな与太話とは違うよ。本物の埋蔵金」

「本物というと、どっかの地面から掘り返すやつですか？」

「そう」

どっちが与太話だ。真剣に聞くのが馬鹿らしくなった。

「市長は、その埋蔵金で市の予算不足を解消しようという腹ですか？」

「そう」

「……真面目に働きましょうよ」

気の抜けたような俺の口調に、再び市長は噛《か》みついた。

「真面目な話だよ！　みんな真面目に働いてるの。でもね、この一年でこの日照市でも結構大手の企業が倒産したり撤退したりしてるんだよ。そういう会社の社員だって一所懸命働いてたわけでしょう。突然仕事を失ったのも彼らの責任じゃない。そこは責められないでしょうが。それで法人税と彼らからの住民税が減ることは仕方ない。でもさ、その穴を他の何かで埋めなければならないわけよ。で、ここは一つ筒井君に頑張ってもらって、埋蔵金発掘だ、と」

聞いてみれば動機は純粋だ。中川市長は仕事を失った人たちのことを案じている。これには少し見直した。

「それで、何か当てがあっての話なんですか？」

「ある」

中川市長はあっさり答えた。

「は？　それがわかってるならさっさと掘ればいいでしょう？」

「いや、具体的にどこにどうとはわからないけど、可能性としてはない話ではない。これはねえ、この日照市の歴史を探れば何かしら気になる話は出てくるんだよ。例えば熊《くま》島があるだろう？」

熊島は日照市に属する島だ。離島というほど不便な所ではない。村杉漁港から連絡船で二十分ほどの距離だ。とは言うものの俺はまだ行ったことがない。

「あそこはね、和同開珎《わどうかいちん》を作ったときの銅の産地だと言われているんだよ」

「和同開珎？　それは初めて知りました。また古い話ですね」

「そう、西暦でいうと七〇〇年代かな。でもね、不思議なことにその採掘跡がないいんだよ」

「ほう……つまりはその説は誤りということではないですか？」

「いやいやいや、これはその採掘跡が未発見という話だよ。ま、今さら銅の鉱脈が見つかってもどうってことないけどね」

「洒落《しゃれ》ですか？」

「いやいやいや、洒落を言ってる場合じゃないんだよ。うちは会計検査院の検査対象だからね」

「それさっき聞きました」

「だからね。筒井君にはその情報収集から発掘に至るまでのすべてをお任せしたい。君は今『里の厨』で働いているんだよね？」

「はい。お世話になってます」

「あそこはうちの経済部農業耕地課農業拠点施設整備担当係の仕事なんだ。そこから日給が出ているはずなんだけど、そのまま仕事を続けて、埋蔵金発掘の仕事もしてもらいたい。これまでの日給の倍出すし、発掘成功の暁には成功報酬も出ます」

「それはまあ願ってもない話ですけど」

「でしょう？　これはね、実質あなたが『埋蔵金発掘課長』ということですよ。表向きは『里の厨』のアルバイトだけど、裏の顔は課長。当然部下もつけます。彼」

俺の横に座っていた伊藤君が立ち上がった。

「よろしくお願いします」

「伊藤君は水産林業課の職員でね、山の中や海辺を市の車でパトロールする仕事があるわけですよ。つまり、彼が日中あなたを乗せて市内を走り回っていても何も不自然でないわけだ。誰にも悟られずに埋蔵金発掘候補地を回れるわけ。ね、いいアイデアでしょう?」

「はあ」

「期待してるよ。筒井君の肩に日照市の将来がかかってるんだからね」

「え? 話がでかいですね。あのこれはいつまで? 期限はあるんですか?」

「基本的にはお宝が出るまで頑張ってもらいたい」

「というと無期限?」

「あ、でもね、希望を言わせてもらえるならば、十月に周徳《しゅうとく》市で『どこでも鑑定所』の収録があるんだ。そのときにお宝を鑑定してもらえるタイミングで何か出ると嬉《うれ》しいねえ」

市長の口からテレビの番組名が出てきた。骨董《こっとう》品や美術品を専門家に鑑定してもらう、俺も結構好きな番組だが、秘密保持の件とは矛盾しないか?

「十月ですか、それはまた急ですね」

「いや、これはあくまでも希望よ、希望。じゃあ、後は野村課長と相談して。よろしく頼んだよ」

呆気《あっけ》にとられている俺を尻目に、中川市長はまたあたふたと市長室と繋《つな》がるドアの向こうに消えた。

市長に続いて姿を一瞬消した野村は、すぐに戻ってきて、

「というわけだからよろしく」

とほざいた。

「てめえ」

「何？　ええ話じゃろう」

「いきなり俺の肩に日照の将来を乗せるな」

「それはわしじゃない。市長が言うたことじゃ。そねえ文句言うないや、なかなか面白い話じゃろうが」

確かに面白い話ではある。だが、それなりに成果を求められるのは辛《つら》い。

「これからどうしよう？」

俺にはこの先どちらに向いて動いていいものやら、皆目見当がつかなかった。

「まあ、そこはわしにも考えがあるんじゃ。今夜また筒井の家で話そう」

「どうせまた飲み会になるんじゃろうが」

「いや、そこはけじめをつけてじゃのう、真剣に打ち合わせよう」

「筒井、市長はご機嫌じゃったぞ。お前に引き受けてもらえば大丈夫じゃ、言うてのう」

家に来るなり、野村は俺を持ち上げた。悪い気はしないが、どうして大丈夫なのかその根拠がわからない。

「そうか、しかし、埋蔵金発掘ってどうやる？」

「それはじゃのう、いくつか噂はあるらしいけえのう」

「ほう」

「それをまず一つ一つ検証していく必要があるじゃろうのう。そうしていくうちに、また新たな情報が入るかもしれん。まずは詳しい人から話を聞こう」

「そんな人がいるのか？」

埋蔵金に詳しい人と聞くと、頭には「山師」という言葉がまず浮かぶ。

「日照高校の四年先輩に玉沢《たまざわ》さんという人がおってのう。松原《まつばら》に住んじょる」

「松原？　ここのすぐ近くだな」

「まずこの人に会おう。モーバク爺《じじい》と呼ばれちょる人じゃ」

「モーバク爺？」

「うん。妄想爆発爺の略らしい」

「もうそこでダメじゃん」

「今『じゃん』て言うたか？」

「妄想爆発と言われた時点でダメじゃろうが」

「そもそも埋蔵金を探そうという話じゃぞ。すでに妄想じゃろうが」

「妄想なのか？」

「いや、世間一般が聞けばという話じゃ。妄想と思われても仕方なかろう？」

「まあそれはそうだ」

「じゃけえ、ここはその妄想一つ一つを検証することから始める」

「なるほど」

昔からこの野村という男は賢いのか馬鹿なのかわからないところがあったが、今の話しぶりには何となく説得力がある。

「というわけで仕事の話は終わった。飲もう」

「もうか？　もうなのか？」

これならわざわざ家まで来てもらわなくても、市役所にいたときに済ませばよかった。

「何だ？　まだ聞きたいことあるんか？」

「ある」

「聞こうじゃないか。それはビールを飲みながらじゃと難しい話かのう？」

俺は黙って冷蔵庫から缶ビールを出し、グラスと一緒に野村に手渡した。

「まず聞きたいのは……そう、その玉沢さんはふだん何をしちょるんか？　怪しい商売しちょるとか？」

「銀行員じゃ」

「銀行員？」

これはまた意外な話だ。そんな堅い職業についている人が妄想を爆発させているのか。

「長州銀行に勤めておられるが、まあ出世欲のない面白い人でのう。一度、銀行の中で女子行員が悲鳴を上げた。『玉沢さんが血を吐いて倒れてますッ！』ちゅうてのう」

「大変なことじゃろう？」

「真相はじゃ、玉沢さんが飴《あめ》を舐《な》めている途中で居眠りしたらしい。それが口の端から涎《よだれ》と一緒に垂れて、その飴が赤かったもんじゃから血と勘違いされたんじゃのう。そりゃもう大騒ぎ。そんな人」

それはまたダメだろう。その人に会っても失敗談だけ聞かされて終わりそうだ。

「あ、これは筒井に言うとかんといけんのう」

ビールを飲んでいた野村が、突然グラスを口から離した。何事か重要なことを思い出したらしい。

「どうしても玉沢さんに話を聞きに行かねばならん理由があるんじゃ」

「何？」

「うん。『ふるさと日照の会』のときに、玉沢さんの日照高同級生で福原《ふくはら》さんと秦《はた》さんが来ておられてのう」

福原さんは「村杉日照」というペンネームで小説を書いている先輩だ。俺も東京で何度か会ったがいい加減なオッサンである。だいたいペンネームからして「日照市村杉生まれ」なので、その地名を逆さにしただけというい い加減さだ。

それに比べると秦さんは真面目で、日照高校を卒業してすぐに上京して働き始め、二十代でビルの清掃・管理会社を興して成功した人物だ。

性格は正反対、ふつうなら水と油の二人が、同級生というだけで仲が良いのだから不思議なものだ。

「その福原さんと秦さんが市長に提案してくれたのが、今回の埋蔵金発掘なんじゃ。あの二人が月々必要な資金を提供するということでのう」

一つ謎が解けた。俺のバイト料の一部はそこから出るわけだ。

「で、その条件として挙げられたのが、『同級生の玉沢の話を聞いてくれ』ということなんじゃ」

「わかった。それでまず玉沢さんなわけじゃのう」

「そう。まずは玉沢さん、モーバク爺。これでいいか?」

「あ、そうそう、伊藤君、伊藤君はどんな人なんだ? なかなかの好青年と見たが、なんで彼が『埋蔵金発掘課』に選ばれた?」

この質問に対して、野村は妙に考え込んだ。

「好青年……うーん、やっぱ好青年かのう。伊藤真二、二十六歳。ま、悪い奴じゃない。彼はお父さんが市役所に勤めちょったんじゃ。伊藤真作《しんさく》さんいうて、それこそ例の河戸先輩と日照高同期になる人じゃ。それが四十代半ばで亡くなってのう。はあ十年前になるかのう」

「なるほど。それでコネというわけでもないけど、息子が市役所に就職したわけじゃな?」

「そういうこと」

俺の方はそれで納得したにもかかわらず、野村はさらに考え込んだ。

「……伊藤君はのう……真二はええ奴なんじゃが、ちょっとのう、何て言うたらええか」

「なんだ、彼、問題あるんか？」

「……うん」

それは聞かせてもらわないと困る。何せ当面は彼と二人で仕事をするのだ。

「どういう問題か？」

「いやあ、彼は臨機応変かつ優れた決断力があるんじゃ」

「それのどこが問題だ？　出来る男の見本みたいな話じゃが」

「うん。言い方を変えるとのぅ、『やれということをやらんで、やるなということを断固としてやってしまう』男なんじゃ」

「ダメじゃん」

「今『じゃん』て言うたか？」

「それはダメじゃろうが」

「うん。ダメじゃん、なんじゃ」

「ちょっと待ってくれよ。そんな奴、俺に押しつけられてもなあ」

「いや、これまでいろんな部署で問題起こしたことは確かなんじゃが、筒井と二人だけで仕事するなら意思の疎通も図れてなかなかええのと違うか」

「でもまあ、市役所の中では今一つ評判がよろしくないわけだろう？」

「そう。ひどい目に遭った奴もおるなあ。あいつ悪気はないけど、市民に何かと安請け合いしてしまったり、独断で便宜を図ったりするわけじゃ。その後始末に大変な手間がかかってのう」

逆にいうと、役人らしくない面があるということかもしれない。それならまだ救いもある。

「で、これで質問はないかのう？」

野村は念を押すように言った。

「うん、まあないかな……」

「よし、それでは同級生に連絡じゃ。これから飲もう。みんな喜ぶぞ、久しぶりじゃけえのう」

「昨日も飲んだろうが」

「いやいや、今月に入って初めてじゃ」

カレンダーを見たら、今日は九月一日だった。

「筒井、行くぞ」

土曜日の午後、野村が普段着で迎えに来た。伊藤君も一緒だ。伊藤君の運転する車で、「モーバク爺」こと玉沢先輩の家に向かう。

俺がいつも夕日を眺めている場所は、村杉海岸のほぼ真ん中辺りになる。そこから北へ一キロほど浜沿いの旧道を走ったところに玉沢邸があった。古い大きな家だ。

玉沢さんは家の前で待っていてくれた。長身でメガネをかけている。銀行員に相応《ふさわ》しい真面目そうな雰囲気だ。とても妄想を爆発させる人物には見えない。

初対面の挨拶がすむと、

「こっちで話そうかねえ」

自宅の方ではなく、道を隔てた海側にある建物に案内された。八畳二間の小さな家だ。玄関から見て右側の八畳間には長火鉢が置かれており、左側の八畳間は壁一面が本棚になっていた。

「昔は夏の間、海の家としてある企業に貸しちょったんじゃがね。今はわしが使《つこ》うちょる」

玉沢さんが奥のガラス戸を全開にすると波の音が大きくなって、海からの風が吹き込んできた。

「これはいいですね」

俺は眺めの良さに感心した。日照市内でもこれほど海に近い家は稀《まれ》だろう。

「ま、台風のときには潮を被《かぶ》って大変じゃがね。寝泊まりしちょるわけじゃないけえ、台風のときだけここの雨戸を閉めて釘《くぎ》を打てばええ」

俺が毎日見ている水神瀬《みかせ》島がいつもより右側に見え、真正面の遥《はる》か沖に大分県の姫《ひめ》島が見えている。

「連合艦隊が日照海軍工廠《こうしょう》に来るとのう、夜は沖に停泊した軍艦から、乗組員が上陸してくるんじゃ。うちには巡洋艦『阿武隈《あぶくま》』の士官が泊まってのう。この浜までランチでやってきたらしい」

玉沢さんは、自分が生まれる十数年前の話を始めた。確かに地方史に精通している人の話しぶりだ。

「まあ、楽にしんさい」

玉沢さんに促されて、長火鉢が置かれている方の八畳間に座った。

「えーと、お茶がええかのう？　それともコーヒー？」

「すみません。ではコーヒーで」

「わかった」

一旦玉沢さんは玄関から出て母屋に向かった。

残された三人は隣の八畳間の本棚を見た。書籍がびっしり詰まっている。

「お、『ムー』が並んじょる。さすがじゃのう」

野村が指摘する横で、若くて目のいい伊藤君が端から書名を読み上げた。

『ＵＦＯ目撃談集』『遺跡に残る宇宙人の姿』『徳川埋蔵金を追え』『私の見た妖精と妖怪』……」

「おお、爆発しちょるのう」

俺と野村は期せずして同じ言葉を口走った。

「……『エロエロ村騒動記』『プッツン探偵事務所』……あれ？」

伊藤君は読み上げていた書名の毛色が変わったことに気づいて、首を傾《かし》げている。

「伊藤君、それは村杉日照さんの本だよ。玉沢さんの同級生の作家だ」

「そうなんですか」

伊藤君は作家村杉日照を知らないらしい。

「同級生ということで買わざるを得んかったんじゃろう。気の毒に」

野村が同情しているところへ、玉沢さんがお盆を両手で持って戻ってきた。

「待たせたね。ほい、コーヒー」

「本日はお休みのところをお邪魔して申し訳ありません」

俺はあらためて頭を下げた。

「いや、ええんじゃ。市長から話は聞いちょる」

「銀行の方はお忙しいのでしょう？」

「いやあ、わしはあと一年で定年じゃしね。この先部署も変わらんと今の仕事を続けるだけじゃ。暇な部署でね」

「銀行は五十五歳定年ですか？」

「そう。まあその後も勤めると思うよ。給料は減るけど、なーんも変わらずに同じ仕事を続けるわけじゃ」

何とも欲のなさがしゃべり方に表れている。埋蔵金発掘で一山当てよう、という山師的性格とは程遠い人に見える。

コーヒーを飲みながら、しばらく世間話を続けた後で切り出してみた。

「埋蔵金発掘の話なんですが」

「うん」

玉沢さんはそれまでの世間話と同じ調子でコーヒーを一口啜《すす》った。

「私もネットで少し調べてみました。埋蔵金の噂はたくさんありますが、大半は眉唾ものですね」

そう話を振ると、

「うん。徳川埋蔵金なんちゅうのが有名じゃが、だいたい徳川家自体が今も健在じゃからのう。わしはあの話は除外すべきと思う」

玉沢さんは思慮深げに重々しく言った。

「逆に固いところでは？」

「まあ、まず山下財宝じゃのう」

俺と野村は顔を見合わせた。伊藤君にいたってはポカンとしている。

「山下財宝というと、例の山下将軍の？」

そう尋ねた野村は戦史に詳しい。

「うん」

「山下奉文《ともゆき》ですよね？　シンガポールを落とした」

「そう。マレーの虎」

「敵将パーシバルに対して、バンッとテーブルを叩き『イエスかノーか！』」

「そうそう、よう知っちょるね」

「その財宝というと場所は？」

「そりゃフィリピンに決まっちょる。ルソン島じゃったかのう」

玉沢さんはさらりと答えた。

「それは諦めましょう」

俺はすぐに言った。

「なぜ？　わしは確実に埋まっちょると思うが」

「いや、フィリピンは遠いです。海外はちょっと」

「そうか」

幸いなことに、玉沢さんはあっさり納得した。

「確かに、山下財宝はフィリピン政府が発見した場合の取り分を決めちょる。公有地の場合、発掘者の取り分は25％じゃなかったかのう。割の合わん話かもしれん。それでは、松代《まつしろ》大本営の軍資金はどうか？　ＧＨＱも血眼で探したというからには、根拠のある話だと睨んじょるが」

「長野県も遠いです」

続く玉沢さんの提案も、野村が即却下した。

さすがモーバク爺だ。一見常識人の佇まいだが、玉沢さんの発想は軽々と時空を超えていく。日本全国の埋蔵金話を一々聞いていては埒《らち》が明かない。俺は話を進めるつもりで言った。

「すみません。市長がどういう話をされたか知りませんが、日照市内に絞って考えたいんです。市内ではさすがに可能性ないですかね？」

「それじゃ！」

玉沢先輩は言うと同時に長火鉢を拳でドンッと叩き、隣の伊藤君がピクリと反応した。

「それについてはじゃのう。わしはかなり確信を持って話せることがある」

これまでとは話し方も一変して力強く、目の色まで違う。俺はその変貌ぶりに感動した。

「日照市内にも埋蔵金の可能性はあるわけですか？」

「ある！」

玉沢さんが吠《ほ》えた。それにつられて俺のテンションも上がった。ちょっと体温が上がった気がする。野村と伊藤君も顔を上気させている。

「それは山の方ですか？　海の方？」

野村が具体的な場所を聞いた。

「両方じゃ。両方に可能性がある。じゃが、まあ焦ってはならん。まずこの地域の歴史から紐解《ひもと》かねばならん」

穏やかな口調に戻った玉沢さんは、立ち上がると隣の八畳間に移った。畳の上に日照市の地図を広げ、何冊かの文献をその横に置く。

俺たちも腰を上げ、その地図を囲む位置に移動した。

「この村杉の辺りは、鎌倉時代にはすでに港町として栄えておったわけじゃが、実はそれ以前、八世紀にはすでにお宝が眠っていてもおかしくない状況があった。それが熊島じゃ」

玉沢さんは地図上の熊島を指先でトントンと叩いた。

「ああ、和同開珎のための銅山があった件ですね」

俺の指摘に、玉沢さんは目を見開いた。

「おお、あんたはよう勉強しちょるねえ」

「いえ、これは中川市長からの受け売りです」

「そうか、市長もよう知っちょるのう」

玉沢さんが感心すると、

「いや、たぶん市長は東京に行ったときに、秦さんか福原さんに教わったんだと思いますよ」

野村が説明する。

「そうか、あいつらにはわしが教えたんじゃ」

巡り巡って、結局情報の源はこの玉沢さんだ。

「でも、銅山の痕跡は未発見と聞いていますが？」

「それはどうでもええんじゃ。だいたいが八世紀の、技術的に露天掘りしかない時代の話じゃ。つまり現代人が想像するような坑道などはない」

「はあ、そうですか」

「それに今さら銅の採掘跡を見つけたところで仕方がない。この話の肝はのう、それだけこの地域に昔から分限者《ぶげんしゃ》がおったということじゃ。現代のことを考えればわかるじゃろう。日々の生活に追われちょる人間に大きな財産は遺《のこ》せん。搾取する側の存在が、埋蔵金の可能性には欠かせんわけじゃ」

なるほど豊かな社会という背景がなければ埋蔵金どころではない。その点、この地域は八世紀ぐらいから、宝を埋める人物が存在し得たというわけだ。

「村杉は八世紀以降も海運で栄えた街で、瀬戸内には水軍もおった。こいつらは朝鮮半島から大陸、南方まで進出しておった海賊じゃけえのう。この近くの海にお宝が眠っちょる可能性も捨てがたい。それに今は同じ日照市内になっちょるが、かつて村杉の隣村じゃった照井《てるい》地区。地図でいうとこの辺じゃの。この照井はかつて毛利《もうり》家の重臣・清水宗治《しみずむねはる》の領地じゃったんじゃ」

「え？　秀吉の高松城攻めの？」

「そう。舟の上で切腹した」

「武士の鑑《かがみ》じゃないですか」

「そうじゃ。秀吉が絶賛した武士の鑑。市内に墓があるのを知らんかのう？」

「いや、初めて知りました」

「毛利家といえば戦国時代の西の雄じゃ。その重臣であれば、それなりの財があったと思われる。かつての銅山の関係者、海運で儲《もう》けた者、海賊、戦国武将……。財宝を隠す可能性のある人物のオールスター揃い踏みじゃ。この日照市地図のどこかに宝が埋まっておるのは間違いない！」

玉沢さんがそう断言すると、

「むむっ」

俺の隣で野村が唸《うな》った。気持ちは俺も同じだ。

「早くどっか掘りましょう！」

伊藤君はさらにわかりやすく燃えている。

「まあ待て。焦るな、焦るな」

玉沢さんは両手を上げて、逸《はや》る我々を制した。

「いや我々もすぐに結果が出るとは考えていません。玉沢さんが怪しいと考えている所を一つ一つ試掘して、何かの兆候があれば本格的に発掘にかかろうと思います」

自分たちが無計画と思われるのも心外なので、俺はそう説明した。

「おう、それはええ考えじゃ。闇雲に動いても簡単に結果は出せんけえのう」

玉沢さんは大きく頷いている。

「それとですね……」

野村が少し冷静な声で言った。

「かつてこの日照市内で、何かお宝が掘り当てられたという事件はあったのですか？」

野村の疑問はもっともだ。歴史的にお宝が眠っている可能性が高いと言うなら、掘り返された事例があっておかしくない。何せ八世紀から千三百年が経《た》っているのだ。むしろ何か一つくらい掘り返されている方が自然だろう。

「それはない」

玉沢さんは無表情に答えた。

「ないんですか？」

俺の表情から落胆を読み取ったのか、玉沢さんは諭すような口調でこう答えた。

「考えてもみんさい。あんたがもしお宝を見つけたとして、世間に公表するかね？宝くじが当たったときと同じじゃ。他人にペラペラしゃべるのは得策でなかろう」

なるほど、これは納得のいく説明だ。世の中には、そうやって闇に葬られた埋蔵金発掘譚《たん》もあるのかもしれない。

「ということは、いくつか候補地に当たったら、既に掘り返されている形跡が見つかるかもしれませんね」

俺の推測に、

「それも面白かろう。わしはそれも楽しみにしちょる」

と玉沢さんが言い、

「いや、それは困ります。お宝を見つけるのが目的ですから」

野村が即座に釘をさした。

「そうか、その意気で頑張ってみるとええ。きっと見つかるじゃろう」

玉沢さんとしても我々の真剣さが嬉しいのか、満足そうな表情を見せている。

「で、まずどの辺が候補に挙がりますか?」

俺は地図を覗《のぞ》き込んで玉沢さんの返答を待った。

「うん。まず手始めに、っと。ここ。村杉中学校の裏の山」

「え? ここ? ここですか?」

近過ぎる。俺は拍子抜けした。埋蔵金というからには深山幽谷に隠されていると思うのが自然だろう。村杉中学校は俺の家から二、三百メートルの場所にある。その裏山といえば標高三十メートルほどの小さな山だ。

「何か根拠のある話なんですか?」

そう尋ねた野村も俺と同じ疑問を持っているに違いない。

「うん。あの山の西側の斜面が怪しい。誰かわからんが、かつての有力者の墓があった可能性がある」

「墓ですか?」

「西方浄土というじゃろう。極楽は西に、インドの方にあると考えられちょった。有力者の墓が、その西に向いて作られたことは十分に考えられる。それにのう、随分以前に、海上にいた漁師があの山の上で何かが光っているのを見た、という話もあるんじゃ。わしは地中から露出したお宝が太陽光線を反射したと睨んじょる」

玉沢さんにすれば根拠のない話ではないわけだ。それに最初に手をつけるには手頃なケースとも思える。そんなことを考えながら、俺が野村と無言で顔を見合っているところへ、玄関の戸の開く音と同時に声がした。

「タマ、やっちょるか」

振り返ると村杉日照こと福原さんと、普段着姿の中川市長が立っていた。

「福原」

「市長」

玉沢さんと野村が同時に声を上げて、二人を迎え入れる。

『『埋蔵金発掘課』が最初の仕事に着手すると聞いてね。村杉先生を誘って来たんだ。どうかね?」

市長はご機嫌だ。

「はい、それはもう、玉沢さんから貴重な情報をいただきまして、今後の計画を練っていたところです」

野村が現状を報告する。

「福原いつ帰ったんか？　お前また太ったろうが」

玉沢さんは同級生の気安さで、小説家を貶《けな》す。

「何を言うか！　これでも脱げば筋肉質で脂肪はわずかなもんじゃ。銀行員の体と一緒にするな」

福原さんも負けていない。

「で、どれぐらい脂肪があるんじゃ？」

「30%ぐらいかのう」

「それを肥満と呼ぶんじゃ、阿呆《あほ》」

二人は愉快そうに笑った。

「ほう、やっちょるね。いよいよじゃのう」

中川市長は畳の上に広げられている日照市地図を覗き込む。

「市長、まずこの辺から調査を始めようという話になっておりまして」

野村が地図上を指差して説明した。

「ほう、村杉中学の裏か……」

市長と野村のやりとりを聞いているうちに、俺は一つのことに思い当たった。

「ちょっといいですか」

全員の視線が集まったのを確かめてから話し始める。

「この仕事のお話をいただいてから、自分なりに日本国内の埋蔵金について調べたんですが、埋蔵金伝説に伴う呪いや祟《たた》りの話がやたらと多くてですね。埋蔵金を発掘しようとする者が次々と原因不明の病気で死んでいく、といった類の話です。これは埋蔵金に近づく者を牽制《けんせい》する意味で、後から作られた話じゃないかと私は考えました。お宝を守るために意図的にそんな噂を流した者もいるのではないかと。つまり逆に言うと、そういう胡散臭《うさんくさ》い怪談のある地域には、お宝が埋まっている可能性がある。で、野村、『山のオババ』の話を子供の頃聞かされたよな?」

「おう、オババな」

俺が生まれ育ったのは村杉中学校の前にある社宅だった。今は大型スーパーとその駐車場になっている辺りに、かつては親父の勤める日照製鉄所の社宅「新開《しんかい》アパート」があったのだ。そこで遊んでいた腕白坊主どもは、決して中学校の裏山に分け入ることはなかった。「山のオババ」を恐れたためである。

山には真っ白な頭をした婆《ばあ》さんがいて、子供を見つけるとどこまでも追いかけてくるという怪談だった。

「我々はオババの話に恐怖しました。小さな子など、『オババが来るよ』の一言で簡単に泣いたものです。少し成長してから私が考えたのは、あれはマムシのいる山から子供たちの足を遠ざけるための方便だったのではないか、ということです。しかし、今この瞬間に私はその解釈を改めました。人々からお宝を守るためのオババ伝説だったのかもしれん、と」

「なるほど」

俺の説に野村も納得してくれた。

「それは違うよ」

意外なことに中川市長が即座に否定した。

「どうしてですか?」

俺は多少ムッとして尋ねた。

「だって、本当にいたもの、オババ」

「は?」

「わし見たことあるし」

「えぇー!」

俺と野村は同時に声を上げた。

「わしも見たことある」

「わしも」

玉沢さんと福原さんも市長に同調する。

「オババは本当におったんですか?」

「真っ白い頭で子供を追いかけてくるんですよ?」

野村と俺は三人に矢継ぎ早に尋ねた。

「確かに頭は真っ白じゃった」

　市長が答えると、

「子供を追いかけてはこん。というより、追いかけてこられん。わしが見たときで七十代じゃったのう」

　玉沢さんが続け、

「生きちょったら、少なくとも百二十歳は超えちょるのう」

　福原さんが簡単な計算をしてみせた。

　伝説の「山のオババ」が実在したことを知り、俺と野村は呆然《ぼうぜん》とした。伊藤君の世代ではその伝説すら知らないだろうが、俺と同世代の連中は皆ショックを受けるに違いない。

「あのオババはね」

　市長が解説を始めた。

「元々は『山のオババ』ではなくて、『焼き場の婆さん』と呼ばれておった。かつてあの山に火葬場があってね。火葬場というても、現代みたいにガスや重油を使って短時間にお骨《こつ》にするわけじゃない。薪で一晩かけて焼くんじゃ。子供心に一人っきりで死体を焼くのは怖かろうと思うたね。そのお婆さんの孤独な作業への恐怖が、いつのまにかお婆さん自身を怖れる心に入れ代わったのかなあ。やがて『山のオババ』と呼ばれるようになった。まあ、時代としては大人たちが職業差別的な意識を持っておって、その影響もあったかしれん。成人してからわしは思うた。なんと孤独な人生じゃったろう、とね。あのお婆さんの人生を思うとたまらん気持ちになる」

話しているうちに市長はしんみりとしてしまった。

「子供を追いかけてはこないけどね。実際、我々子供たちは彼女に出会うと逃げた。何をされるわけでもないのに、逃げたんだ。わしも逃げたことがある。『オババが出た』とか叫んで逃げたような気がする。今思えば、あれは『いじめ』だなあ」

子供の無邪気さがときには残酷さに繋がることもある。

「わしらも逃げたのう」

「うん、悪いことをした」

玉沢さんと福原さんも、先ほど冗談を言い合っていたときとは打って変わって神妙な表情だ。

「なんだ、そんなことか」

野村が気の抜けたような顔で呟《つぶや》いた。

結局「山のオババ伝説」は、お宝を守るために仕掛けられたものではなく、孤独な人生を歩んだ哀れなお婆さんの実話だった。ちょっとがっかりだが、これが俺の中で生き続けていた恐怖の伝説の真相だ。

「じゃあ、お宝とは関係ない話ですね」

自分の勝手な思い込みに白けてしまう。

「いやいや、そうとは言い切れんよ。あの山は火葬場があったせいで、ふだんあまり人の近づかない場所だったのは確かだからね。人里近くでも、ある意味『死角』になっていたわけだ。お宝がこれまで見つからなかった説明にはなる」

当時を知る生き証人、中川市長はそう言って勇気づけてくれた。

「よし！　今からみんなで行ってみようじゃないか！」

大きな声を上げたのは福原さんだ。

「そうですね。本格的な調査は月曜日からになります。そうなると、市長も私も仕事があるし、玉沢さんも銀行でしょう。月曜からは埋蔵金発掘課の二人だけで頑張ってもらうとして、今日は視察ということで皆さん一緒に現場に参りましょう」

市長の前では野村も役人の顔になり、口調が硬い。

「そうしようかね」

市長が腰を上げたので、全員が一斉に立ち上がった。

二台の車でまず村杉中学校に向かい、そこの駐車場に車を置かせてもらった。

一旦校門を出て左手にグラウンドを見ながら歩道を行く。中学校の敷地の端を左に曲がると山に入っていく道だ。道幅は結構広い。百メートルほど行くと周囲が緑一色になった。

「もっとゆっくり歩こう」

あれほど張り切っていたのに福原さんはすでにアゴを出している。日頃の不摂生の祟りである。それにつきあうように市長の足取りも重い。

「つまらんのう、福原は。お前の書く小説ぐらいつまらんぞ」

一方、福原さんをからかう玉沢さんの足取りは軽い。

坂道は丁字路に突き当たり、そこをまた左に入ったところで、それまで背後に見えていた海が見えなくなった。それだけで急に深い山に入った雰囲気になる。

坂の勾配は変わらず、そんなに急なものではない。ゼエゼエ言っているのは、太り過ぎの市長と小説家だけだ。

「こんなところにお墓があります」

先を歩いていた伊藤君が声を張って報告してくれた。

遅れて来る二人を待つにはちょうどいい。俺と野村は伊藤君が立っている場所で足を止めた。

道から藪《やぶ》の中へ二メートルほど入ったところに大きな墓石があった。台座は古そうだが、乗っている石は結構新しく、

「鬼頭《きとう》家」

と書かれた文字がはっきり読める。

「ここは私有地か？」

野村に尋ねた。

「うん、この一画だけそうかもしれんのう。この山自体は公有地、つまり市のものなんじゃ。これは古くから元々あった墓かもしれん。墓地を新たに作るには許可が必要じゃけえ、少なくとも戦前からここにあった墓なんじゃろう。しかし、『鬼頭』はこの辺じゃあまり聞かん名字じゃのう」

確かに俺にも記憶がない。

「何を見つけた？」

玉沢さんは遅れてきた二人と一緒に歩いてきた。市長と福原さんはハアハア息を切らせていて、しばらく会話に参加できそうにない。

「墓があったんですけど、これはお宝とは関係ないですよね?」

俺は自分の憶測も含めて報告し、墓石を指差した。

「うん、これは関係ないのう。この台座は古いものじゃが、せいぜい明治か大正のものじゃろう。わしが想定しちょるお宝はもっと古い時代のものじゃけえ。それに、ここは山の北側になる上に海が見えん。西向きの墓という想定とも、海から光る物が見えたという伝承とも一致せんからのう」

やはりこれは大した発見ではない。第一、こんな道から見える場所にお宝を隠すわけもないだろう。

「この道幅なら車で来られたんじゃないか?」

多少呼吸の整った福原さんが恨みがましい声で言った。

「今さら何を言うちょるか。東京に帰って痩せる努力をせえ」

こう言い放てるのは同級生の玉沢さんだけだ。

「フン!」

不貞腐《ふてくさ》れた福原さんは、両膝に手をついたまま休んでいたが、ふと視線を上げると、

「あっ」

声を出して体を起こし、視線の先を指差した。

「タ、タマ、あれ」

「は？」

玉沢さんは福原さんの指差す先に目をやり、

「ウソ！」

と呟いて固まってしまった。

二人の視線の先には、坂の上からこちらに向かって来る人影があった。

今我々がいる場所は、村杉中学校から見ると裏山のちょうど反対側になる。この道の先でもう一度左に入る道を見つけて登らないと山の頂上には出られない。このままこの道を進めば山の裏側を通り抜けて、その先にある千堂台《せんどうだい》団地に行き着く。団地と言っても結構高級感のある住宅地だ。

千堂台団地からは別の道ですぐに国道に出られるから、住人は通勤通学や買い物にこの山の中の道を使うことはない。ただ、健康のためのウォーキングコースとしてはこの道は最適だろう。

坂を下ってきているのは、そんな健康志向の千堂台団地住人だと俺は考えた。

その人物の姿が大きく見える距離になった。歩いているのは年配の女性だ。

「フギャ！」

という声とも呼べない音を発したのは中川市長だった。それをきっかけにして、福原さんと玉沢さんも、

「やっぱり、やっぱり」

「ななな」

意味不明の声を上げ、互いの腕を摑《つか》み合っている。

「何すか？　何すか？」

伊藤君が騒ぐ三人に問いかけるが、誰もまともに答えてくれず市長にいたっては完全に腰を抜かした状態で、

「すみません、すみません、悪かったです」

と誰かに謝っている。

年長者三人のあまりの狼狽《ろうばい》ぶりに、俺と野村は呆然とするしかなかった。

「どうかなさったんですか？」

突然女性の声がした。

「うわっ」

狼狽三人組が過剰に反応する。

振り返るとすぐ後ろに若い女性が立っていた。この道の雰囲気にそぐわないスラリとした都会的美人だ。

「何だかよくわからないんですけど、この人たちが急に騒ぎ始めまして」

代表して伊藤君が答えたものの、何の説明にもなっていない。

「いや、だから、ほら、オババが、あの、婆さん……」

市長はわめきながら歩いてくる女性を指差す。

「はい、あれは私の祖母ですけど、何か？」

若い女性の言葉に、

「はい？」

狼狽三人組は我に返った。

「あれはお祖母《ばあ》さん？　あなたの？」

市長が気の抜けた声で尋ねる。

「はい、私の祖母です」

もう一度女性が答え、

「なんだ、『山のオババ』じゃないのか」

福原さんが不機嫌に呟いた。

どうやら三人は「山のオババ」の幽霊を見たと勘違いしたらしい。

「お前も『山のオババ』と思うたろう？」

「そりゃあ、顔が似ちょるし……」

などとウダウダやっているところへ、当の年配の女性がやってきた。

「こずえ、何の騒ぎだい？」

確かに七十代くらいで頭髪は綺麗《きれい》な白だ。だが、「山のオババ」目撃体験のない俺にはピンと来ない。

「お祖母ちゃん、お花これでいい？」

「ああ、いいよ。ご苦労さん」

こずえと呼ばれた女性から花束を受け取った老婦人は、

「あんたら、うちの墓の前で何しちょるんかね？」

そう言って我々全員をジロリと見回した。

「あら、あんたは見た顔じゃね。ああ、市長じゃないかね？　中川さんじゃろう？」

「はい」

道に完全に座り込んでいた中川市長はバツの悪そうな表情で立ち上がり、お尻の辺りについた土を払った。

「いや、すみません。別にお宅のお墓に用があったわけではないんです。ちょうどこの辺りで休憩していただけで」

野村が市長に手を貸しながら釈明する。

「市長さんたちは、鬼頭さんを『山のオババ』と間違えたんです」

「しっ！」

伊藤君の空気を読まない発言に、他の五人は0・2秒で反応した。

「『山のオババ』？　懐かしい呼び名じゃね。耳にするのは何十年ぶりじゃろう？」

「やはり『山のオババ』の話は、鬼頭さんも聞いたことありますか？」

伊藤君はしなくていい会話を続ける。

「聞いたも何も、うちの母がそう呼ばれちょったからね」

「え？」

伊藤君以外の五人は声を上げた。

「すると、鬼頭さんはあのお婆さんの娘さんでいらっしゃいますか？」

市長が尋ねる。

「そうじゃ、そう言うちょるでしょう。市長さんはうちの母に会《お》うたことあるかね？」

「はい、小学生の頃にちょうどこの辺りで」

「どうせ、うちの母に石でも投げたんじゃろう？」

「いや、そんな……」

市長が愛想笑いでかわしているところに、

「市長さんは『オババが出た』と叫んで逃げたんですよね」

伊藤君が親切にも解説してくれて、市長の笑顔は固まった。目だけ笑っていない。

そんなことはお構いなしに伊藤君は会話を弾ませる。

「鬼頭さんは千堂台にお住まいですか？」

「そうだよ。あんたはさっきから『鬼頭さん、鬼頭さん』と呼んじょるけどね。『鬼頭』はうちの母親の実家の姓じゃけえね。私は山本《やまもと》じゃ」

「すると、こずえさんも？」

「いえ、私の母の実家が『山本』で、私は立花《たちばな》こずえと申します」

「立花こずえって女優の芸名みたいですね」

「あら、ありがとうございます」

「やはり千堂台にお住まいなんですか？」

「いえ、千堂台には祖母だけで、私は神戸に住んでます」

「神戸のどちらですか？」

「芦屋《あしや》です」

「わあ、いい所にお住まいですね」

伊藤君がこんなによくしゃべるとは知らなかった。

「伊藤君、そろそろ行こうか」

野村が会話に割って入り、ようやく墓の前から離れることができた。

市長と福原さんは急に足取りが軽くなり、坂をスタスタと上った。墓の前の祖母と孫娘には声の届きそうにない辺りまできて、

「いや、そっくりじゃったのう」

市長はあらためて驚いている。

「そんなに似ちょりますか？」

野村が尋ねると、

「うん、わしもそっくりと思うた。オババはヘアスタイル変えたのう、とは思うたが」

そう言う福原さんは、真相がわかって多少茶化す余裕も出てきたようだ。

「お祖母さんの山本さんが、千堂台からお墓まで歩いてきて、下のスーパーでお花を買ってきたこずえさんと合流したということですね」

この伊藤君のどうでもいい推理は全員がスルーした。

「俺にも伊藤君の欠点が見えてきた」

俺は野村のそばまで行って囁いた。

「何？」

「空気が読めん」

「うん、その通り。自分の立場もわかってなかろう？」

「そうだな」

「もう一つ教えてやろう」

「何？　まだあるのか？」

野村は伊藤君に視線を向けて言った。

「あいつメチャクチャ惚《ほ》れっぽいんじゃ」

野村の視線につられて見れば、歩みの遅いデブ二人よりもさらに遅れた伊藤君は、立花こずえの方を見ながらほぼ後ろ向きに歩いていた。


「ここじゃ、ここから頂上に行ける」

玉沢さんが林の中に分け入る小道を見つけた。そこからは一列になって登る。玉沢さん、福原さん、俺、市長、野村の順番で、最後尾が伊藤君だ。ほとんど人が歩いていない様子の小道を、頭をぶつけそうな木の枝や蜘蛛《くも》の巣に注意しながら進む。

「この辺が西向きの斜面になるのう。もうすぐそこが頂上じゃ」

玉沢さんが足を止めて言った。

まだまだ登るものと思っていたので拍子抜けした。ふだん下から見上げているときは木々が鬱蒼《うっそう》としている印象だが、実際に足を踏み入れると結構開けている場所だ。

「どこら辺が怪しいかのう?」

福原さんが俺の聞きたかったことを玉沢さんに尋ねてくれた。

「そうじゃのう……」

玉沢さんは頂上に向かって少し登り、一本の松に片手で摑まると、

「ここからそっちの」

真横にもう一方の腕を伸ばし、

「福原、ちょっとその辺の、俺と同じ高さまで登れ」

と指示を出した。危なっかしい足の運びで福原さんが斜面を登っていく。

「ここか」

「もうちょっと向こう。おう、その木の辺りでええ」

玉沢さんと福原さんは三十メートルほど離れて立っている。

「わしと福原の位置を繫いだ線を筒井君のいる位置まで平行に下ろした線、この長方形の中を試掘してもらいたい」

俺から玉沢さんまでは二十メートルぐらいありそうだ。つまり横三十メートル、縦二十メートル、この六百平方メートルの長方形の中が怪しいらしい。

「試掘というとどんな風に掘ればいいですか？」

「そりゃあれじゃ、まずこの地面にロープかテープを張る。わしと福原までの直線にまず引いて、そこから直角に下に線を引いて長方形を作る。その中を一メートル四方の桝目《ますめ》に仕切る。その桝目を一つずつ掘っていけばええじゃろう」

「深さはどれぐらいで?」

「深さは二メートルぐらいでえかろう。何せ、この沖にいた漁師の目に光ったのが見えたというんじゃからのう。一旦地表に頭を出したお宝が、雨で流された土砂で埋まったとしても、そねえに深くはないと思う」

もっともな話だ。だが、深さ二メートルの穴を六百個掘ることになる。その作業を二人でやるのはどんなものだろう。

「何で掘りますか? もしかして手掘りってことはないですよね?」

俺は不安になって尋ねた。

「それは……どうなんかね?」

質問の相手を間違えたらしい。玉沢さんは野村に俺の質問をそのまま投げた。

「いや、それは機械で掘るわけにはいかんでしょう。ですよね?」

野村が市長に確かめる。

「そうじゃのう。あまり目立つことはできんから、やっぱりスコップやツルハシを使って地道にやってもらうしかないか」

市長の言い方も確信のあるものではない。

「それはちょっと重労働になりますよね」

俺が遠慮勝ちに抗議すると、市長と野村は顔を見合わせ、続いて福原さんを見た。

つまりはこの人たちには埋蔵金発掘作業の具体的イメージがなかったようだ。

「秘密は守らないといけませんしねえ」

野村は市長をはじめとする年長者の顔色を窺いながら言った。

「もちろん」

それには市長も同意する。

「ここは市有地ですから、中川市長の許可さえあれば地面を掘り返すことは問題ありません」

野村の口調は市議会での答弁で使っているものだろう。続いて野村は市長に向かって、

「市長、発掘の許可をいただけますか？」

硬い口調のまま言った。

「許可します」

中川市長が軽く挙手して宣言した。野村はそれを受けて今度は俺に向かい、

「市長の許可が下りました。後はよろしく」

と口調は硬いままだが軽く言った。

「後はよろしく？」

これには俺もカチンときた。

「ちょ、ちょっと待て野村、この野郎」

「今、この野郎って言った？」

「言った。後はよろしくと言われてもだな。たった二人で機械も使わずに掘り返せというのは無茶だろう。まあ、この山の中でショベルカーを使うのは無理だとしてもだ、せめて金属探知機ぐらいは使うだろう、普通」

俺が野村を問い詰めると、

「そうか、気がつかなかった。金属探知機ぐらいは必要だよね」

福原さんが助け舟を出してくれた。

「絶対必要ですよ」

俺は福原さんの方に歩み寄って力を込めて言った。

「市役所にあるかな？」

福原さんが野村に尋ねる。

「どうですかねえ。金属探知機でしょう？　そんなの使う部署あるかな？」

確かに野村も市役所の全備品を覚えているわけではないだろう。

「水道課はどうよ？　地下に埋まった水道管とか探さなきゃならんだろう」

俺の推理を聞くと、野村は携帯を取り出した。

「もしもし、あ、秘書課の野村です。どうも、お休みのところ申し訳ない。あのね、変なこと聞くんだけど、水道課で金属探知機なんて持ってないよね？　……うん。金属探知機……あ、そう。そうか、なるほどね。ありがとう……水道課にはないけど、水道局が持っているらしい」

「ほれみろ」

「公用であれば貸してくれるだろう、ということじゃった」

「公用でしょう、これ」

「公用かな？」

「お前ふざけんなよ。公用だよ、公用。俺が個人の趣味で掘り返すわけじゃないからな」

のらりくらりと、役人特有のテンポで話す野村にイライラしてくる。

「野村さんから水道局に交渉してあげてよ」

と言った福原さんは、

「それでＯＫですよね？」

市長にも念を押してくれた。

「もちろん」

市長は即決だ。役に立たない小説家だと思っていたが、市長に福原さんから言ってもらった方が効率いい。市長さえＯＫなら野村は従うしかない。

「それ見ろ」

俺は精一杯皮肉っぽく言ってやった。

「わかりました。水道局とは月曜の朝に交渉しておきます」

野村は事務的な言い回しと口調で市長と福原さんに答えている。

「やだねえ、お役人は」

野村にだけ聞こえる声で言う俺の脛《すね》を、奴は無言で蹴ってきやがった。俺も蹴り返す。

「いよいよですね」

伊藤君は無邪気に張り切っている。月曜から結構な重労働が予想されるのに、そこまで想像してないようだ。

「では、戻りましょうか」

野村が提案し、全員無言で来た道を下り始めた。

舗装された道に戻った。坂道をゾロゾロ下っていくと、先ほどの鬼頭家の墓には新しい花が活《い》けられ、線香の煙が揺らめいていた。

「墓参りの二人は帰ったみたいだね」

福原さんがその前で立ち止まって言う。玉沢さんは、

「しかし実の娘とはいえ、よう似ちょったのう。わしの見た『山のオババ』そのもの

じゃった」

あらためて感慨深げに言った。

「山本さんは千堂台に住んでおられて、お孫さんのあの……」

市長が記憶を辿ると、

「立花こずえさんです」

伊藤君がすかさず教える。

「そう、その立花さんは芦屋在住だという話じゃった。こう言ってはなんだが、皆さん裕福な暮らしをしちょるんじゃな」

市長は「山のオババ」の一族が今は豊かで幸福に暮らしていると知って、ささやかな安堵を覚えたのだろう。

「まあいずれにしろ、そんな『山のオババ伝説』もこの山のお宝を守ることに一役買っていたということですよ。そのことの方が今は重要です」

福原さんはここで話を埋蔵金に戻した。

「まあ、何が出るかはわからないけれどね。筒井君、伊藤君、月曜から頑張ってくれたまえよ。目立つわけにはいかないから、コツコツね。時間かかってもいいから、コツコツ、コツコツ、お願いだよ」

上り坂ではおとなしかった福原さんは、下り坂では別人のように雄弁だ。

村杉中学校の駐車場まで戻り、そこで解散となった。

歩いて家まで帰る俺に野村もついてきた。

「お前、この仕事を俺に押しつけといて随分だな」

家に入って居間で腰を下ろすなり、俺は野村にクレームをつけた。

「さっきの金属探知機の話か？」

野村の奴は確信犯だったのか、すぐに俺が何に怒っているかわかったようだ。

「そうだよ。秘密を守れというから、ブルドーザーやショベルカーで騒音立てて掘り返すのは無理としてもだな、金属探知機ぐらいは使わせろ」

「いや、秘密保持とは別の意味で、俺としては水道局には頼み事をしたくなかったんじゃ」

「何だそれ？　理由を言うてみい」

「筒井は役所の恐ろしさがわかっちょらんのぅ」

「どういうことじゃ？」

「あのなあ、役所というところでは仕事の規模が大きくなって身動きとれなくなる場合がある。そうなると一旦動き出した計画は誰にも止められん。途中から全員が『これをやってもいいことないのになあ』と思うちょっても、誰にも止められん状況になるんじゃ。故にじゃ、仕事の規模を最初から大きゅうせん方がええ。埋蔵金発掘計画もできるだけ少数で対処した方がええ。ここで水道局が加わり、またどこか他の部署が加わり、となって大きな話になると、誰にも止められんモンスターが育つ。それで無駄に税金を使われてしまう。役所のやることはそういう危険性を孕《はら》んじょるんじゃ。原発やらダム開発問題でもそう、かつてアメリカと戦争になったのも裏ではそういうことがあったと思うぞ」

「水道局に金属探知機を借りたぐらいで、そんなのっぴきならない状況になるか？」

「この計画がどこでモンスターに化けるかは、現時点では見当もつかん。そこがまた恐ろしいところじゃ。俺は仕事に軽重をつける気はないけえのう、どの仕事も重要じゃ。埋蔵金発掘も手を抜く気はない」

「本当か？」

「うん、本当じゃ。やることはきっちりやる。じゃが思いの外この仕事の規模が大きくなって、撤退しようにもどこから説得していいのかわからんようになるのは怖いぞ」

俺にはそういう経験はない。むしろ中堅の広告代理店の立場としては、ブチ上げたイベント企画が進み出した後、クライアントが引くに引けない状況になってくれる方がありがたかった。

大学卒業以来役所勤めを続けてきた野村だ。同僚の苦い経験を見聞きして、その轍《てつ》

を踏むまいという思いが強いのだろう。そう考えた俺がそれ以上追及するのをやめると、

「ではまあ、月曜から頑張ってくれ」

野村は腰を上げかけた。

「おう、なんだ、帰るのか?」

「お前が帰るなと言えば帰らん。今日は土曜日じゃ」

「飲むのか?」

「みんな家で待機しちょるはずじゃ」

結局そこからいつもの飲み会になった。


月曜日は午前中「里の厨」の仕事をすませ、伊藤君とは市役所で合流した。伊藤君も午前中は所属する水産林業課で仕事をしていたそうだ。

「水道局からこれが」

伊藤君は金属探知機を車に積んでいた。よくニュース映像で地雷を探す場面などで目にする、棒の先に円盤がついているやつだ。

「使い方はちゃんと教わった？」

「はい。でもネットで検索したら、トレジャーハント用の金属探知機が二万円ぐらいで売られてるんですね」

「そんなに安いの？　じゃあ、購入した方がよかったかな。伊藤君、水道局の人は不審に思ってなかった？」

「さあ、これ野村課長が持ってきてくれましたから、うまいこと説明してるんじゃないですかね」

　秘密保持に関しては野村の方が神経質になっている。俺が心配するまでもないだろう。

　それから二人で他の道具や資材を揃えた。シャベル、ツルハシ、テープやロープ。思いついたのはそんな物だ。後は必要が生じた物をその都度揃えればいい。

　昼食後に現場に向かった。伊藤君の運転するライトバンで土曜日に歩いた山道を登り、林の中に入る小道の前まで来た。ここに駐車していても「日照市役所」とボディに書かれている車を怪しむ人はいない。

　二人で数回車と現場を往復して道具を運び上げた。

「それではまず、テープを張ろう」

　玉沢さんから受けた指示通りに作業を進める。

これが思ったより手間取った。どちらかが土木の専門家であれば要領もわかるのだが、俺も伊藤君も素人だ。

横三十メートル、縦二十メートルの長方形をテープで囲い、その中を一メートル四方に仕切る。それだけでも二人で悪戦苦闘し、作業を終えた頃には三時を過ぎていた。最初の取り決めで、市役所の業務時間内で仕事をすることになっている。

「これじゃあ、二時間弱しか掘れないな。けどまあ、それも初日だから仕方ないよ。とりあえず時間まで掘ろうか」

「はい。いきなり何か出てきませんかね」

伊藤君は張り切って掘り始めた。少し掘っては金属探知機を使い、また少し掘る。その繰り返しだが、地面を掘るのは想像以上に息が切れる。始めは元気だった伊藤君も、五時には汗びっしょりでフラフラになっていた。

若い伊藤君でさえそうなのだ。俺に至っては完全にグロッキーである。

「これ、結構きついすね」

「うん」

「筒井さん、大丈夫ですか？」

「うん、大丈夫」

二人で掘っても予定の二メートルの深さには届いていない。当然の如くお宝は何も出ず、金属探知機には何の反応もない。

「それじゃあ、今日はこれで終了ということで」

何とも虚《むな》しい上に疲れ果てた作業初日だった。

車に戻るとすぐ後ろに野村が車を停《と》めて待っていた。様子が気になったのだろう。

「よお、おつか……」

挨拶の途中で野村は息を呑《の》み、

「こりゃ、二人とも本当にお疲れ様じゃのう。筒井、目が虚《うつ》ろじゃ」

と痛ましそうに俺を見た。

俺は洒落たことを言い返す気力もなく、

「暑過ぎるんじゃ。九月はこんなに暑かったか」

まず自分の体が切実に訴えていることを伝えた。

「まあまあ、地球温暖化は深刻な問題かもしれんのう」

的外れな答えにかみつく気力も湧かない。

「暑いし、虫に刺されるし、泥だらけになるし。マムシに咬《か》まれなかっただけ儲けものという感じかな」

「そうか」

さすがに野村は気の毒そうにしている。

「それになあ、やっぱり二人でやる作業じゃないぞ。玉沢さんの指示通りにテープを張り巡らすだけでも、もう一人必要じゃった。二人がテープをピンと張って、そこをもう一人が一メートルずつ測っていけば早かった。三人目がいると全然効率が違うと思う」

「わかった。その話は後でしよう。その前に村杉温泉で汗を流せ」

この山道を千堂台団地とは逆方向に走ると、山の中腹に「かんぽの宿」があり、最上階が大浴場になっている。野村は入浴料を奢《おご》ってくれる気らしい。

「あー」

「あー」

湯に浸《つ》かると俺と伊藤君の口からは同じ声が出た。それからしばらく放心状態だ。しかし、ここまで体に応えるとは、日頃のトレーニングが全然効いていない証拠だ。肉体労働の厳しさは趣味でやるウェイトトレーニングの比ではない。

この「日照かんぽの宿」は村杉地区にある数少ない宿泊施設だ。だからお盆の時期などは満室になる。

大浴場からの眺めはここの売りだ。真正面には象《ぞう》ノ鼻《はな》岬と村杉湾が見え、岬の右側に瀬戸内海を朱に染めて夕日が沈んでいく。

「おお、わが母校が見える」

俺が思わず呟くと、それを耳にした伊藤君が話しかけてきた。

「筒井さんは附属の出身ですか？」

「うん」

「じゃ、先輩だ」

「伊藤君もか？」

象ノ鼻岬の中に山口大学教育学部附属日照小学校と中学校がある。俺は村杉中学校の目の前で生まれ育ったが、通ったのは附属小中学校の方だ。

「野村課長も附属ですか？」

「いや、あいつは照井中から日照高校」

と言っているところへ野村がやってきた。

「野村、俺と伊藤君は附属出身だからな、ひ弱なんだ。もう一人誰か寄こせ」

「ひ弱？　そうは見えんぞ」

野村は俺の体と自分の細い体を見比べて言った。

「いいや、ひ弱なんだよ。今日は本当に参ったもの」

「それは初日で慣れてないけえのう」

「いや、これは慣れそうにない。一日中掘り続けるとなるとさらに無理じゃ」

「一日中というても、二人とも午前中はそれぞれの仕事があるけえ、実質午後だけの作業じゃろう」

野村は増員することを避けたいらしい。

「あれか、秘密保持のことと、例の止められない恐怖が気になるんか？」

「まあそれもある」

「たった一人の増員もダメか？」

「とりあえず市役所職員はもう出せんのう。あとはアルバイト的に誰か雇うか」

「雇えよ」

「そうなると秘密保持の件をそのアルバイトにどう求めるか、とかあるわけよ」

「あーあ、お役人は嫌じゃ」

「またそれを言うか」

「そうじゃないか、やる前から誰が責任を取るのか気にしてアホじゃないか？」

「俺は常に最悪の場合を想定して動くんじゃ」

「心配性じゃのう」

「わかった。二、三日待ってくれ。今ちょっと頭に浮かんだことがある。考えてみよう」

「最初からそう言え」

「風呂《ふろ》から上がったら飯にしよう。その後で玉沢さんの家に寄って初日の報告じゃ」


玉沢さんは自宅で寛《くつろ》いでいた。前回の浜辺の「海の家」ではなく、母屋の方である。

「そうじゃろう、重労働じゃろう」

広い居間で俺の報告を聞いた玉沢さんの反応はどことなく嬉しげだ。埋蔵金発掘はそうでないといけない、ということだろうか。俺が、

「簡単に見つかるようなお宝はありませんからね」

と言うと、

「うん、うん、そういうことじゃのう」

さらに嬉しそうに言い、しきりに頷く。

「それで、新たに人員を増やしてもらえるようにお願いしているところです」

そう俺が言っているのに、

「まだ決定したわけではないんですが」

隣に座った野村が余計な注釈を加えやがった。

「そうじゃのう、確かにわしも二人ではきついというか、かなり時間がかかるとは思

うちょった」

この件に関しては、玉沢さんは俺の味方らしい。

「時間がかかっても秘密保持が担保される少人数の方がいいと思いますが」

野村は見苦しい抗弁をした。

「そりゃあ、時間がかかってもわしは困らんがのう。市長は市の財政について心配しちょるんじゃないんか？」

野村のやつは墓穴を掘った。そもそも何の目的で始めた埋蔵金発掘か、という話だ。

「それに市長は『どこでも鑑定所』の収録までに何か発掘されると嬉しいらしいしな」

俺は追い打ちをかけた。

「はあ、そうですね。まあ増員については明日以降私の方で善処します」

こいつは立場が悪くなると役人口調で対応する。

「それで、これはちょっと気の早い話ですが」

野村がその役人口調のまま続けた。

「確かにあの土地は市有地でして、掘り返すことに法律上の問題はないんですが、仮にあそこで何か見つかった場合、どなたか埋めた人の子孫が名乗り出る可能性はないですか？」

　玉沢さんはちょっと考え込んだ。

「それは考えんでよかろう。かつて誰が所有しておったかもわからん山じゃしのう。もしかしたらどこかの寺の山じゃったかもしれんが、それもかなり昔の話になろう。少なくとも江戸時代の話になる」

　地方史通でもわからない話らしい。

「でも、埋めた人は自分の子孫のために残したものでしょうし、いちおうはその点も……」

　野村が言いかけるのを遮って玉沢さんは断言した。

「何も遠慮することはない」

　気圧《けお》されたように野村は黙った。

「そんなもんですかねえ」

　代わりに俺が質《ただ》す。

「ええか、もともと日本人は神社に行ってもじゃのう、『家内安全』とか『無病息災』みたいなことを祈っちょったわけじゃ。つまり何かを求めるのじゃのうて、何もないことを願った。神様に祈るにしても謙虚になっちょった。それが今じゃ『合格祈願』だの『商売繁盛』だの、欲張りになってきちょる。わきまえんといかんのじゃ。いい生活を目指して努力するのはええ。じゃが、神様に祈るのはそねえなことじゃなかろう。ささやかな平穏を願う。それが人間として神に対する態度じゃ」

「お話はわかりますが、それと埋蔵金とどういう関連が？」

「ええか、財宝を隠した人間は、子孫に生きる上での特別有利な状況を残そうとした業突く張りじゃ。自分が人生で豊かになれたなら、生きている間に周囲にお返しせにゃいかん。生きている間に収支をプラマイゼロにして死んでいくのが、本来あるべき人間の姿じゃろう。人に渡さず隠しておこうやら、そねえなさもしい考え違いを起こした人間に何の遠慮がいるもんか」

なるほど、やっと話が見えてきた。正論だ。

「昔の人間はみんな無知で、現代人は物をわかっていると思うのは思い上がりじゃ。逆に昔の人間はみな信仰心が篤《あつ》く、しっかりした人生哲学を持っていたと思うのも買い被りじゃ。人間としての悩みは今も昔も変わらん。金が欲しい、金が欲しい、と悟りきれんまま生きてきて、何かの拍子に一財産を得たら子孫に残してやろうという、まあ愚かでも切実な親心とも言えんこともないが、それえに情けない人間に遠慮はいらん。子孫に残すなら他の形があろう」

今夜は少し晩酌が入っているせいか、玉沢さんは雄弁だ。

「福原のやつはのう、ありゃあ村杉日照やらしようもないペンネームをつけたしようもない男じゃが、あいつは自分の親父さんと戦死した叔父さんのアルバムを宝としておるんじゃ。『これは我が家の歴史書だ』と言うてのう。その点があいつの偉いところと思う。そこに価値を見出《みいだ》すことがじゃ。金を埋めるような人間とまったく違う。今度の埋蔵金発掘のことに関しても、福原と秦はわずかでも金を出した。それは『この金額では市の財政にとっては焼け石に水だろうが、これで宝くじを買ってくれ』という話なんじゃ。『これで夢を買おうじゃないか』という提案じゃ。つまりのう、きっかけとしてはもともとそねえに浮ついた話じゃない。わしとしてはそういうきさつを知っておるけえ、逆に人員を増やしてでも結果を出して、あいつらの気持ちに応えてもらいたい」

俺はこの先輩たちを見直した。どうやらひと儲けを企《たくら》んだというより、ダメな結果が出る確率が高いことを承知の上で、故郷日照市に貢献しようとしてくれたようだ。

「でもやっぱり怖いですよね」

突然それまで黙って話を聞いていた伊藤君が口を開いた。玉沢さんも（君、いたの）みたいな顔をして伊藤君を見ている。

「え？　何が？　何が怖いの？」

俺が尋ねると、伊藤君は真剣な目で答えた。

「祟りです」

「祟り？」

「宝を掘り返したら祟りがあるかも」

何を考えているかわからない若者とは思っていたが、

(そういうことか)

俺は一つ納得した。

穴掘り作業中、伊藤君は妙に落ち着かなかった。風が吹いただけで、

「あ」

と声を出して顔を上げる。物音がすれば必ずそちらを振り返る。それも異常に敏《びん》
捷《しょう》な動作だったのだ。あれはつまり、祟りの類を恐れて終始緊張していたのだろう。

野村がイラついた調子で言った。

「君、この前の話を聞いちょらんかったか？　そねえな呪いだの祟りだのは、人を近
づけないための昔の人の張ったキャンペーンの類じゃ」

「聞いてましたけど、実際あると思うんですよ。埋めた人のお宝に籠《こ》めた思いとか、
掘り返す人間に対する怨念とか」

伊藤君のまなざしと口調は真剣だ。

「君、何か宗教やってる？」

意見を言う前に俺はそれだけ確かめてみた。

「いえ、家は浄土宗だか浄土真宗だかだと思うんですけど」

「どっちよ?」

「どっちかです」

ほぼ無宗教と言える立場らしい。

「心配かね?」

玉沢さんが真面目な顔で尋ねた。

「心配ですね」

伊藤君も真剣な顔で答える。

「そんなら、神主でも坊さんでも呼んでお祓《はら》いすればええ」

「え?」

野村は当惑している。こいつの考えることは想像できる。(それは金かかるの? 予算はどこから?)(その神主だか坊さんだかにはどう説明する?)という程度のことだ。

「わかった。伊藤君が納得するように誰か手配しよう」

ここは俺が決断した。

「ええ?」

と慌てている野村の思惑など知ったことではない。責任者は俺だし、現在ただ一人の仲間は伊藤君だ。お互いに安心して働くことが一番だ。

ハードワークなのがわかっている分、ペース配分も考えるから、翌日からは初日ほど苦しくはなかった。それに暑さと虫さされの対策もしていた。

ただ、相変わらず祟りにビビりまくる伊藤君には往生した。二人して穴を掘るのだから、当然作業中は頭を突き合わせている。その状態で、

「わ!」

などと声を上げられては、耳元で脅かされたのと同じだ。こちらも驚いて大きな声を出してしまう。その俺の声に伊藤君がさらに驚きワアワア騒ぐの繰り返しで、もう古典的コントのような図だ。

そんな調子で捗《はかど》らないまま、翌週になって野村から携帯に連絡があった。

『今日の作業がすんだら、日照製鉄所球場に来てくれるか』

「それはいいけど、何があるんか?」

『新しいメンバーを見つけた』

何のかんのと言いながら、ちゃんと仕事はする男だ。俺は心の中で野村を褒めた。

九月の午後五時は明るい。製鉄所の敷地内にある野球場に到着すると、続々と日照

シーガルズの選手が集まっているところだった。

日照シーガルズはクラブチームだ。元々は俺の親父の勤めていた日照製鉄所のチームで、東京ドームで行われる都市対抗野球にも出場したことがある古豪だった。バブルが弾《はじ》けた後、多くの社会人野球チームが休部や廃部に追い込まれたが、日照製鉄所野球部もその運命を免れなかった。しかし、多くのプロ選手を輩出した名門チームでもあり、クラブチームとして存続することになったのだ。

バックネット裏の建物の前に野村がいた。

「お疲れ。こっちだ」

野村に促されて「本部席」と書かれたその建物に入ると、

「こんにちは」

ユニフォーム姿の大柄な男性が挨拶してくれた。

「監督、筒井と伊藤です」

野村はまず俺たちを紹介した。

「こちらシーガルズの岩崎《いわさき》監督だ」

「はじめまして岩崎です」

岩崎監督は四十歳前後に見えた。現役選手と言われても不思議に思わない立派な体格をしている。

「筒井です」

「伊藤です」

名乗ってから、監督に勧められるままパイプ椅子に座った。

「平山《ひらやま》総監督から聞いてます。筒井さんの方でスタッフを探しているということですね？」

岩崎監督から尋ねられ、どう答えたものかと野村を見ると、

「ええ、そうです。仕事の具体的内容はご本人に筒井から説明があると思いますが、とにかく市の仕事の下請けで勤務は午後五時には確実に終了します」

差し障りのない範囲でうまく答えた。

「それは助かります。メンバーの中には三交代勤務の者も多くてですね。練習時間を確保するのもそれぞれ苦労してますんで……」

監督からシーガルズの現状を聞いているところへ、

「失礼します」

ユニフォーム姿の青年が現れた。

「監督、呼ばれましたか？」

「おお、呼んだ。紹介します。ピッチャーの石川《いしかわ》です」

石川投手が頭を下げたので、俺たちも立ち上がって挨拶した。

「こちら市役所の秘書課長の野村さん、こちらは筒井さんと伊藤さん。仕事のことでお話をいただいた」

「あ、そうですか。それはありがたいです」

石川投手は三十代に見えた。この年齢で仕事を探しているとはどういう事情だろう。

「失礼ですが、石川さんはおいくつですか？」

「三十三です」

「今年から彼がチーム最年長になりました」

本人と監督の答えで俺の目に狂いはなかったことがわかった。

「それでこれまでお仕事は？」

俺が尋ねると、

「それが例のオットーITカンパニーじゃったんじゃ」

野村が代わりに説明を始めた。

「かつての日照製鉄所野球部の選手は、日照製鉄所とその傘下の企業に勤めちょって、野球が仕事のような立場で練習に専念しちょった。それがシーガルズになってから、仕事を八時間こなしてからの練習になり、さっきも監督の話に出たように、中には三交代の勤務を終えて練習するメンバーもおる。石川投手が勤務しちょったオットーITカンパニーは元々日照製鉄所の傘下で電子部品を生産していた会社なんじゃが、十年前にドイツの企業に買い取られてのう。それが今年になって撤退、五百人の社員が失職したわけじゃ」

それこそ、俺が埋蔵金発掘課長になるきっかけの一つとも言える事件だ。

「それで今失業中というわけです」

石川投手は悪びれずに言った。

「この石川はチームの最年長であると同時に大黒柱です。エースなんです。私も彼の仕事のことがこのところの一番の気がかりでしてね。いやあ、このお話をいただいたときは本当に嬉しかったです」

岩崎監督の人柄の良さはその口調に出ている。

「こちらこそ大変助かります。優秀な人材を得ることが急務でしたので」

俺が言うそばから、

「石川さん体力ありそうですもんね。ガンガン掘ってもらえそうですね」

と伊藤君がはしゃぎ、野村が猛烈に咳《せ》き込《こ》んだ。

「掘る?」

岩崎監督と石川投手は不思議そうに言った。

「ま、仕事の詳細は筒井から説明します。明朝市役所に来ていただいて、給与等の待遇の説明をさせていただいて、午後からは筒井と仕事していただくことになりますが、それでよろしいでしょうか？」

「ええ、もちろんです」

石川投手はスポーツマンらしくハキハキと答えてくれた。ハンサムで感じのいい青年だ。俺はつい身上調査をしてしまった。

「石川さんは独身ですか？」

「はい」

「お住まいは？」

「水神瀬寮です」

水神瀬寮は、日照製鉄所の独身寮だったが、今は関連企業の社員も入っているらしい。市役所から国道を象ノ鼻岬に向かって走ると、村杉地区に入ってすぐ左手の山の中腹に「日照青年の家」、続いて水神瀬寮、千堂台団地が見える。

「じゃあ、発掘現場の近くですね」

口を開くごとに野村を慌てさせる伊藤君の発言に、

「発掘？」

岩崎監督が問い返す。それが聞こえなかった体で野村が、

「それでは詳細は明日ということで、練習頑張ってください」

と早口に言い、サッと握手して外に出た。

俺と伊藤君も、

「どうも」

とだけ言ってその後を追う。建物から出ると自分の車の横に立って野村が待っていた。

「焦ったあ。頼むよ、伊藤君」

「は?」

渋い表情で野村が言うのに伊藤君は今一つ反応が鈍い。どうやら自分の失態を理解していないらしい。

「明日になれば石川君にはわかることだけど、いちおう岩崎監督には秘密にしておく部分もあるだろう?」

「そっすね」

俺の説明でようやく伊藤君は頷いた。

車に乗り込んだ野村はエンジンをかけ、窓を開けた。

「それから明日の午後は石川君だけじゃのうて、例の人も来るけえのう」

「例の人?」

俺は運転席の野村の顔を覗き込んだ。

「何を言うちょるか。お祓いじゃ、お祓い」

え？　と聞き返す間を与えず、野村の車は走り去った。


翌日、いつものように「里の厨」に野菜を届けて市役所に行くと、石川投手が高いテンションで待ち受けていた。

「野村課長から詳しくお話を伺いました。それに中川市長からも激励されました。いやあ、今回の仕事はいいです。第一、夢があります。筒井さん、誘ってくださってありがとうございます！」

人が変わったようだ。前の日はその落ち着いた物腰に感心したものだが、今は少年のように目を輝かせている。

「仕事、気に入ってもらえましたか？」

「そりゃあもう。だいたい僕はデスクワークには向いてないんです。体を動かす上に夢があるなんて、僕にとって野球と同じですよ」

確かにそうかもしれない。こうして喜んでもらえるなら、俺も少し気持ちが楽になる。

伊藤君と合流して現場に向かった。

三人だけの車内では気兼ねがいらない。石川投手の声はさらに大きくなった。

「ワクワクしますねえ、宝探し」

他の耳があった市役所庁舎では、重要なキーワード「宝探し」は彼の口から出なかった。テンションが上がっていても、ちゃんとそこは配慮してくれていたのだ。発言のたびにヒヤヒヤさせる伊藤君と大違いだ。


「おーい」

現場で石川投手に仕事の段取りを伝えているところへ野村の声がして、やがてその姿が木立を抜けて現れた。その後をもう一人誰かがついてきている。それは白い着物に赤い袴《はかま》の若い女性だった。明らかに巫女《みこ》さんの衣装だ。神主ではなく巫女さんとは、野村の奴は経費をケチったに違いない。

「連れてきたぞ、こちら神田妖子《かんだようこ》さん。早船《はやふね》神社の巫女さんだ」

「こんにちは、神田です」

二十歳ぐらいだろうか、色白で長い髪を一つに束ねた可愛《かわい》らしい女の子だ。

「はじめまして筒井です」

「石川です」

「……伊藤です」

伊藤君の声は上ずり、頰《ほお》が上気している。漫画なら完全に目がハート形になっているところだ。こんなにわかりやすい男も珍しい。

「ほいじゃけえ、サッと済まそうや、お祓い」

野村は軽く言った。

「お前なあ、サッと済まそうって、お祓いを何だと心得とるんだ？」

「いや、この神田さんは、神主さん一押しの巫女さんでのう。そりゃあ効き目が抜群らしいんじゃ」

お祓いに「効き目」とは、どこまでも罰当たりな男だ。

「神田さんはプロの巫女さんですか？」

伊藤君がふやけた声で尋ねれば、

「いえ、まだ半分学生です。聖照《せいしょう》高校通信制の四年生です」

という返事だ。するとやはり年齢は十八、九か。聖照高校は市内にある私立高校だ。

どうでもいいことかもしれないが、俺はある点が気になって彼女に質した。

「聖照高校はキリスト教の学校ですよね？」

「はい」

「いいんですか？」

「何がですか？」

「神社の方と宗教的に対立してしまうでしょう?」

「そこはそんなに気にしてません」

神田妖子はさらりと答えた。本人がそう言うなら他人が口を出すことでもないだろう。そこのところはアバウトでいいらしい。

「じゃ、サッとお願いします」

野村はとにかく早く済ませたがっている。

神田妖子はスタスタとテープで仕切られた試掘場所の前まで行き、腰から九十度折ったお辞儀をした後、両手を大きく広げた。その手には鈴を持っている。

シャンシャン、シャンシャン……

彼女は鈴を鳴らしながら踊り始めた。厳かに、ゆったりと舞う。慣れているのか、その動きは淀《よど》みない。じっと見ているうちに何となく有難みも感じられてきて、横一列に並んだ俺たちは巫女の舞いを神妙に見守った。

始まってから三分ほどして、突然神田妖子の動きが止まった。お祓いが終わったのかと思ったが、それにしては不自然な静止の仕方だ。右手を真上に伸ばし、左手は真横に広げている。彼女はそのポーズのまま、くるりと俺たちの方に向き直った。

「ひええ」

伊藤君が小さく声を上げた。

振り向いた神田妖子の目は完全にイッていた。何を見ているか不明の視線だ。男四人は誰からともなく体を寄せ合って身構えた。

「ここ掘れ」

不気味な声がした。神田妖子の口から発せられているのは明らかだが、先ほどまでの可愛らしい声ではない。

「ここ掘れ」

再び不気味な声。誰に向かって言っているのだろう。

「ここ掘れ」

「ワンワン」

伊藤君が返して、野村に頭を叩かれた。

「ええ、確かにまあ、ここを我々が掘ることになっております」

俺が現場責任者として答えると、

「……私、今何か言いましたか？」

少女らしい声に戻って彼女は言った。不気味さ倍増だ。

「あの、覚えてないんですか？」

「ええ」

声だけでなく、目も先ほどのイッてる感じではない。

俺たちは顔を見合わせた。こんな「不思議ちゃん」は初めて見た。どう対処していいものやら皆目見当がつかない。示し合わせたわけでもないのに、伊藤君に他の三人の視線が集まった。

（お前、この子に惚れてるんだろう？　代表して何か言ったらんかい）

ということになろうか。

その視線に押されたように伊藤君は一歩前に出た。

「神田さんは、『ここ掘れ』と三度おっしゃいまして……」

「私が？　そんな命令口調で？」

「はあ、まあ上から目線と言いますか、ちょっと怖い……」

「怖い？　怖かったんですか？　私」

「いや、その怖いと言っても変な意味ではなくてですね。まあ、素朴に怖い。目がイッちゃってるし……」

「イッちゃってる？」

この男は空気が読めないし、言葉を選べない。惚れた相手に対してもこれである。見事なまでにドツボにハマッていく。

「……私、時々そうなるらしいんです」

神田妖子は悲しげな表情で言った。見ていて気の毒なほど落ち込んだ様子だ。

「いやいや、別に変じゃなかったよ」

とりなすように野村が言い、

「そうそう、伊藤君が言うほど怖くなかったし」

俺も慌ててつけ加えた。

伊藤君は不満げだ。

（なんすか、僕だけ悪者ですか）

ということだろう。

「これで安心してバリバリ掘れますね」

石川投手が爽やかな口調で暗くなりかけた雰囲気を変えてくれた。そのタイミングを捉え、

「どうもお疲れ様でした。じゃ、送っていきましょう」

サッと終わらせたい野村は、そう言うなり山を下っていき、

「どうも、失礼しました」

神田妖子もそれに続いた。

「何すか、あの子。怖かったすね」

二人の姿が視界から消えてそう言った伊藤君に、

「でも伊藤君、あの子に惚れたろ？」

と質せば、

「わかりました？」

俺と石川投手を交互に見て素直に答える。

「そりゃ、わかるさ」

俺が言う横で、石川投手も無言で頷いた。

「そうなんすよね。僕、すごくわかりやすいらしいんです」

「なんだ、それには気づいてたのか」

「以前、こんなことがあったんです」

「へえ、そうなんだ」

「……まだ、何も言ってないですよ」

「聞かなきゃだめ？」

「またまたあ、筒井さんたら」

俺は本当に聞く気がないのだが、この男にそんな空気が読めるはずもなく、そのまま思い出を語り始めた。

「市役所に入ったばかりの頃ですけど、初めて会った子に、まだ僕は何も言ってないのに『嫌いになりたくないから、あまりしつこくしないでね』って言われたんです。まだコクッてないのにですよ」

「そりゃ、話が早くていいね」

「そうかなあ」

「そうだよ、また次に頑張ればいいじゃん。それより立花こずえの方はどうなの？」

「こずえさんですか。彼女はお嬢様育ちですから、僕の給料じゃあ、先々彼女としても不満が出るかと思うんですよ」

「何？　もう結婚のこと考えてるの？　早いな」

「え？　ふつう考えませんか？」

「一回しか会ったことのない相手にそこまで考えないよ」

「石川さんも？」

「うん、そうかな。まずつきあってからだね」

半分話が見えないだろうに、石川投手は真面目に答えている。

「今どき珍しいよ、伊藤君は。この国の少子化を防ぐにはもってこいの人材だ。頑張ってね、と。それはそれとして。お祓い済んだから、もう伊藤君も怖いものなしだろう？」

「そうですね。呪いや祟りより、さっきの巫女さんの目の方が怖いぐらいです」

「よし！　じゃ、作業にかかろう」

土曜日に野村と玉沢先輩の家にお邪魔してこれまでの経過を報告した。

「いやあ、石川君はいいです。我々とは体力が違います。一気に掘ります。伊藤君と二人で掘っていたときの倍のペースです。ただ、これまで金属探知機が反応したのは一回だけ。伊藤君が自分の落とした十円玉を見つけたときですね」

まだ成果が出ないという情けない報告でも、玉沢さんに落胆の色はない。

「とにかく作業効率が上がったことは何よりじゃ。……実はのう」

玉沢さんが急に声を落とし、怪しい目つきになった。

（お、妄想爆発か？）

俺は身構えた。

「戦後の混乱期に、あの山の近くを耕しちょった者が金の腕輪のようなものを発見したという噂がある」

「金の腕輪？　それは今どこに？」

「行方不明じゃ。そのとき警察か役所か、とにかくお上に届けたんじゃが、それっきりになったらしい」

「ほう」

あの場所が怪しいという状況証拠がさらに挙がったわけだ。

「そうすると、もうすぐ何らかの結果が出るかもしれませんね」

野村が渋く言った。こいつは昔から、何も考えてないくせに賢そうに見せるのがうまい。

「そういうことじゃのう」

玉沢さんも思慮深げに渋く唸った。

「そうだ、いよいよ再来週周徳市に『どこでも鑑定所』が来ますね」

唐突に野村が話題を変えた。

「それで中川市長が、もしそれまでに何か発掘できたら鑑定してもらおう、と言うてます」

「そう簡単に鑑定してもらえるかな？」

俺は一応懸念を示しておいた。

「うん。市長はああいうテレビ番組が大好きなんじゃ」

「市長が好きなのはいいが、相手が興味持ってくれんといかんだろう」

「それが以前日照でも出張鑑定があってのう。ええものが出たんじゃ」

「ええもの？」

「筒井、化学の難波《なんば》先生を覚えちょらんか？」

「難波先生？」

「ほれ、覚えちょらんかのう。高校二年のときに近藤が教室から追い出された事件があったろう」

「あ」

思い出した。難波先生は温和な化学教師だったが、一度授業の始めに配ったプリントをいきなり紙飛行機にして飛ばした奴に激怒して、化学教室から追い出すという事件があった。追い出されたのが近藤信一郎《しんいちろう》だ。現在は野村と同じく市役所に勤務している。

「近藤の奴、今は何をしてるんだ？」

「教育委員会次長」

「え？……大丈夫か？　日照の教育は」

「大丈夫じゃろう。誰がやっても大して変わらん」

「そうかあ？」

「ま、それはええ。あの難波先生は、実は長州藩の家老の末裔《まつえい》でのう」

「ほう」

「『どこでも鑑定所ＩＮ日照』のときに、毛利の殿様から拝領した皿を長嶋誠之助《ながしませいのすけ》先生に鑑定してもろうたんじゃ。ウサギの形をした皿五枚。そねえに大きいものじゃない。掌《てのひら》ほどのサイズじゃ。で、いくらと鑑定されたと思う？」

「五十万円ぐらいか？」

「いいや」

　野村は指を二本立てた。

「二百万か？」

「……二千万じゃ」

「うわっ、すごっ……俺、今鳥肌立った。……へえ、二千万かあ」

「驚くじゃろう？　今さらながら難波先生を尊敬するじゃろう？」

「うん、尊敬した。そんなにすごい人だったとはなあ。近藤の野郎、罰当たりな真似《まね》を」

「で、番組収録後、長嶋先生が『この辺は結構なものがございますね』と感心しておられたらしい。いや、市長が直接そう聞いたんじゃ。それで、近くに来られたんじゃから、収録の後でちょいと見てもらうのは可能じゃろう、という話なんじゃ」

「そう言っても、それまでに何か見つからんとダメだろう？」

「まあ、そうじゃが」

　市長がテレビに出たがっていても、そんな都合のいいタイミングで何かお宝が出てくるとは思えない。

「わしの勘が当たるかどうかわからんが頑張ってくれ」

俺は激励してくれる玉沢先輩の気持ちに応えるつもりで、

「大丈夫です。巫女さんも『ここ掘れ』と言うてましたし」

と自信がある風を装った。

「巫女？　誰のことかいのう？」

「早船神社の神田妖子という巫女さんに来てもろうてお祓いをしました」

野村の口から彼女の名前が出た途端、玉沢さんは背筋を伸ばした。

「神田妖子ちゃんか！　それはすごい。あの子には霊感があるんじゃ」

「どんな霊感ですか？」

何か具体的な事例を挙げてもらいたくて俺は尋ねた。

「うん、それはうちの娘に訊《き》いた方が早い。うちの子の方が二歳年上じゃが、あの子とは幼馴染《おさななじみ》なんじゃ。恵利子《えりこ》！」

玉沢さんが大きな声で呼ぶと、

「はい」

二階から返事がして、すぐに娘さんが下りてきた。

「あ、こんにちは。何？　お父さん」

　現れたのは背の高い娘さんだ。親子の不思議なところで、玉沢先輩に似ている気もするのに美形だ。

「おう、おじさんたちに神田妖子ちゃんの不思議な能力の話を聞かせてあげんかね」

「ああ、妖子ちゃんね。あの子は小学生の頃から、たとえば物を無くした子が『どこにあるか教えて』って頼むと言い当てたりしてましたね。一番有名なのは、私が五年生のときに『日曜日の運動会は中止だよ』って。当日は珍しく天気予報が大きく外れて土砂降りでした」

　なるほど、小学生にとってはどちらも大事件だろう。

「あの子の予言はどれも外れることがなかったらしい。そうじゃろ？」

「うん。全部当たりました」

　玉沢父娘の会話は自然で、ハッタリ臭さはない。

「話はそれだけ？　お父さん」

「うん、それだけを聞きたかったんじゃ。悪かったのう」

　娘さんが二階に戻ろうとするところへ、

「恵利子ちゃん、また綺麗になったね」

　野村は以前から知っているらしく、気さくに話しかける。

「そんなことないですよお。でもありがとうございます」

感じのいい娘さんだ。そこで、

「恵利子さんは、うちの伊藤君を連れてきたときは顔を出さない方がいいですね」

俺は玉沢さんに忠告した。

「伊藤さんて、市役所の？」

恵利子ちゃんがすぐに反応する。

「そう」

「惚れ太郎ですね」

「惚れ太郎？　それあだ名？　なんだ知ってたの？」

「そりゃ知ってますよ。有名ですもん。伊藤さんに無視されたら女はおしまいだ、とまで言われてます」

どうやら日照市内の若い女性には、伊藤君の惚れっぽさは知れ渡っているらしい。

「そうやって有名なのも便利と言えば便利かのう」

野村は呆《あき》れて力が抜けた言い方だ。

「それじゃあ、ごゆっくり」

恵利子ちゃんは二階に戻っていった。

「つまりあの巫女さん、神田妖子嬢が『ここ掘れ』と言ってくれたからには、何かが埋まっていると考えていいわけですね」

俺は基本的に超自然現象を信じない。それでもこれは心強く思える。

「そういうことじゃのう。そうそう、さっきの金の腕輪らしきものの話じゃが、わしは村杉の歴史を紐解いて、こう推理するんじゃ」

玉沢さんはモーバク爺の方でなく、郷土史研究家の方の顔を見せて語りだした。

「以前も話したと思うがのう、この村杉一帯は長く海賊の根城で、一度は藤原純友《ふじわらのすみとも》に焼き討ちされておるんじゃ。藤原純友というと伊予《いよ》の海賊で、十世紀頃に瀬戸内全域に勢力を伸ばしちょった。それで、ここら辺りも荒らし回ったんじゃのう。で、海から襲われた場合、人はどこに逃げると思う？」

「山の方でしょうね」

「そうじゃろう？　慌てて山に逃げて何か大事な物を埋める。敵の攻撃の最中じゃ、そねえに深く掘る時間的余裕はない。そして埋めた本人が掘り返せない事情はいくらでも考えられる。その直後に殺されたかもしれんしのう。で、時代が移り、お宝が露出して沖の漁師に目撃されたり、一部農民に掘り返されたりすることがあっても不自然でなかろう？　そのうえ、あの神田妖子ちゃんが『ここ掘れ』と言うたんなら、まず間違いない」

玉沢さんにとっては、神田妖子の予言も根拠の一つになるらしい。

「その神田妖子ちゃんなんですが、そんなに当たるならもう一度現場を見てもらうのはどうでしょう？」

俺はそう提案してみた。彼女のイッちゃった目が気になる。あのとき何かを察知していたかもしれない。

「え？　もう一度か？　あのな、筒井、お祓いは無料ちゅうわけにはいかんのじゃ」

また野村がセコい役人の顔を覗かせる。

「遊びに来てもらえばええじゃろうが」

「遊びにいうても、友だちじゃないけえのう」

「誘えんか？」

「まあ、考えてみるけどのう。無料で来てもらうのには確かにその手しかない。どうしたもんかのう」

野村はしばらく黙って考え込んだ。


翌々週、水曜日には周徳市文化会館で「どこでも鑑定所ＩＮ周徳」が開かれるというのに、まったくお宝発見の気配はなかった。

そんなに都合よくお宝が出るわけないのはわかっている。だが、もしかしたら有名な鑑定士に見てもらえるかも、という期待は我々のモチベーションを大いに刺激していた。

しかし、とうとう水曜日になり、「どこでも鑑定所」の番組収録が始まる時刻になっても、陶器の欠片《かけら》一つ見つけられなかった。

「間に合いませんでしたねえ」

伊藤君が残念がる。

「おーい」

野村の声がした。神田妖子も一緒だ。今日の彼女は巫女さんスタイルではなく聖照高校の制服姿だ。

「なんだ野村、市長と一緒に『どこでも鑑定所』の公開録画に行くのじゃなかったのか?」

「いや、そっちは若い者に行ってもらった。今日は神田さんに時間があるというので、来てもろうたんじゃ」

「どうも」

頭を下げた彼女は、少しばかり照れ臭そうにしている。この前の自分の「怖い」姿を恥じているのだろう。

「こ、こんにちは」

一方伊藤君の声は上ずっている。制服姿の神田妖子は今どきのアイドルグループっぽい感じだ。ただでさえ惚れっぽい彼がさらに惚れ直したことは容易に想像される。

「地道に掘り続けるしかないんじゃろうが、今日は神田さんの意見を聞いて参考にしてもらおうと思うてね」

野村は何とかただで神田妖子にここまで来てもらおうとあれから奔走したのだろう。やっと今日になって連れ出せたわけだ。

その可愛らしい制服姿の彼女は、我々が掘っている穴を見て、

「ここにはないでしょうね」

と呟き、気配を探るような様子で周辺を歩いていたが、突然ポケットから鈴を取り出し、この前舞った場所で両手を広げた。

「またお祓いですか？」

伊藤君が俺に近づいて小さな声で言った。

「いや、今日は予言をいただく」

「予言？」

シャンシャン、シャンシャン……

真剣な表情で舞い始めた神田妖子が、体を激しく回転させるとピタリと止まり、この前と同じく右手を頭上にまっすぐ上げ、左手を真横に伸ばした。

「イッてますよ」

伊藤君が呟く。確かにあの目だ。どこを見ているのかわからない。

「ここじゃ」

容姿にそぐわないしわがれた声がした。十代のアイドルの口から芸歴五十年の新劇女優の声が出てくる図だ。

「ここじゃ」

言いながら、妖子は左手を細かく震わせた。

シャ、シャ、シャ、シャ……

鈴がその動きに相応しく、小さく細かく鳴った。

そこはテープで仕切られた発掘予定場所から、少し下の方に外れた位置だ。

「伊藤君、金属探知機。ほら、そこ、妖子ちゃんの左手の下」

俺の声に伊藤君は慌てて金属探知機を持ち上げ、神田妖子の目を気にしながらその先端の円盤を差し出した。

ピーッ
突然、金属探知機からこれまでに聞いたことのない鋭い音がした。

「ああ！」

男たち四人が一斉に声を上げた。それに反応して神田妖子がハッと覚醒する。

「そこだ。そこを掘ろう」

それからは石川投手を中心にして一気に掘った。

「あ、何かあります」

五十センチも掘らないうちに、シャベルを地面に突き刺した石川投手が言った。

「手応えがあるかい？」

「はい。何か硬いものが」

「よし、ここからはゆっくり丁寧に掘り出そう」

地面から姿を現したのは一抱えもある大きな壺《つぼ》だ。

「やった！　お宝だ！」

俺が興奮したのは、壺の口いっぱいに古銭の塊がはみ出していたからだ。

壺の口から見えている古銭は、元々は銅貨の真ん中の穴に紐を通してまとめてあったのだろうが、今は錆《さ》びついて完全に一体化している。壺の口は狭まっているから、錆びついた古銭の塊は簡単に取り出せそうにない。

「やった！」

野村はいい年をして、そこら中を飛び跳ねていた。伊藤君も一緒になって跳ねている。

石川投手は、ゆっくり軍手をとると俺に握手を求めてきた。

「やりましたね」

「ありがとう。石川さんのお陰だよ」

「そんなことないですよ」

石川投手は次に神田妖子の手を取り、

「お手柄です」

と言った。確かに一番の功労者は彼女だ。彼女の不思議な力がなければこの結果は得られなかった。

神田妖子は握手したまま長身の石川投手を見上げ、頬を赤く染めた。誰が見てもいい感じの二人だ。伊藤君が飛び跳ねながらそんな二人を横目で見ていた。

落ち着きを取り戻した野村が、壺の口から中身を出そうと試みたが、古銭が固まっていて駄目だった。

「どうにかならんもんかな。これ、中の方には金製品があるのと違うか？」

「金の腕輪とか？」

口を塞いでいるのは銅貨だが、その下にもっと高価なものが入っている可能性は確かにある。

価値を知りたい。俺はそのことだけで頭がいっぱいになった。

「まだ鑑定所は開いているかな？」

「収録か？」

野村は自分の時計を見て少し考え、

「そろそろ終わるころだと思う。今回は貨幣鑑定家の松内俊男《まつうちとしお》先生も来られてるから、

「これはぜひ鑑定してもらいたいもんじゃ」

この重い壺を運ぶ手間を考えた俺は、

「これからすぐ行こう。まず市長に報告だ。うまくすると鑑定士の先生に来てもらえるかもしれん」

と提案した。

「よし、そうしよう。ちょっと待てよ」

野村はスマホで壺の撮影を始め、その間に俺は石川投手と伊藤君に指示した。

「二人はここで待機。できればこの中身を出しておいてもらえるとありがたい。神田さん、この後の予定は？」

「私は学校に行きます」

「わかりました。一緒に行きましょう。送ります」

現場に伊藤君と石川投手を残し、三人で野村の車に乗り込む。

「本当にありがとう。神田さんのお陰だよ」

俺はあらためて彼女にお礼を言った。

「そんなことないです」

後部座席で、神田妖子は自分が悪いことをしたかのように小さくなっている。

「とても不思議な気がするんだけど、神田さんには何かが見えているの？」

「いえ、見えているわけではありません。踊ったり、何かを唱えたりして集中していると、ある瞬間にすごく解放された感じになって、そこから後は記憶がはっきりしないんです」

「ほう、自分では意識がはっきりしない間に何かを言ったりするわけだ？」

「そうですね」

やはり凡人には理解不能の世界があるらしい。俺は運転中の野村を見た。野村は、（それ以上深く尋ねるな）とでも言いたいのか、軽く顔を左右に振った。

聖照高校近くの「郵便局前」バス停で神田妖子を降ろし、そのまま周徳市文化会館に向かう。

「今日は野村もお手柄だったな」

「どうして」

「いや、よく彼女を連れてきた。しかも無料だろう？」

「そういうことか。確かに無料で連れ出すことに成功したのう。実は彼女は日照シーガルズ後援会の会員でのう。石川投手のファンらしい」

「なるほど、お前はいいところに目をつけたな」

「じゃろう？　助《すけ》っ人《と》に石川投手を選んでおいたのもグッジョブじゃろうが」

「そうだな、彼はよく動いてくれる上に、神田妖子ちゃんを引き出すのにも貢献してくれたわけだ。そこへいくと伊藤君は貢献度低いな」

「それ言うな。あいつだけが市の正規職員じゃ。……あいつはいないない方がよかったかのう」


周徳市文化会館に到着したときには、「どこでも鑑定所」の収録は終了していた。

「遅かったか」

俺は焦った。とにかくお宝の価値を知ること以外頭になかった。

野村が顔見知りの周徳市関係者を見つけて聞くと、中川市長は楽屋で鑑定士の先生と話しているという。

「お、いいタイミングじゃ。市長、グッジョブ！」

二人で楽屋に回る。

「失礼します」

表に「長嶋誠之助様　松内俊男様」と書かれたドアをノックして開けると、

「おお、来た来た。先生方、彼が『埋蔵金発掘課長』です」

中川市長が大きな声で紹介した。俺たち以上に市長はご機嫌だ。

「それはそれは、ご苦労様です」

着物姿の長嶋誠之助先生が挨拶してくれた。テレビのイメージそのままのシャキッとした姿勢だ。

その横の仕立てのいいスーツ姿は松内俊男先生だ。

「どうも、ご苦労様です。私、本日司会させていただきました平尾半内《ひらおはんない》でございます」

市長のすぐ横にいたのは俺も好きなタレントだ。この平尾半内に市長がヨイショされていたのは間違いない。

「で、さっきのメールだと、何か見つかったって？　どうなの？」

なんだか今日の市長は発声からして芝居がかっているというか、体の動きも「臭い」。

「ええ、筒井課長を中心にした埋蔵金発掘課全員で先ほどまで発掘作業を続けておりましたところ、古銭の詰まった壺を発見しました」

野村が撮影してきた壺の画像を披露する。

「ほほう」

その場にいた全員が声を上げた。

「やりましたね！　市長」

平尾半内が持ち上げる。

「うん、うん、やったね、やったね。いや、先生方、今回の発見は日照市の歴史を新たに照らす大発見かもしれません」

市長は自分で何を言っているかわかっているのだろうか。少し心配になる。

「興味深いお話ですな。古銭となるとこれは松内先生のご専門だ」

さすがにプロ同士、長嶋先生は松内先生を立てた。

「そうですね。私も土中から発掘されたばかりの古銭を拝見する機会は滅多にありません。今回は近くに来ていて運が良かったですな」

松内先生の言葉がさらに市長を喜ばせる。

すでに市長の方から鑑定依頼の話は通してあるようだ。

「すみません。そういうことでしたら、カメラもご一緒させていただいていいでしょうか？」

部屋の隅に立っていた男性が突然話しかけてきた。

「ああ、筒井課長、こちらテレビジャパンの鴻池《こうのいけ》さん」

市長が紹介してくれて、俺は型通りの名刺交換をした。鴻池氏の肩書きは「プロデューサー」となっている。

「ええと、そうするとテレビでこの発掘現場が放映されるということですね？」

俺は少し当惑しながら確かめた。

「まずいですか？」

鴻池氏は察してくれたが、秘密保持に拘っているのは俺ではなく中川市長と野村だ。

「何の問題もないんじゃないの。行きましょう」

答えた市長の高いテンションは変わらない。「うちは会計検査院の検査対象なんだよ」と泣きそうだった姿が、今や懐かしいぐらいだ。

「そうだ、半内ちゃんもいらっしゃいな」

「え？　私もご一緒して構わないんですか？　いや、それはもう、司会者としてここはぜひご一緒したいと思ってました」

「行こうよ、行こうよ。ねえ、皆さん参りましょう」

中川市長の顔がパッと晴れやかに輝いている。最近見なかった血色の良さだ。

「では参りましょうか」

市長の指示さえ明確なら野村も迷うところはない。秘密保持だの、地味にコツコツだのはいったいどこに行ったのだろう。俺は釈然としないままそれに従った。

野村の運転する車が先導して、撮影隊のマイクロバスが続く。俺は市長、番組関係者と一緒にマイクロバスに乗り込んだ。

車内で鑑定士の先生方にこれまでのいきさつを説明する。

古来、高貴な人物を浄土に向けて葬ったという、山の西斜面が怪しい説。続いて、藤原純友襲来の際に山に逃げて埋めた可能性。それを裏づけるように、海から漁師が山の上で光る物を見て、さらに戦後すぐ金の腕輪が周辺で見つかっているらしいこと。

先生方二人は、ふむふむと頷きながら聞いてくれた。ことに長嶋先生は、野村がスマホで撮影した画像を何度か見直しては考え込んでいた。

二台の車は発掘現場の入り口に着いた。

車を降り、細い山道を抜けて開けた場所まで案内する。長嶋先生は西日にきらめく海を見て感嘆した。

「いや、これは見事な景色ですな」

「いや、ほんと。市長、いいところですね」

平尾半内のテンションがやけに高いと思ったら、すでにしっかりカメラが回っている。

「ね、この辺の景色は最高でしょう」

得意げな市長の前にカメラが回り込む。

「おーい、待たせたねえ」

俺が斜面の下から呼びかけると、発掘場所の穴の縁で二人が立ち上がり、

「やりましたよ」

伊藤君が嬉しそうに言った。

「何を？」

先生方に二人を紹介する前に尋ねる。

「中身を出しました」

答える伊藤君は誇らしげだ。

そのドヤ顔を見た瞬間、俺には嫌な予感がした。

「どうやって？」

「簡単です。壺を壊しました。石川さんはピッチャーですけど、バッティングもばっちりです。ツルハシで一撃。パッカーンでした」

伊藤君が指し示す方を見ると、確かに壺は割られ、中の古銭の塊が全貌を現していた。

「さ、先生方こちらです。見てやってください」

現場は中川市長の独壇場だ。カメラが回っていると市長の声はさらに大きくなる。

松内俊男先生がしゃがみ込んで古銭の塊を手に取った。

「はい、わかりました」

素っ気ない。鑑定が早過ぎないか。

「これはそんなに珍しいものではないですね。北宋銭《ほくそうせん》です。西暦九六〇年ぐらいから百七十年間で二千億枚作られています」

「二千億？」

俺は聞き間違えたかと思って復唱した。

「はい、二千億枚。作られた時期は、おっしゃってた藤原純友の死後になります。ですから焼き討ちに遭ってどうこうということではないでしょう。この辺に住んでいた比較的裕福な人が蓄えたものでしょうな」

松内先生の説明は明確だった。

俺が黙っていると、中川市長がよく通る声で肝心な質問をした。

「で、値段的には？」

「そうですね。この錆びついて固まったままでは価値はありませんが、一枚一枚別にしたところで……そう、五万円になりましょうか」

「五万円？」

いい声のままで市長は確かめたが、体の方は一気に空気が抜けて萎《しぼ》んだように見えた。

白けた空気で覆われた山に、カラスの鳴く声が響く。

「あら？」

という平尾半内の声はここにいる全員の心の声と言えた。

「アハ、アハハ、ご、五万円かあ」

カメラの手前、精一杯明るく振舞う市長の姿が哀れだ。

そのときだった。

「やはりこれは古備前《こびぜん》ですね。先ほどの画像で予想してはおりましたが、鎌倉時代の物かもしれません」

長嶋先生が言い出した。割られた壺の破片を手にしている。

「え？」

市長の声が小さくなった。

「もしや、値がつくんでしょうか？」

平尾半内が尋ねたとき、俺の嫌な予感はＭＡＸに達した。

「まあ、ここまでバラバラになるとさすがに値はつきません」

「あの、無傷ならば？」

「これが無傷ならば、左様、五百万円ぐらいになりましょうかね」

「五百万円！」

平尾半内と市長が大声で斉唱した。

市長の声の音量は復活していたが、精神的テンションはマイナス方向に大きく振れているのは明らかだった。顔色は土気色で、全身がプルプル震えている。

伊藤君の顔は真っ青だ。

石川投手はピッチャー特有のポーカーフェイスを貫いているが、色白の彼がさらに白く見えた。

「そっかあ、五百万円割って五万円取り出したかあ……」

さすが芸人、平尾平内はこの場に最適なコメントをブチ込んでくる。

市長と伊藤君と石川投手、呆然と佇む三人の姿が夕日に赤く染まった。

(これはまた……いい絵だなあ)

俺は番組プロデューサー鴻池さんの立場になってそう思った。


翌日は朝から大雨だった。発掘作業は中止にするしかないだろう。その相談をするつもりで市役所に行くと、石川投手が総合受付の前で待っていた。

「昨日は本当に申し訳ありませんでした」

古備前の壺を破壊したことでかなり落ち込んでいる様子だ。ほっておくと「五百万円は僕が弁償します」とでも言い出しかねない。

「大丈夫です。誰も石川さんの責任だとは思っていませんよ。古銭を壺から出してくれ、と言った私の言葉足らずでしたし、あれは伊藤君が先走って言い出したことでしょう？」

説明しなくても、周囲はちゃんと真相に気づいていることを告げた。

「いや、それは……」

今度は伊藤君の責任になることを気に病んでいる。やはりこの青年はチームスポーツの人だ。

「石川さんが口にしなくても皆わかっていることですから」

「ですが、実際にツルハシを振るったのは僕ですし……あ、それにその『石川さん』というのもやめていただけますか。もう呼び捨てにしてください」

「ハハハ、わかりました。では、伊藤君と同じように『石川君』でいきましょう」

そんな会話を交わしながら二階の秘書課に行った。一番奥のデスクに野村が冴えない顔で座っている。

「今日は作業中止にするつもりだけど、いいよね？」

まずそう確かめると、

「雨だしな。うん、それでいいと思うよ」

いつもの役人口調が影を潜めている。

「市長はまだなのか？」

という俺の質問に、他の課員も顔を上げて野村の表情を窺《うかが》った。

「ああ、市長はね……なんか今日は体の具合が悪いらしい」

「寝込んでるのか？」

「うん」

やはり昨日の出来事はかなりのダメージだったのだ。

テレビカメラの前で異様なハイテンションだった中川市長は、五百万円の壺を壊されたことを知った後、一気に血圧を下げていた。山を下りる際も足元がフラフラで、平尾半内の手を借りていたぐらいだ。

「すみません。僕のせいです」

ここでまた石川投手が詫《わ》びる。

「いやいや、そんなことはないから……」

否定する野村の声にはまったく力が籠もっていない。

「目立ちたがりの市長が調子に乗って舞い上がった後で、勝手に墜落しただけだ」

俺が大声で言うと、それを聞いていた課員全員が顔を伏せた。

「筒井、ここでそれは言いっこなしよ。やめてくれ。俺も体調悪いんじゃ」

青ざめた野村が弱々しく抗議してきた。

「なんだ？　野村もどっか具合悪いのか？」

「うん。胃が痛いし、頭も痛い」

「そうか、そういえば顔色悪いし、髪も随分薄くなった」

「ほんとか？　……髪は前からじゃ……やめい、今日は笑う気にならん」

ノリツッコミもまったく迫力がない。

「ちょっと落ち込み過ぎだな。いいか、そもそも今度の計画は簡単にいい結果が出るはずがないんだ。一度の失敗で寝込むようじゃいかん。野村から市長にそう言うてくれ」

俺はへこたれていないことをアピールした。

「まあ、その意気で頑張ってくれりゃあええ。で、今日はこれからどうする？」

「昨日のお宝を整理して、それから今後のことを検討する」

「会議か？」

「うん」

「なら会議室を使え。お宝の整理もそこでやればええ」

石川投手と二人で会議室に新聞紙を敷き、錆びついて塊になった古銭と壺の破片を並べた。

「なんとか復元できるんじゃないかな？」

壺は接着剤で継ぎ合わせられそうだ。

「古銭の方は何かの薬品を使えばバラせるでしょうか？」

石川投手は古銭の塊を手にして思案している。

「そうだね、何か強い酸性だか、アルカリ性だかの……石川君は化学には強いの？」

「いいえ、全然ダメでした。元素記号も覚えてません。筒井さんは？」

「俺もダメ」

二人がかりで壺の復元作業を進めていると、

「筒井、ちょっとええか」

冴えない顔色のまま野村が現れた。その後ろに控えているのは初めて顔を見る職員だ。

「こちらは歴史民俗資料館担当の亀井《かめい》君。通称カメちゃん」

「はじめまして亀井淳二《じゅんじ》です」

メガネをかけた真面目そうな青年が頭を下げた。学生時代は脇目もふらずに勉学に励みました、というタイプに見える。

「ははあ、これですね、うんうん、なるほど」

こちらが挨拶を返すより先に、カメちゃんは床に敷かれた新聞紙の脇にしゃがみ込み、何事か手帳にメモし始めた。

俺と石川投手は野村を見た。二人とも疑わしげな目つきだったかもしれない。

「カメちゃんは伊藤君と同期なんじゃ」

野村は的外れなどうでもいい情報をくれた。

「惚れ太郎と同期はいいが、歴史民俗資料館？」

「そう」

どうやらカメちゃんは学芸員のような立場らしい。

「そのカメちゃんがどうしてここへ？」

「この壺の件をわしの方から相談したんじゃ。そしたら、このお宝を歴史民俗資料館の方で展示してはどうか？　ということになってのう」

そんな俺たちの会話はまったく耳に入らない様子で、

「ちょっといいですか？」

カメちゃんはメモをしながら質問を発した。

「この古銭の塊なんですが、バラバラにできるんですか？」

ここは俺が答えるしかない。

「確かにバラさないと売却できないような話でしたが、この錆《さび》を取るのにどのような薬品を使えばいいか、我々にはわかりません。化学が苦手なものですから。近藤信一郎のせいです」

「ん？」

カメちゃんは、しゃがんだままの姿勢でメガネを指で押し上げ、俺を見上げた。

「うちの近藤次長のせいですか？」

「そう。あいつが俺たちの化学の授業を邪魔しやがったんで」

「え？　次長がなぜそのようなことを？」

カメちゃんは深刻な表情で考え込んでいる。

「ま、ま、今すぐに薬品名まではわからんけど、この錆を溶かす方法はあるかもしれんねえ」

頼みもしないのに野村がフォローした。

「そうですか……」

カメちゃんの表情は変わらない。

「やっぱりこの古銭をバラバラにしたいですか？」

彼が何に悩んでいるのか測りかねて俺が尋ねると、

「いや、実は逆です。私はこのままで展示したいと考えています」

「ほう」

「確かに換金するにはバラした方がいいのでしょう。しかし、私はこの錆びついて塊になった状態が、地中に埋もれていた長い年月を示していると思います。長く見積もれば八百年以上も地中に埋まっていたのが、ようやく昨日掘り起こされて、人の目に触れたわけですよね。すごい話だとは思いませんか？　これこそ歴史のロマンです」

「それでは壺も割れたままに……」

石川投手に問われたカメちゃんは、

「いえ、壺の方は復元していいと思います。だってこの壺が割れたのは昨日のことなんでしょう？」

無表情に即答して石川投手を軽く凹《へこ》ませた。

「この件について市長は何か言ってるのか？」

俺は気になった点を野村に確かめた。

「市長とはさっき電話で話した。まあ売却しても五万円程度であるし、それよりも歴史的価値を認めてもらった方がいいんじゃないか、ということとじゃった」

話は通っているわけだ。

「さっそくですけど、これを歴史民俗資料館の方に運びたいのですが」

カメちゃんがすっくと立ち上がった。

「壺の復元が途中だけど？」

「その作業は私の方でやります」

確かに細かい作業は我々より遥かに上手《うま》そうだ。俺と石川投手は納得して運ぶ作業にかかった。

強い雨の中、二百メートルほどを車で移動した。

市役所の正門から左に出て、坂を上ると右手に教育委員会がある。その同じ敷地に「文化センター」の建物があり、「日照市歴史民俗資料館」の入り口は道路側からは目立たない位置にあった。

入館者の気配がないのは、悪天候のせいだけではなさそうだ。

「こっちです」

カメちゃんの指示でお宝を詰めた段ボール箱を奥の資料室に運び込む。

「それでは後はよろしく」

「ご苦労様でした」

もうここには用はない。戻ろうとして、壁の大きな人物画に気づいた。

一人は馬上の鎧武者《よろいむしゃ》。もう一人は古い写真を元にしたらしい探検家の絵である。

「これは誰ですか？」

カメちゃんに尋ねた。

「日照に縁のある偉人です。こちらの武士は清水宗治」

「ははあ、この辺りの領主だった人ですね」

「はい、お墓も日照にあります」

これは玉沢先輩からも聞いていた話だ。

「この探検家みたいな人は？」

「玉井喜作《たまいきさく》です」

「何をした人ですか？」

「札幌農学校の教師をした後、シベリアを横断してモスクワ、その後ドイツまで行き、ベルリンで『東亜』という月刊誌を発行しました」

「ちょっと待ってください。シベリア横断というと鉄道で？」

「いえ、玉井喜作がベルリンに到着したのは一八九四年ですから、まだシベリア鉄道は全線開通していません。第一、彼には資金がありませんでした。途中で働いて旅費を作り、馬車に乗ったり、茶を運ぶキャラバンに同行したりして、列車を使ったのはシベリア西部のトムスクから先です。日本を発《た》って四百六十七日目にベルリンに到着

していま す」

「そりゃまた大冒険だ」

「日露戦争の頃には日本の立場を解説する記事を書き、明石元二郎《あかしもとじろう》とも接触していたようですから、対露工作に協力していたのかもしれません。一九〇六年に四十歳で亡くなり、ベルリンと日照の両方にお墓があります」

石川投手と二人して唸ってしまった。

「すごい人がいたもんだな。これまで全然知らなかった」

「折に触れて紹介しているんですが、まだまだ市民の皆さんには知られていません」

カメちゃん、悔しそうだ。

「いや、勉強になりました。日照にも面白い人物がいたもんですね」

「ですが、ここにある資料は……」

カメちゃんは周囲を見回して声を落とした。心配しなくとも来館者は一人もいない。

「埋蔵金発掘課の役には立ちません」

俺の案じた通りだ。秘密のはずの「埋蔵金発掘課」の存在は、市の職員に知れ渡っている。

「どうしてですか？」

「ここに資料があるような大事を為《な》した人物に、埋蔵金は残せません。なぜなら功績を残す人は、借金を残すことはあっても財産は残さないからです。そうは思いませんか？」

　最後の一言でカメちゃんはメガネを押し上げ、キリッと決めた。


　会議室に戻った。二人だけでは会議ともいかず、世間話をするだけだ。

「なかなか含蓄のある話でしたね」

　石川投手は先ほどのカメちゃんの話に感心している。

「石川君はどう思った？」

「社会に功績を残す真の偉人は、借金を残すことはあっても財産は残さない、というのは真理だと思いました。『児孫のために美田を買わず』」

「西郷隆盛の言葉だっけ？」

「はい。同じ薩摩《さつま》の大久保利通も、亡くなったときには借金しかなかった、と読んだ覚えがあります」

「よく勉強してるね」

「いえ、歴史小説を多少読みかじっただけです」

石川投手は頬を赤らめて謙遜した。そしてふっと思いついたように続けた。

「でも逆に言うと、歴史上有名な人物が出ていなくて、あまり話題に上らない地味な地域にこそ、埋蔵金の可能性はあるわけですよね？」

「……そういうことだね」

「僕がこの仕事をお手伝いするようになって間もないのに、あの壺が出たんですよ。これから市有地は残らず掘り返さないといかんでしょう。他の所でも可能性ありますよ」

朝会った時にはしょげ気味だった石川投手が今は熱く語っている。

「お疲れ様です」

昨日の「五百万円古備前破壊事件」の主犯伊藤君が現れた。

「今日はどういう予定ですか？」

「うん、雨で作業にならないから、今後のことを検討しようと思うんだ。石川君からは市有地をどんどん掘り返していくべきだ、という意見が出たけど、伊藤君はどう思う？」

「そうっすね。でも今掘っているあそこからはもう何も出てこないんじゃないですか？」

「そうだろうけど、最初の計画通り、テープを張った箇所は全部掘り起こすからね」

俺としてはあくまで玉沢先輩の指示に従おうと考えていた。ダメならダメできっちり結果を出してから、次の方針に移ればいいのだ。

「でも実際に壺が出てきたのはテープの外ですよ？」

伊藤君はそこが信用ならない、と言いたいらしい。

「あ、それで思い出したんですけど」

石川投手が少し大きな声を出した。

「あの、巫女さん、神田妖子さんはすごくないですか？」

そうだった。昨日は事態の流れがあまりに速かったので、発端である彼女のことを忘れていた。

「あれは尋常じゃないですよ。何となくみんな自然に信じてましたけど、あんな不思議な体験、僕は初めてです」

石川投手の言葉に俺と伊藤君が大きく頷いたとき、少し血色の戻った顔で野村が現れた。

「おお、揃っちょるねえ。さっき市長が来て、昨日はご苦労様でした、皆さんには引き続き頑張っていただきたい、ということじゃった」

「市長、元気になった？」

「うん、元気、元気。切り替えが早いけえのう。で、何か問題なり提案なりあるかね？」

　市長が元気になるのと連動して野村も元気になる。秘書課長の鑑だ。

　コの字形に並べられたテーブルに四人が座り、会議らしい雰囲気になった。

「今、石川君が指摘していたのは、巫女の神田妖子さんのことだ。確かに、彼女を連れて来たのは野村のグッジョブだ。彼女の働きがなければ、我々は今頃何の成果も見通しもなしに、この雨がやむのをひたすら待つしかなかったろう」

　さりげなく持ち上げてやったので、野村は余裕をかまして「うむ」と頷いた。

「あれはただの占いとも違うんじゃないですか？」

　石川投手が野村に質した。

「いやいや、そうなんよ。あの子は昔から不思議なインスピレーションの持ち主として有名じゃけえね。その件に関する周囲の証言はいくらでもあるし、昨日は車の中で本人の話も聞けた。本人の弁によると、集中していると、何かの瞬間にフッと解放されて、その後は記憶がはっきりせんらしい。その間にご神託が降りちょるんじゃないかのう」

「やっぱり、結果からしても彼女は本物ですよ。これから頻繁に現場に足を運んでもらうわけにはいきませんか？」

　石川投手は神田妖子の不思議な能力を完全に信じたようだ。

「え？　彼女に？」

野村は明らかに当惑している。

「無理ですか？」

石川投手に畳みかけられて、野村は渋い顔になった。

「また予算か？」

こいつのこの表情の理由はそれしかない。

「野村、そりゃ予算のやりくりが大変かもしれんが、彼女の力があれば効率が断然上がるぞ。結局は得になるじゃないか」

「そうかもしれんがのう……」

野村はウジウジとはっきりしない。

「我々だけでは、虱潰《しらみつぶ》しに掘っていくしかありません。手間も時間もかかります」

石川投手が熱く説得にかかる。

「あの能力は金属探知機より頼りになると思います」

伊藤君も共同戦線を張る。

「うーん、そんなら、誰か一人に抜けてもろうて彼女に来てもらう手かのう」

野村の口からその言葉が漏れた瞬間に、俺は伊藤君を見た。つられて野村と石川投手も伊藤君を見る。

「なんすか？　なんすか？　ぼ、僕ですか？　おかしいでしょ、僕は埋蔵金発掘課に最初から関わっているのに……あ、それにあの古備前を割ったの石川さんですよ」

会議室がしらけた空気に包まれた。

「まあ、この、言うに事欠いてちゅうかねえ……伊藤君、最低じゃのう」

内容は辛辣だが、野村の口調は憤るというより諭す感じだ。

本来なら一番怒っていいはずの石川投手は、表情も変えずに無言を通している。

さすがに伊藤君は肩と視線を落とした。

「……すみません。あれは僕が言い出したことでした」

情けないことこの上ないが、正直なのは良しとしよう。

「でもまあ、伊藤君の場合は元々職員としての給料が出ているわけじゃけえ、このまま埋蔵金発掘課にいてもらっても予算に影響はない。……あ、そうじゃ」

野村が突然晴れやかに言った。

「いやいや、これは迂闊《うかつ》だった。誰もやめんでええ。石川君がおれば大丈夫じゃ。神田さんには、石川君の口から頼んでもらえばええ。彼女はシーガルズの後援会に参加しちょって、毎試合観戦しちょるファンなんじゃ。シーガルズのエースに頼まれれば、まさか断らんじゃろう」

伊藤君がパチパチと一人で拍手した。

「いや、それは……彼女のそういう気持ちを利用するというのは気が引けます」

石川投手は当惑している。

「いやいや、これはねえ、本人にとっても嬉しい話じゃろうし、それにファン心理を利用したとしても、何も手籠《てご》めにしようってんじゃないけえね」

野村はわかりやすいが極端な言い方をした。

「え？　やっちゃうんですか？」

伊藤君は人の話を半分ぐらいしか聞いていない。

「だから、そうじゃないいっちゅう話じゃろう。困るのう、伊藤君は」

野村は苦虫を噛み潰した顔で言ったのに続けて、パッと昔のお調子者高校生の顔に戻り、

「それはそうと、やっぱりあれかのう、巫女さんいうのは、処女でないとダメちゅうのはほんまかのう？」

と平気で話を脱線させた。

「え？　しょ、処女？」

伊藤君の耳はある特定の言葉しかキャッチできないらしい。

「そんな話があるんですか？」

石川投手は冷静に質してくる。

「あるけど、まあ、都市伝説のようなものだよ。僕は東京の居酒屋で巫女さんもやってるAV女優に出会ったことあるもん」

俺は実例を一つ挙げて、野村の迷信を否定した。

「え、AV女優？」

伊藤君の声が裏返る。

面倒臭い若者だ。

「今度はそこか？　そこに引っかかったか？」

「もしかして、伊藤君、君は童貞か？」

俺は冗談のつもりで軽く言ったのだが、

「え？」

固まった伊藤君の顔は、(どうしてそれを?) と絶叫していた。

俺と野村は顔を見合わせ、一拍おいて大笑いした。

「ガハハハ」

「いや、あ、その、あれ？」

伊藤君は自分のしくじりに気づいたが後の祭りだ。

中年二人の笑いが収まり、空気が落ち着いたところで、野村がポツリ、

「童貞惚れ太郎……か」

確かめるように言い、再び涙が出るほど二人で笑った。

色白の石川投手と並んだ伊藤君が真っ赤になって、まるで紅白饅頭《まんじゆう》だ。

やがて涙をハンカチで拭った野村は、

「それじゃ、天候回復次第、今の現場での作業続行ということでよろしく。神田妖子さんの件は石川君考えちょいてね。わしは戻ります」

と姿を消した。

「僕も水産林業課の方の仕事がありまして……」

伊藤君も口の中でゴニョゴニョ言って去った。

「あの、ちょっといいですか？」

また二人だけになったところで石川投手が口を開いた。

「『童貞』はわかりますけど『惚れ太郎』って何ですか？」


一か月後、「どこでも鑑定所ＩＮ周徳」が放送され、俺は自宅の居間で野村と一緒に観《み》た。

あの日我々が登場するまで、市長が周徳市文化会館の楽屋で何を語っていたか放送を観て知った。

　俺の思った通りだ。中川市長はカメラの前でかなり舞い上がっていた。

『中川さんが市長を務められる日照市では、以前とても貴重な物が見つかったらしいですね？』

　平尾平内に乗せられて、

『そう、こんな小さなお皿が五枚で二千万円でしたか』

　市長は皿の大きさを手で示しながら「二千万」を強調し、自分の手柄かのように得意げな表情で語る。

『さよう、あの皿は見事な品でした』

　長嶋誠之助鑑定士が重々しく語って、さらに市長を舞い上がらせる。

『実は先生方、先ほどうちの職員が、市内の山の中で面白いものを掘り当てたらしいんです』

　市長のドヤ顔が、その後の展開を知る身には痛々しい。

『ええ！　今日ですか⁉』

　平尾平内の大袈裟《おおげさ》なリアクションは、テレビ的には最適のテンションだ。うまい、達者だ。

『そう、たった今報告がありましてね』

『市役所の職員の方から？』

『ええ、埋蔵金発掘課の方からね』

『埋蔵金発掘課⁉』

平尾半内の絶叫に近い声と同時に画面いっぱいに「埋蔵金発掘課」の文字がドドーンと現れた。

「……市長やってくれたわ……」

俺は全身の力が抜ける気がした。

「市長、ノーグッジョブ……」

野村の声も弱々しい。

続けて調子に乗った市長は、

『あのときの皿が二千万でしたから、今回はそうですね、五千万……いや、一億』

とブチ上げ、

『一億！　本人評価額一億！　日照市中川市長、強気だ！』

平尾半内が景気をつける。

「ああ、この先観たくない」

野村が口の中で呟くので、

「観るのやめるか？」

と突っ込むと、

「いや、観る」

うわ言のような返事が聞こえた。

我々が現れてからの展開は俺の記憶の通りだったが、俺が一人で映っている画面に「埋蔵金発掘課長」とテロップが流れたのには頭が痛くなった。

そしてクライマックスは、長嶋誠之助先生の、

『これが無傷ならば、左様、五百万円ぐらいになりましょうかね』

の一言だ。

画面には、壊した壺の値段を聞かされて呆然と佇む五人が、全員の表情が確認できるいい配置で映っていた。

あのときの俺は、青ざめた市長、伊藤君、石川投手の三人を眺めていたつもりだったが、客観的に見れば俺と野村もその一味だ。カメラはそれを淡々と捉えていた。カラスの鳴く声が入るタイミングで、野村ががっくりとしゃがみ込む。これがまたいい味を出していて、ドラマと見紛《みまが》う完璧な映像だった。

「出張鑑定番外編」と銘打たれたコーナーは十五分に及び、とりあえず「バカ受け」だ。

メイン司会のタレント岩田浩一《いわたこういち》は、

『あちゃあ、市長さんやっちゃいましたか！』

とはしゃいだ後で、

『しかし、この埋蔵金発掘課って、おもろいアイデアですよね』

とりなすようなコメントで締めた。

俺と野村が同時に溜息《ためいき》を吐《つ》いたとき、スマホの着メロが流れた。

「お、市長からじゃ……はい、野村です……はい……今観てました。はい……筒井と一緒です。はあ、そうですか……わかりました」

通話を終えて野村が立ち上がる。

「市長が何だって？」

「飲んでるから来い、と」

「俺もか？」

「当然じゃ。ほら、行くぞ」

一瞬、ヤケ酒で悪酔いしている市長の姿が頭に浮かんだ。

二人で無言のまま車に乗り込む。野村も俺と同じことを考えているのだろう。

（終わった）

最悪の結末だ。全国に恥を晒《さら》した市長が、店で暴れていなければいいが。

車の中の空気は重い。俺は沈黙に耐えかねて尋ねた。

「何て店だ？」

「スナック『笹乃《ささの》』。ママが銀座に出ていたときの源氏名を店名にしたらしい」

「ふうん。銀座出身のママか」

そのスナックで埋蔵金発掘課終焉《しゅうえん》宣言が出されるわけだ。

この田舎にも飲み屋街はある。ただし、そこを歩いている人影は少ない。静かなものだ。その一角に「笹乃」はあった。

野村が店の扉を開ける寸前、今度はカウンターに泣き伏している市長の姿を俺は予想した。

店に入る。

違った。

市長は泣いてもいなければ悪酔いもせず、ご機嫌で、

「やあ、来たか！」

と手に持ったマイクに向かって叫び、エコーのかかったその声が俺の耳を打った。

どうやら十八番のプレスリーを歌っていたところらしい。

「ママ、この二人に……」

とカウンターの中に向けて言った後で、俺たちに向き直り、

「ビールがいい？　ビールがいいか？　とりあえずビールか？」

としつこく念を押し、再びカウンターの向こうに叫ぶ。

「ママ、ビール」

「はいよ」

応えたママを見た俺は、

「どこの銀座出身だ？」

と野村に尋ねざるを得なかった。まあ、田舎臭いおばさんだ。

「そりゃ東京じゃろう」

「東京の銀座？　……銀座の牛丼屋でバイトでもしてたのか？」

「牛丼屋で源氏名を使うか？」

市長とテーブルを囲むのは年配の男性四人だ。市議会議員か市長の後援会関係者だろう。

「皆さん紹介しましょう。野村課長は知っちょるね。で、こっちは筒井課長。埋蔵金発掘課の筒井課長ね。さっきテレビに出ちょったろう？」

「おう」

年配四人組が拍手してくれた。

「ねえ、ママ、これ筒井課長」

「はい、はい、テレビでさっき見た顔じゃ」

「ええ男じゃろう?」

どうやら市長は、全国ネットのテレビに出たということだけで、闇雲に盛り上がっているようだ。「恥を晒した」などと考えている気配はない。

憮然《ぶぜん》としてしまう俺に対して、野村の方はご機嫌で、

「カンパーイ」

とやっている。こいつは市長の機嫌さえ良ければそれでOKらしい。

「いやあ、よかった。野村課長もよかった」

市長は言うが、

「何がですか?」

納得できない俺は問い返した。

「ほら、いい味出しちょったろう? カラスが『カア』と鳴くタイミングでガクッ。あれはええ。役者でもああはいかん」

「いや、それは褒めすぎですよー」

野村本人まで喜んでやがる。

「あの、中川さん」

俺は市長をあえて名前で呼んだ。

「うん? 何?」

「埋蔵金発掘課は、このまま続けるんですか？」

「当たり前だよ、何言うちょるの。何ちゅうても、長嶋誠之助先生お墨付きのお宝が出てきたんだよ。五百万だよ、五百万。これが喜ばずにおらりょうか！」

ポジティブ。前向き。それ以外に言葉はない。

（これでいいかもしれないな）

第一今日の放送で大恥をかいた市長が、これだけご機嫌なら他には何の問題もない。

「ね、筒井課長はこれからも頑張ってちょうだいよ。よし、歌おう。歌う気分だ。よし、あれいこう、ママ、『好きにならずにいられない』お願い」

市長はマイクを摑んで立ち上がった。プレスリー的ポーズを決める足が短い。

「この曲、今日三回目じゃのう」

年配四人組の一人がボソッと言った。


全国ネットで放送された以上、秘密保持どころの騒ぎではない。翌朝、俺がいつものコースで農家を回ると、

「お、観たで、発掘課長」

「いやー、筒井さんはどっか只者《ただもの》じゃないと思うちょった」

などと声をかけられ、届け先の「里の厨」でもパートのおばちゃんたちに冷やかされた。

市役所では朝から電話はパンク状態で、「真面目に働け、公務員」「全国ネットで日照の恥さらして、市長は何を考えちょるのか」という批判の声と並び、「わしが怪しいと思うちょるのはあそこじゃないんじゃ」「うちの裏山も掘りんさい」などという声も聞かれたらしい。

他の二人と合流して現場に向かった。村杉中学校の裏山はあと少しで調査終了だ。あれから神田妖子は顔を出してくれず、結局予定通りに掘り返していくしかなかった。

いつも駐車している現場入り口に着くと、

「あ、こずえさん」

伊藤君が上ずった声を上げた。

「こんにちは、課長さん。皆さん、こんな仕事をしてらしたんですね。昨日の『どこでも鑑定所』で知りました」

やはり立花こずえはこの場所に似合わない。彼女だけ都会の空気に覆われているかのようだ。

「その節は失礼なことを言いまして、申し訳ありません」

オババ伝説については孫のこずえも聞かされているだろう。

「いえ、気になさらないでください。あの日はうちの墓の周りも調べてらしたんですか？」

「そういうわけではなくて、あのときは最初からこの場所を目指して歩いていたんです。ですから、鬼頭家のお墓の周囲で失礼な真似はしていません」

「それを伺って安心いたしました。でも、お手伝いできることがあったら、何でも言ってくださいね」

ありがたい申し出に、

「そうですか、それでは携帯番号とメールアドレスを教えてください」

と返したのは俺ではない。脇からしゃしゃり出てきた伊藤君である。

石川投手がその様子を見て、口を片手で覆って笑っている。「惚れ太郎」が広く流布された伊藤君のあだ名だと教えておいたから、可笑《おか》しくて仕方ないのだろう。

実際のところ、この美人に手伝ってもらう場面はこの先もないと思われる。今朝から市役所に殺到した電話の中に、「埋蔵金発掘課で仕事させてください」という申し込みは一つや二つではなかったようだ。そのたびに、「人員を増やす予定はありません」と答えたという。つまり希望者を募ればいくらでも補充できるわけだ。まあ、よほどのことがない限りその可能性はない。よほどのことというのは、大量のお宝を発掘した場合である。

　立花こずえが帰ったところで現場に入った。

　この現場での作業も今日で終わりだ。今日何も発掘できなければ、また玉沢先輩と作戦の練り直しになる。

　作業開始から十分ほどして、

「あ、やっぱりここだ！　伊藤君！」

　と女性の声が聞こえた。声のした方に目をやった伊藤君が、

「あ！　こずえ！」

　と叫ぶ。

　立花こずえに対する口の利き方ではない。俺と石川君も伊藤君の視線の先に目をやった。

　立花こずえとはタイプの違う若い女が、こちらに向かって斜面を上ってくる。身長はおそらく立花こずえより二十センチぐらい低い。その分大きめに見える頭はオカッパで、クレオパトラカットと呼べば聞こえはいいが、俺は海苔《のり》を巻いた三角オニギリを連想した。

「お前何しに来たんだよ」

　ふうふう言いながら上ってきた彼女に、伊藤君の口調は素っ気ない。こんな態度の

伊藤君は初めて見る。

「こんにちは、私、台藤《だいどう》こずえと言います。この伊藤君との関係は……」

「無関係です」

伊藤君は台藤こずえが語っている途中で、食い気味に声を張り上げた。

「そねえに言わんでもええじゃろうがね。私たち小学校から高校まで同級生なんです」

台藤こずえは伊藤君を指差して言った。

「それで今日は何の用でこんなところまで？」

「私に埋蔵金発掘課のお手伝いをさせてください」

「いや、それはねえ、今は人手に不自由してないから……」

俺としてはやんわり断るつもりで切り出した。

「私、ボランティアで参加したいんです」

台藤こずえに引き下がる様子はない。

「しかし、実際にね、女性にやってもらえるような仕事はないわけで……」

「これから必要になります。メディアと見物人の両方に対応する係を私がやります。

やりたいんです」

「それも必要ないと思うけどな」

「いえ、これから大変ですよ」

「どうしてわかるの？」

「そもそも、どうして私がこの場所を知っているかわかりますか？」

それもそうだ。立花こずえの方は初日にばったり顔を合わせていたから、昨日の放送を観てすぐにここがわかったわけだ。しかし、テレビであの映像を観ただけで、この場所を特定するのは日照市民でも難しいだろう。

「私、この前図書館に行った帰りに歴史民俗資料館に寄って、あの古銭の詰まってた壺が展示されてるのを見てたんです。それで昨日の放送を観てピンときて、また今日も確かめに行きました」

「歴史民俗資料館に？」

「はい。そしたら、間違いなくあのお宝でした。それに解説のパネルに発掘場所も地図で示されていたんで、それを頼りにここへ来たんです」

カメちゃんは仕事に手を抜かなかったわけだ。

「まだ今日の段階では私ぐらいしかあの展示に気づいていないでしょう。でも、これからいろんな人が気づきますよ。暇な人はここまで来るだろうし、マスコミにも情報は流れて取材に来るはずです」

「なら大丈夫だよ。この現場は今日で終わりなんだ」

「そうなんですか？」

「うん。だからそんな混乱は起こらないんじゃないかな」

台藤こずえは一旦黙ったが、次の言葉を探している風だった。

「仕事の邪魔だから、お前帰れよ」

伊藤君はこの同級生には強気だ。

「だいたいな、そういうメディア対応の仕事なら、もう他に候補者がいるんだよ」

口調が憎たらしい。

「いるの？　誰？」

「名前はお前と同じこずえさんだけどな。すごい美人。そういうメディア対応や広報の仕事は、綺麗な方のこずえさんに頼むんだよ。決まってるんだよ」

伊藤君は憎たらしさを倍増させたが、台藤こずえは俺の方に確かめる視線を向けてきた。

「あ、そう、そうね。綺麗な方のこずえさんは確かにさっき、お手伝いします、って言ってたね」

ここは伊藤君に与《くみ》するわけではなく、事実を答えた。すると石川投手が、

「でも、あれは綺麗な方のこずえさんの社交辞令ではないですかね」

と常識的な解釈を口にした。

「でも綺麗な方のこずえさんは連絡先を教えて帰ったわけだろう？」

俺の言葉に伊藤君が大きく何度も頷いたところで、台藤こずえが口を開いた。

「あの、そのこずえさんにも名字はありますよね？」

「そう、立花さん」

「さっきから綺麗な方のこずえさんて呼んでますけど、それじゃあ、私は汚い方のこずえになりますよね？」

「あ、ごめん。そんなつもりじゃなかったんだけどね。そうね、最初から立花さん、台藤さん、でいけばよかったね」

いかん、伊藤君のペースに巻き込まれた。

「いいんですよ、こいつなんかヨントンで」

伊藤君がまた憎たらしい顔を見せた。

「うるさい！　惚れ太郎。人をあだ名で呼ぶな」

「だってヨントンじゃないかよ」

「惚れ太郎！」

「あだ名で呼んでるのはお前だろう、ヨントン！」

まるで小学生のケンカだ。

「まあ、まあ」

俺は二人を宥《なだ》めてから、台藤こずえに向き直った。

「わかりました、台藤さん。ボランティアというのであれば、こちらも助かります。もし本当にそういう混乱が起こりそうなときは、お願いするかもしれません」

そう聞いて少しは納得したのか、とりあえず彼女は帰ってくれた。

「賢そうな子じゃないの」

俺が言うと、

「そんなことありませんよ」

伊藤君は容赦ない。

「『綺麗な方のこずえさん』はまずかったですね。僕も悪いことしちゃいました」

石川投手はそれを気にした。

「それは私もだよ。ただ、同じ『こずえ』で紛らわしかったからなあ」

俺はあえて、そう呼び始めた伊藤君を責めなかったが、本人は、

「いいんですよ。『綺麗なこずえさん』と『汚いこずえ』で」

と全然反省の色がない。

「どうして彼女はヨントンなの？」

「四頭身のヨントンです」

どこまで行ってもひどい男だ。

「それは呼ばれた当人は怒りますね」

石川投手も呆れている。

「だいたいあいつに手伝えることなんかないですよ」

この態度では、伊藤君がフラれてばかりなのもわかる気がする。


作業を再開してしばらくしたところに、今度は野村がやってきた。

「ちょっと、中止！　掘るのやめ」

足早に斜面を登りながら息を切らせて怒鳴っている。

「何でだよ。もうすぐ全部掘り終わるのに」

怒鳴り返した俺にすぐ答えず、野村は息を整える間を取り、それからゆっくり近づいてきて話し始めた。

「取材だ……取材が入る」

「何の取材だ？」

「テレビと新聞……週刊誌もある」

「そんなに？」

「ああ、午後になって取材申し込みが殺到したんじゃ」

昨日の放送の影響は一般市民に留《とど》まらなかったわけだ。

「それで？　どうして掘るのをやめるんだ？」

「掘り終わった現場を撮っても絵にならんじゃろうが」

そんなこともわからんのか、という顔で野村は言った。

「それ、市長が許可したのか？」

「うん」

つまり秘密保持から百八十度の方向転換、これからはどんどん広報していくということだ。

「じゃあ、今日はこれでやめか？」

「いや、今日も一件だけ取材がある。日照タイムスの浦岡《うらおか》さんが取材に来るけえ。そのときにちょこちょこっと掘る真似をしてくれ」

日照タイムスは日照市内の話題中心の記事を掲載している本当にローカルな新聞で、俺の家にも一日置きに配達されてくる。

「で、明日は何件？」

「明日はどうじゃったかな。とにかく明日から三日間でテレビが三局、ラジオ三局、新聞五紙、週刊誌二誌の取材が来る」

「そりゃまたすごい話だな」

「そうなんじゃ」

きっと中川市長ははしゃいでいるだろう。聞かなくても目に浮かぶ。

「やっぱりマスコミ対応の人員が必要ですよ」

伊藤君が妙に目をキラキラさせて進言してきた。

「そりゃ必要かもしれんけどね。そんな予算はないけぇ」

野村はいつもこれだ。

「ボランティアでやってくれるならどうですか？」

伊藤君は勿体《もったい》つけた言い方をした。少し得意げでもある。

「ボランティア？　それは助かるけどのう。そねえな物好きはおらんじゃろう」

「それがいるんです」

「ほう、誰？」

「こずえさんです」

伊藤君が答えるのと同時に、

「こずえちゃんか？」

俺は口をはさんだ。

「ん？　同じ人のことを言うちょるの？」

野村は俺たち二人の微妙な表情の違いを読み取ったらしい。

「課長、どっちのこずえを言ってるんですか？」

伊藤君は疑わしげな目を向けてきた。

「さっきのボランティア希望の台藤こずえちゃんに決まってるだろう」

俺が答えると、伊藤君は大げさに頭を振ってから、誤りを正すかのような口調で言った。

「僕が言ってるのは綺麗な方のこずえさん、立花こずえさんのことです」

それを聞いた野村の、

「え？　彼女がボランティアでやってくれるんか？」

という問いに、

「はい！」

威勢良く答えた伊藤君だが、

「それはどうかな？」

俺は水を差した。

「どっちなんじゃ？」

野村は俺と伊藤君を見比べる。

「立花こずえさんは『お手伝いします』と確かに言ったが、社交辞令とも受け取れる。

それに対してもう一人のこずえちゃんは、はっきり『ボランティアで』と言ったな」

　俺は正確に事実を伝えた。

「もう一人のこずえ？」

「台藤こずえちゃん。伊藤君の同級生」

「僕は関係ないっす」

　伊藤君が余計な反応をした。

「何言ってるの、仲良さそうだったじゃないか？」

　これは俺の意地悪だ。

「そんなことないです！」

　ここまでムキになる意味がわからない。

「二人はつきあってるんですか？」

　意外にも石川投手がボケてみせた。

「そんなわけないでしょう！」

　伊藤君の声は裏返っている。

　話についていけない野村は、結論を急いだ。

「確実にボランティアでやってくれる人がええんじゃがね。その台藤さんてどんな感じの人なんか？」

「あいつなんかにマスコミ対応なんて任せられません」

伊藤君は断言するが、

「そんなことないだろう」

冷静に俺は反論し、石川投手も頷いてくれた。

「だってヨントンですよ。見た目がもういけません」

「そんなことないって」

伊藤君の発言のたびに俺が否定するから、

「わからんのぅ」

野村は当惑するばかりだ。

「何て言うか、背が低くて四頭身で、そうそう、キンタロー。みたいな奴なんですよ」

「金太郎？」

「キンタロー。です」

世代のギャップか、伊藤君と野村の会話は嚙み合わない。

その点、俺と野村は同級生だ。

「天童《てんどう》よしみが痩せた感じだ」

「ふうん……いいんじゃないの？」

正確にイメージが伝わった。

「で、筒井はその台藤こずえさんでいいと思うんか？」

「うん」

「なら決定。それでお願いしよう。本人を俺のところに連れてきてくれ。仕事の段取りも確認せんといかんけえのう」

そう言うと野村はさっさと山を下りていった。伊藤君に反論の余地なしだ。

それからまたしばらくして日照タイムスの浦岡さんが取材に来たが、むしろこちらが質問攻めにした。明日からの取材の受け方について教えてもらったのだ。

「細かく質問されんでも、ちゃんと自分の身分や経歴をはっきりさせた方がええね」

長身の浦岡さんは背中を丸めるようにして考え込んだ後、ゆっくりと丁寧な口調で言った。

「それはどういう意味で？」

「埋蔵金発掘課と聞いて、相手は筒井さんが市役所の職員だと誤解しちょるかもしれんでしょう。筒井さんが元々東京の広告代理店におられて早期退職した、と明かせば、面白い経歴の人を登用したということで市長の株も上がります」

「なるほど」

「石川さんの場合も、オットーITカンパニー閉鎖で職を失った、日照シーガルズのエースじゃけえねえ。今回この仕事をしてもろうちょるいうのは、ええ話と思います。そういう情報を流さんと、市役所の余った人員で無駄な事業を起こしちょる、と思われかねません」

それを聞いて「市役所の余った人員」伊藤君は憮然としている。だいたい台藤こずえの起用が決まったときからずっと不貞腐れた表情だ。

浦岡さんは伊藤君の不満顔を意に介さず話を続けた。

「取材する方は楽しい話題、面白い話として扱ってくれるわけじゃがね、受け取る側の読者や視聴者の反応は千差万別じゃ。いらん誤解を受けてそれが一人歩きするのは怖いですよ。細かいことのようでも、基本的事実をしっかり口にしておく。そうすれば、たとえ批判に晒されるような事態になっても、必ず何人か味方になってくれる人は出て来ますよ」

浦岡さんが日照タイムスを立ち上げて今年で二十五年になるという。それ以前は大手の新聞社に勤めていた人だから、マスメディアのやり口やその及ぼす影響には詳しい。こちらから細かいことまで根掘り葉掘り聞いても、嫌な顔一つせず答えてくれた。

だいぶ傾いてきた陽《ひ》に照らされて、全員の顔が赤味を帯びてきた。そろそろ終業時刻だ。

「いや、参考になりました。……今伺った話は台藤こずえちゃんにも伝えておかんといかんな……」

　伊藤君の方をチラリと見て言ってみるが、本人はわかりやすい不満顔のまま聞こえぬふりをしている。

「まあ、これから取材も増えて大変でしょうが頑張ってください。私も埋蔵金に関わる噂を耳にしたら報告しましょう」

　浦岡さんは最後に全員の集合写真を撮って山を下りていった。

「では今日はこれで終了。後は明日に備えて、まず台藤こずえちゃんに連絡しなきゃあな。伊藤君、よろしくね」

「え？　僕が連絡するんですか？」

「だって同級生だろう？」

「同級生だからって連絡先も知りませんよ。あいつ課長に連絡先を渡してたじゃないですか？」

「そうだけどさ」

「僕は立花こずえさんの連絡先なら知ってますけど」

「彼女のことはいいの」

「だって石川さんは神田妖子ちゃんの担当なんでしょう？　それで僕はヨントン担当ですか？　惨め過ぎるでしょう僕の人生」

いつになく強情な伊藤君だ。

童貞の上に「惚れ太郎」とあだ名される人生はすでに十分惨めだとは思ったが、それは言わないでおいた。

「わかった。じゃあ今日のところは僕が連絡してみるよ」

台藤こずえの携帯電話に連絡すると、

「夜は母のお店を手伝っているんで、そちらにいらしていただけますか？」

ということだった。

店の場所はこの前行った「笹乃」のある飲み屋街のはずれだ。小さな平屋に「小料理台《だい》ちゃん」と書かれた提灯《ちょうちん》がかかっている。

「ごめんください」

七席ほどのカウンターとテーブル席二つ。奥に小さな座敷がある。飲むには早い時刻なのか客はいない。

「いらっしゃいませ」

「あ、課長さん」

カウンターの中にいた母娘が同時に声を上げた。

意外だった。

店の中によく似た母娘が並んでいるものと想像していたが、女将《おかみ》はスラリとした細身の着物美人だ。

「私の説明ですぐにわかりましたか？」

カウンターから出て来たこずえが椅子を勧めてくれた。間近でその顔を見た目で、カウンター内の女将を観察した。顔のパーツのどれも似ていない。

「女将さんですよね？」

あえて俺は確認した。

「はい。早苗《さなえ》と申します。このたびは娘がお世話になりますそうで」

間違いない。こんなに似ていない母娘は初めて見た。

「いえ、お世話になるのはこちらの方でして、随分無理なお願いをすることになります」

俺は本心からそう言った。昼間の野村からの情報によれば、こずえには明日からかなり動いてもらうことになる。

「こずえちゃん、本当にボランティアでお願いできるのかな？」

「ええ、最初からそのつもりでしたから大丈夫です」

「でもかなりハードな仕事になりそうなんだよ」

「私の予想通りです。そういう仕事を希望していたので嬉しいです」

「こずえちゃん、昼間はどうしてるの？」

「私、西欧《せいおう》大学の通信教育受けているので、その勉強しています」

西欧大学の通信教育のことは聞いたことがある。在京の名門私立大学であるから通信制への志願者も多いが、生半可な努力では卒業は難しいという。

「親の私が言うのもなんですけど、この子は勉強できたんですよ。私が不甲斐無《ふがいな》いもので、大学に行かせてやれませんでしたけど」

「いやだ、お母さん、やめてよ。親バカだよ、それ。課長さんの前で恥ずかしい」

「あ、ごめんね」

どちらも言い方が柔らかい。特にこずえは、母に抗議している内容でも優しさを感じる。これなら外部への対応も任せられそうだ。

「この子が中学に入ってすぐ父親が亡くなりまして」

「つまりご主人がですか？」

「はい。それでこの店を始めました。『台ちゃん』というのは、主人が仲間内でそう呼ばれていたのをそのまま店の名にしたんです」

仲のいい夫婦だったのだろう。離婚した身には耳の痛い話だ。

「私、父ちゃんそっくりなんです。私は昔から母を『お母さん』と呼ぶのに、父は『父ちゃん』なんですよ。何となく父の雰囲気がわかるでしょう?」

「うん、わかるよ」

こずえからも亡くなった父親を慕っている気持ちが痛いほど伝わってくる。

「主人の生命保険でこの店を開いたんです。店のおかげで何とか親子は食べられましたけど、この子を大学にやる余裕まではありませんでした。どちらが良かったんでしょう? 私が勤めに出て、この子を大学にやるのにお金を残しておけば良かったかと、後悔することもあります」

「またそれを言う」

しんみり話す母親にカラッとこずえが言い返す。

「ね、課長さん、父ちゃんが死んだとき、お母さんは三十七ですよ。専業主婦で生きてきた三十七歳の女性にそう簡単に仕事が見つかると思いますか? それほど世間は甘くないですよね」

「ちょっと待ってよ。こずえちゃんが中学一年生のときにお父さん亡くなったんだよね? で、伊藤君と同級生でしょう? ……そうすると、女将さんは今五十ですか?」

「そうです」

「じゃあ、僕と同じ年ですね」

それを聞いてこずえが嬉しそうに言った。

「じゃあ、課長さんは父ちゃんとも同じ年なんだ。そうか、生きてたら父ちゃんはこんな感じか」

「それは課長さんに失礼だわよ。ずっとお若いわ」

「そうだね。父ちゃんは見た目がオッサンだったもんね。課長さん、私今年の誕生日がすごく寂しかったんです。私が十三のときに父ちゃん死んだでしょう。それが二十六歳になって、これから私の人生の中で父ちゃんのいた時間よりいなくなってからの方が長くなるのが寂しかったんですよ」

会ったこともない台藤氏だが、残された娘のこの言葉には心が塞いだ。自分を慕ってくれる娘を残してこの世を去るとは、どれだけ無念だったろう。

俺はあえて話題を変えた。

「すると女将さんは日照高校出身ではないですね？」

こんな美人の同級生がいたら、絶対記憶にあるはずだ。

「私は元々日照とは縁のなかった人間で、主人の方がここの出身です。主人は島江《しまえ》中学校を卒業してすぐ京都に働きに出たんです」

「こんなことを伺っては何ですけど、ご主人はどうして亡くなったんですか？　ご病気ですか？」

「職場での事故です。とび職だったものですから、危険は承知だったんですけどね」

痛ましい話だ。

「でも、私最後に病院で父ちゃんと話せたんですよ。私が『父ちゃん、頑張って』って言ったら、『父ちゃんは頑張った。今度はこずえが頑張れ』って言われました」

笑顔で話すこずえの目は潤んでいた。

「それで私も日照高校出て一度就職して頑張ったんですけど、そこが倒産して、それでまた勉強を再開したんです」

不運な母娘だ。

「それじゃあ、今回ボランティアというのはまずくないかい？」

俺はてっきりお金持ちのお嬢様が道楽で手伝ってくれるものと思い込んでいた。これでは事情が違い過ぎる。

「いえ、ボランティアでお願いします。私は将来そういう仕事をしたいんです。企業の広報とか案内とかの。今回は修業にちょうどいい機会です」

どこまでもいい子だ。俺の中で伊藤君への怒りが込み上げてきた。

「ごめんね、伊藤君のあの態度」

「いやだ、課長さん、全然気にしてませんよ。伊藤君とは本当は仲がいいんです。小学校からずっと一緒だといいましたけど、実はその前の保育園から一緒だったんです。

あいつ昔から不器用で要領悪くて、何かというと『こずちゃん、こずちゃん』って泣きついてきて」

そう言う娘に母親の早苗が言葉を継いだ。

「真二君は本当にいい子だったですよ。私にもよくなついて」

それはお母さんが美人だからですよ、と言いたいところを堪《こら》えた。三つ子の魂百まで、だ。伊藤君は赤ん坊の頃から美人に弱かったに違いない。

「思春期になって照れるようになって、あんな態度なんです」

それは綺麗な子を追いかけ回すのにこずえが邪魔だからだ。それに思春期の男のプライドもあるだろう。伊藤君を庇《かば》うわけではないが、見栄えを気にする若い男としては、こずえと仲がいいのを隠したくなる気持ちはわからんでもない。

そこへ野村から電話が入った。

『筒井、今どこじゃ？　お前と最近飲んでないと思うてのう』

すでに少し飲んでいるようだ。

「昨夜の『笹乃』のことはもう忘れたか？」

『昨夜はお前とじゃない、市長と飲んだんじゃ』

「ふん。あ、そうだ、ちょうどいい。お前すぐ俺のいる店に来い。仕事の話もある」

『仕事は嫌いじゃ』

「いいから来い」

十五分後に「台ちゃん」に現れた野村は、まず女将の早苗を見て固まった。伊藤君ほどではないが、こいつも美人に弱い。特に早苗のようなスラリとした美人は、野村のストライクゾーンど真ん中だ。

「ちょうど良かった。これで明日打ち合わせしないですむな。こちらが話してた台藤こずえさん」

「どうも、野村です」

「で、ここの女将の早苗さん。こずえさんのお母さんだ」

「え？　親子？　ウソ！」

野村らしからぬ迂闊な発言だ。俺は聞こえないふりでカウンターの椅子を勧めた。

「今な、こずえちゃんと仕事のことを話したんだけど、野村の方から何かあるか？」

「うん、そう、そうね。ええと、明日の朝、市役所の秘書課に来てください。取材のスケジュールを渡します。それと今後は取材申し込みの窓口もお願いしたいので、電話交換室とも打ち合わせを、これは私抜きでやっておいてください。市役所に来た電話を台藤さんの携帯に転送することになると思います」

「わかりました」

「あとは、筒井にも伝えておくことなんじゃが、取材が一段落するまでは今の現場を離れんでもらいたい」

「どういうことだ？」

「うん。玉沢先輩が心配しちょるのは、次の現場が荒らされる可能性じゃ。今の村杉中の裏山はもうええ。何も出てこんじゃろう。あの壺が出て来ただけで上出来じゃ。じゃけえ、あの場所で当面の取材を受けてじゃのう。一度掘り返してある場所をまた掘ってみせながら、ほとぼりが冷めるまでは動くなという話なんじゃ」

なるほど、市長と違って玉沢先輩は「どこでも鑑定所」の放送には憂慮するものがあったのだろう。あくまでお宝発見を目指して秘密保持に拘れということだ。


翌日、市役所の玄関に埋蔵金発掘課が新メンバー台藤こずえを加えて集合した。

「今日からよろしくお願いします」

こずえの挨拶を受ける伊藤君の態度はふつうだ。いつもより真面目ですらある。その理由は単純だ。玄関を入ってすぐの正面には案内の受付がある。そこに座っている女子職員は若くて可愛い。

（惚れ太郎の人生も大変だな）

行く先々で女に惚れるのでは、さぞや疲れる人生だろう。

男三人で先に現場に向かい、台藤こずえは取材陣と市役所で待ち合わせて連れてくる段取りだ。

現場に着いてもすぐにはすることがない。ただ待つだけである。

「しかし、よく掘りましたよね」

石川投手が感慨深げに言った。確かに掘り返されて色の違って見える地面の面積が広い。しかも実際にお宝の壺が出たのは、そこから外れた場所というのが癪《しゃく》なところだ。

「掘り始めた頃は随分暑かったけど、これからは防寒対策も考えないとね」

日照シーガルズのエースの体調には万全の配慮が必要だ。

「それと今夜はこずえちゃんの歓迎会だな。こずえちゃんのお母さんのお店でやろう」

これには伊藤君からもクレームは出なかった。こずえは嫌でもその母にはなついたままなのだろう。

やがてやってきたのは三局ある民放ローカルテレビ局の一つだった。系列の新聞社も一緒に来ているから、同時に二つの取材をこなせる。

俺は昔から、ローカル局のアナウンサーやレポーターが苦手だった。その標準語にはなんとなく気恥ずかしくなる。野村が俺の標準語に違和感を覚えているのと同じことかもしれない。

カメラが回る前で形だけの発掘作業を始めた。一度掘り返した箇所を掘ると、すでに地面が軟らかくなっているのでサクサク掘れる。手順も慣れているから三人の動きにも無駄がない。

「うわあ、皆さん手際いいですね。もうこんなに掘れてます。すごく深いです」

その大げさな言い方は何とかならんか、と思う。それにわざとらしい標準語が鼻につく。

「うわあ、みんな手際ええねえ。もうこねえに掘れちょる。ぶち深い」

とでも言えばリアリティもあるのに。

インタビューも順調にこなした。昨日の浦岡さんのレクチャアのおかげで、質問にそつなく答えることができた。

ディレクターの方針で、俺と石川投手の経歴に深く突っ込んで尋ねてきた。こちらの思惑と一致していてありがたかった。

特に石川投手については、オットーＩＴカンパニー閉鎖はこの地方の経済ニュースとして大きなものだったので、彼の現状を知ってもらうことは意義がある。

伊藤君は何も訊かれず、面白くなさそうにしている。緊張のあまり、レポーターの女の子に惚れた素振りを見せなかっただけでも上出来だ。

「あの、グラウンドで石川さんのユニフォーム姿の写真も撮りたいんですが?」

新聞社の記者がリクエストしてきた。

市民球団シーガルズの宣伝にもなり、一石二鳥だ。元広告代理店勤務の俺としてはその辺りの勘が働いた。

「いいですよ。石川君、いいよね」

「あ、はい」

石川投手は当惑気味だったが、

「いや、これもチームのためだよ」

と耳打ちすると、すぐに俺の目論見《もくろみ》を理解してくれた。

テレビクルーの方はまだ実景を撮りたいという。そこで、俺と石川投手だけ日照製鉄所球場に記者と向かい、伊藤君と台藤こずえは残した。

球場では石川投手がユニフォームに着替え、俺と並んでマウンドに立ったところを撮影した。

記者とは球場で別れ、現場に戻る。

車から降りたところに、テレビクルーがバタバタと山から下りてきた。何か様子がおかしい。

「や、筒井さん、今大変な事件があったんですよ」

「何ですか？」

「あの伊藤さんですか、さっき掘った穴で生き埋めになりました」

「えぇー！」

「あ、でも無事です」

「あ、ああ、そうですか」

「怪我《けが》もありません」

「あ、それは良かったです」

一瞬頭の中が真っ白になったが、落ち着いてくると疑問が浮かんできた。

（あいつ、何やらかしたんだ？）

「私どもはすぐ局に戻ります。今の事故の模様をニュースで放送しなければなりませんので。どうもお疲れ様でした」

ディレクターが言うが早いか、クルーは局のロゴがでかでかと描かれたバンにさっさと乗り込み、エンジン音を残して坂を下りていった。

現場に戻ると頭から土を被った伊藤君が、切り株に座ってグスグス泣いている。

「何があったの？　……っていいか、どうせ夕方か夜のニュースで流れるから」

俺の言葉に一瞬顔を上げた伊藤君はまたしょげ返った。

「今のは何チャンネルだっけ？」

台藤こずえに尋ねる。

「３チャンネルです」

「じゃあさ、おたくのお店で歓迎会しながらテレビ観ようかね」


土にまみれた伊藤君をそのままにするわけにもいかず、まず「かんぽの宿」で風呂に入れてから全員で「台ちゃん」に向かった。

店に入ると驚いたことに中川市長がいた。野村も一緒だ。

「市長の中川です。これからのマスコミ対応の方、よろしく頼みますね」

こずえと初対面の挨拶を交わす市長はご機嫌だ。

「いや、ここはいい店だねえ。これまで知らなかったのは迂闊だわ」

市長が言えば、嫌味のない笑顔で女将が答える。

「これからご贔屓《ひいき》にお願いします」

「もちろん、もちろんですよ」

市長のご機嫌には台藤早苗の美人女将ぶりが作用しているのは間違いない。

「では、台藤こずえさんを歓迎してカンパーイ」

その直後、六時のニュースが始まった。

『続きまして全国的にも注目されている日照市埋蔵金発掘課の話題です……』

テレビのボリュームが上げられ、

「よし！　いいよ、いいよ」

市長のテンションも上がった。

はじめは当たり障りのない俺と石川投手のインタビューだ。ここまでは伊藤君はまったくの脇役である。

『この取材中、取材班は事故に遭遇しました……』

とアナウンサーが深刻な顔を見せた。

山の頂上から秋の瀬戸内ののどかな風景を望んでいると、突然、

『あ、ウワー』

と画面の外から情けない悲鳴が聞こえる。カメラがパンすると、顔色を変えた台藤こずえが斜面を駆け下っていく。その速いこと。短い足が高速で回転し、上半身が一切ぶれずにスキーのスラロームのように木々をかわしていく。

カメラも慌てて後を追う。

事故現場に到着したこずえは、

『伊藤君、真二君、真二！』

と声をかけ、返事を聞く間もなく、傍らにあったロープを木の幹に回してしっかり結び、そのロープを摑んでサッと穴の中に飛び込んだ。

「あの穴は深さどれぐらいだっけ？」

俺が誰にともなく尋ねると、

「ちょっと掘り過ぎたんですよ。あのレポーターに『掘るのすごく早いですね』とかおだてられて、ふだんより一メートルは深く掘ってしまったと思います」

石川投手が答えてくれた。実際、テレビの画面ではこずえが飛び込むと穴の中に完全に姿は没した。しばらくして、伊藤君を肩に担いだこずえが現れ、画面の中で取材スタッフが拍手している。

店にいるほぼ全員も拍手した。こずえは立ち上がってお辞儀で応え、伊藤君は俯《うつむ》いて黙っている。この番組を視聴している各家庭でも拍手が起こったことは間違いない。それぐらい台藤こずえは颯爽《さっそう》としてかっこよかった。

「いや、こずえちゃん、良かった。ヒロインだよ」

ニュースが終わると、こずえを讃《たた》える声がしばらく続いた。

「でだ、いったいどうしてああなったの？」

野村がみんなの聞きたがっていることを伊藤君に尋ねた。

「いや、なんすかね、まず手順を間違えました」

「手順を間違えた？」

「はい。せっかくいつもより深く掘った穴なんで、ついでに金属探知機を底の方に当ててみようと思って……」

ま、それも余計なことだが、せっかくの機会を生かそうとした伊藤君の気持ちはわからんでもない。

「脚立を中に下ろしてから金属探知機を持って飛び降りようと思ってました」

「うん。それで？」

「それが、脚立と探知機を忘れてまず飛び降りてしまいまして……」

聞いている全員がしばらく声を出せなかった。伊藤君はそんなみんなの表情を窺っている。長い沈黙に耐えかねた俺は、つい、言うまでもないことを口にしてしまった。

「馬鹿だろう？」

「えへ」

伊藤君は力なく笑ってから続けた。

「それで、助けを呼ぶのもかっこ悪いと思ったので、穴の中でジャンプしていたら……」

「崩れてきたわけだな」

「はい」

確かに周囲の土は二度掘り返したわけだから、脆《もろ》くなっていたのかもしれない。穴の周囲を何人もが歩き回っていたからさらに崩れやすい状況になっていたことも考えられる。

それにしても情けない。

「ハアー」

溜息の斉唱だ。

「とにかく命の恩人にお礼言うとけ」

野村が促すと、

「どうもありがとう」

不貞腐れて明後日《あさって》の方向にお辞儀する伊藤君だった。


その翌日には残り二局のテレビ取材を受けた。

台藤こずえはテキパキと手際良く段取りしてくれる。俺と石川投手は、繰り返される同じ質問に効率良く答えることができた。

「今後は安全第一で頑張ります（キリッ）」

伊藤君は前日の事故のことを尋ねられ、カメラ目線で答えていた。

「馬鹿だねえ、真二は……」

市長の指示で取材の様子を見に来ていた野村が俺の傍らで呟く。

五百万円の価値ありと見込まれた壺を破壊した件も、

「僕がこうやってパッカーンとですね」

石川投手がツルハシを振ってみせて解説している。

「バットの素振りの要領ですか？」

「そうですね。そんな感じです」

もはや大失敗の反省すらない。

取材を受けている間、埋蔵金発掘の作業は停滞しているわけだが、俺はちょうどいいインターバルだと感じていた。

穴を掘っては金属探知機を当てていた毎日は、体力もだが、精神的にも結構疲れた。お宝は滅多に出てこないと覚悟はしていても、期待とガッカリの繰り返しは想像以上にダメージが残る。

これから数日、こうして広報に専念して心機一転、次の現場での作業にかかればいい。

土曜日は玉沢先輩との打ち合わせだ。

「やっぱり千堂山《せんどう》もやってみるしかないじゃろう。大変とは思うがのう」

千堂山近辺は地名の通り、昔はたくさんの寺があったらしい。個人の住居よりは大きな財産のあった可能性はある。だが、以前何かが発見されたという噂はない。つまりは雲を摑むような話なのだが、日照市内を捜索するに当たっては避けて通れない地域である。

ただし、これまでの現場である村杉中学の裏山と比べると標高は高いし、広範囲の捜索になる。

「筒井さん、寒い時期はこの広い範囲を当たってみんさい。暖かくなってからは海中の捜索じゃ」

「海中ですか？」

「うん。村杉湾の入り口周辺には沈船が多い。かつて大風を避けて逃げ込もうとした帆船が力尽きて沈んだんじゃ。春から夏にかけては海じゃ。寒い時期は山じゃ。このシーズン制でいけばどうか？」

「そうですね。わかりました。そのようにこれから段取りしましょう」

玉沢先輩は例の古銭の詰まった壺の発見で、手応えを摑んだようだ。以前のような高いテンションの語りではないが、静かな中に自信を感じる。

「ごめんください」

そこへ台藤こずえを伴った野村が現れた。

「玉沢さん、ご紹介します。ボランティアでメディア対応を引き受けてくれている台藤こずえさんです」

「台藤です。よろしくお願いします」

こずえの挨拶を受けると、玉沢先輩は待ってましたとばかりに、

「あんたがうまいこと捌《さば》いて、あのうるさい連中が本物の現場に近づかんようにしてくれんといかんよ」

と要望した。

「はい……」

こずえは答えたものの、何か歯切れが悪い。

「それで、今後の方針は決まったか？」

野村が話題を変えるように訊いてきた。

「うん。詳しく聞くか？」

「いや、それはええよ。玉沢さんと筒井に任せる。今日は台藤さんから別の話があるんじゃ」

こずえからの話というなら取材の件だろう。道理で玉沢先輩の要望に複雑な表情を見せたわけだ。メディア取材が続けば次の現場に取りかかれないことになる。

「実は市役所にこんなファックスが来まして」

こずえは数枚のA4サイズの紙を差し出した。

「東亜《とうあ》テレビからの取材申し込みです」

東亜テレビは在京キー局だ。これまでのローカル局の取材とはいささか事情が違う。

「つまり全国ネットで報道されるということだよね？　別にいいんじゃないの。元々『どこでも鑑定所』で全国に知られてしまったわけだから。むしろ全国ニュースで流れれば、ローカル局からの取材は減ってくれるんじゃないかな」

俺はファックスの内容を見ないままでそう言った。

「いや、それがそう簡単な問題じゃないんです。ここのところ読んでください」

こずえが指差す部分に目をやると、「ドキュメンタリー」「密着」という文字が飛び込んできた。

「これ、埋蔵金発掘課にずっと密着して一時間のドキュメンタリー番組を作るという企画なんです」

これは確かに話が違う。俺は玉沢先輩の顔色を窺った。

「これは弱ったのう……」

自信に満ちた語り口だった玉沢先輩が、がくりと頭を垂れて考え込んでしまった。

「発掘場所が一般に知られて荒らされる心配ですが、今回はニュースと違ってすぐには放送されるわけではありません」

　こずえは玉沢先輩に言い訳するように説明した。

「つまりこずえちゃんはこの取材は受けた方がいいと思うの？」

　俺としては彼女にメディア対応を任せている以上、その判断は尊重すべきだと考えていた。

「東亜テレビのドキュメンタリー番組は秀作が多いんです。ですから日照市のイメージアップにはニュース番組の何倍も効果があると思います。最初は町おこしのつもりはなかったように伺ってますけど、ここに至っては、むしろイメージアップに効果的な選択をするべきではないでしょうか」

　同級生の伊藤君より、百倍しっかりした発言だ。

　原則としてマスコミ取材に否定的な玉沢先輩も小さく頷いている。

「それにプロデューサーの方から私に電話もあって、とても真面目で情熱的で好印象を受けました」

　俺はドキリとした。

「そのプロデューサーは男性？」

「いえ、女性です。この方です」

こずえはＡ４の最後のページを捲って、一番下に記されているその名前の上に指を置いた。

こずえは勘がいいとみえて、俺の表情を読み取った。

「この方をご存じなんですか？」

野村と玉沢先輩も俺に注目している。

俺は観念して正直に言った。

「知ってる。別れた女房だ」

台藤こずえが指を置いた箇所には、

「プロデューサー・鈴木《すずき》涼子《りょうこ》」

と確かに書いてあった。


涼子と出会ったのは彼女がまだ女子大生の頃だった。二十歳の彼女は、俺の勤める広告代理店にアルバイトとして出入りしていた。

出会ってすぐに俺が彼女の恋愛対象になったとは思えない。三十男は二十歳の女子大生から見ればオジサンだろう。それはお互い様で、俺にとっても大学二年生はまだ「青く」て、人生を語り合う相手とは思えなかった。とは言うものの涼子は美人だったから、一緒に居て悪い気はしなかった。そして何度か言葉を交わすうちに、結構しっかりしていることもわかってきた。

一目惚れではなかった二人の関係に、劇的な変化をもたらす大きな事件があったわけではない。何回かに分けて小さな変化があり、自然と結婚を考えるようになった。結婚したのは俺が三十五歳、涼子が二十三歳のときで、彼女が東亜テレビに就職した年だった。

五年後に離婚したわけだが、その理由に特別なものはない。どちらかに別の誰かが現れたわけでもなければ、俺が「飲む」「打つ」「買う」のどれかにハマったわけでもなかった。言葉にすると、「性格の不一致」的なことになるが、これを言うと大抵の反応は次の一言だ。

「何か隠しているの？」

俺は何も隠していない。

並行していたはずの二隻の宇宙船が、肉眼では気づかない小さな角度の違いから次第に離れていった。気がついたら広い宇宙空間で見えなくなってしまった。そんな感じだ。

つまり、結婚のときと同じく離婚も自然な成り行きだったと言える。

振り返ってみると、確かに結婚当初から微妙な違和感はあった。その違和感の原因として、彼女の両親には学生運動を通じて得た信条があり、彼女がそれに洗脳とまでは言わないまでも、かなり影響を受けていたことが挙げられる。

全共闘世代である彼女の両親は、俺の一番苦手なタイプの人種だった。

俺の目には、彼らの人生はこの国の繁栄を享受してきたように映った。しかし、彼ら自身は祖国に懐疑的だった。俺は彼らから「右翼」呼ばわりされないように、発言には細心の注意を払わねばならなかった。

俺自身は政治的に右でも左でもないつもりだ。俺の愛国心は故郷や周囲の人々を愛することに繋がるごく自然発生的なもので、誰かに植え付けられたものではない。だが、涼子の両親は愛国心の存在そのものが許せないようだった。

そんな両親から少なからず影響を受けている涼子は、物事に対して俺から見ると奇妙な反応を示すことがあった。

ある夏の「終戦記念特番」のドキュメンタリーの中で、

「行進の際は一歩七十五センチで歩きます」

という軍隊経験者の説明に、

「七十五センチ？　身長に関係なく七十五センチですか？」

いかにも呆れたという反応をインタビュアーの涼子は示した。

軍隊を全否定するのは両親の影響だろう。涼子は身長に関係なく歩幅を制限されることを、旧日本軍の不合理性、非人間性の象徴と受け取ったのだ。

しかし、兵士の歩幅を一定にしておけば、斥候に出した際、敵までの距離を測るのに都合がいい。つまり合理的だ。

それに俺は以前、アメリカ合衆国の海軍士官学校で、後にNBA選手になった長身の士官候補生が行進している映像を見たことがある。身長二一六センチの彼は周囲と同じ歩幅で行進していた。ということは、全員の歩幅を合わせるのは旧日本軍に限った話ではないのだろう。第一そんな些細《ささい》なことを問題にしても、軍隊批判には結びつかないばかりか、無知なディレクターの作品として番組の評価を下げることになる。

このとき俺は思ったままを冷静に伝え、それを聞いた涼子は黙ってしまった。

男女の仲がこんなことで冷えていくのは寂しい気もするが、どうしようもない。

それ以後も涼子の仕事に俺が懐疑的な見方をしたことはあるし、逆に彼女から広告代理店の仕事に批判を受けたこともある。

「地方都市の『町おこし』を手伝っておいて、大資本のスーパーの宣伝をするのは矛盾してるんじゃない」

大型スーパーが地方の零細な小売店を圧迫しているのに、その両方から仕事を受けているのはおかしい、というわけだ。大手企業のスポンサー料で運営されているテレビ局はどうなの？　と反論したかったがやめておいた。

広告代理店勤務の夫とテレビ局勤務の妻は、理想的な組み合わせと周囲には思われていたかもしれない。しかし、現実はこんなものだった。

好きの反対は嫌いではなく、無関心だという。俺と涼子は互いの仕事を無視するようになっていった。

別れを切り出したのがどちらだったかも定かでない。おそらく二人同時にそう感じていたのだろう。離婚が二人の議題になったとき、俺は正直ホッとしていた。

「この件は断った方がいいですね？」

台藤こずえが申し訳なさそうな表情で言った。

「いや、大丈夫だよ。向こうも私がいることをわかった上で取材を申し込んできた話だから、何も問題ないよ」

俺がそう答えると、黙り込んだ三人は牽制し合うように互いを見た。

「迂闊じゃったのう、わしも涼子ちゃんの名前を見落としちょった。気づいちょったら、わしの一存で断ってもよかったんじゃ。……筒井、これをきっかけに涼子ちゃんと縒《よ》りを戻そうと思うちょるんか？」

この発言に野村を怒鳴りつけようとしたが、他の二人も真剣な目で俺の答えを待っていた。

「そんなわけないよ」

仕方なくまともに答えた。

「そねえ言うても、涼子ちゃんは別嬪《べっぴん》じゃったしのう」

野村が馬鹿発言を重ねた。

「そねえに美人か？」

玉沢先輩まで興味津々だ。

「そんなことないですよ」

「いーや、美人じゃったです。そりゃあ、世田谷《せたがや》のお嬢様ですけえ」

俺の発言よりも野村が信用されることは心外だが、俺の方は謙遜しているとでも思われたようだ。

「そうか、別嬪かあ」

「はあ、伊藤君やら口も利けんようになりますけえ」

ここでテンションを上げてくる野村だ。わけがわからない。

「美人だとしても、別に縒りを戻そうなんて考えてませんから」

離婚のいきさつを説明するのもアホらしいので、結論だけ言った。

「そんな、涼子さんの気持ちも考えましょうよ」

こずえまでどういう立場からかわからない心配をしている。

「だから、彼女にもそんな気はありませんから。これは間違いないです。元亭主の私が一番わかってます。そんなことは心配しなくていいですから、今の問題は日照市のイメージアップを図りつつ、埋蔵金発掘作業に支障をきたさないためにはどうするか、ということですよ」

俺は必死になって話題を変えようとした。

「未練じゃのう」

野村が哀れむ口調で言った。

「何？　なんつった？　今」

「いやいや、独り言じゃ」

野村の奴は完全にこの状況を楽しんでいる。相手するのもアホらしい。

「未練があるんですか？」

こずえまで痛ましそうに言う。

「ないよ。だからね、相手も仕事として来るんだよ。その点は君も勘違いしない方がいいからね」

「あ、はい」

そう答えながらこずえは小さく首を傾げた。

「未練かあ」

「玉沢さんまでやめてください。仕事の話をしましょう、仕事の話を」

もう泣きたくなった。

「じゃ、ま、本人がそう言うちょるんじゃけえ、仕事の話ということで」

久々に殴ってやろうかと思った野村の態度だったが、とりあえず話題は変わった。

「ここまで注目された以上、取材を受けるのは避けられんこととは思うがじゃ、とにかく、わしとしてはじゃのう、本物の現場には関係者以外立ち入って欲しゅうない。うまいこと捌いてじゃ、取材を受けつつ他で発掘作業を続けられんもんかのう」

玉沢先輩の主張は一貫している。

「この手はどうじゃろう」

野村がポンと手を打って皆の顔を見た。

「昼間どこかの現場、まあ、今まで通り村杉中学校の裏山でもええ。そこで取材をさせるんじゃや。で、夕方になってテレビのスタッフが帰ったところで、夜は本物の現場を掘る」

言い終わった後のドヤ顔が鬱陶しい。

「野村よ。すると、俺はまず早朝から農家の野菜を集めて『里の厨』に持っていくわな」

「うん」

「それからみんなと取材用に穴を掘ってみせる」

「そうじゃ」

「で、夕方テレビのスタッフが帰った後、夜は本物の現場に移ってお宝を探す」

「うん」

「いつ寝るよ?」

「は?」

「いつ寝るんか、俺は?」

「寝たいか?」

俺は返事の代わりに手に持っていたノートで野村の頭頂部を叩いた。

「やめえや、ハゲるじゃろうが」

野村はヘラヘラしながら薄い頭を撫《な》でている。

「ちょっといいですか?」

台藤こずえが遠慮がちに挙手して言った。

「私としては、チームを二班に分けての陽動作戦が現実的だと思います」

　これは説明を受けなくともすぐに理解できた。取材を受ける組と、実際に埋蔵金を探す組に分かれるということだ。

「確かに現実的だけど、それでは人手不足になるんじゃないかな」

　俺の体験では二人で掘るときよりも、三人で取り組んだときの方が遥かに効率は上がった。現状では四人しかいない埋蔵金発掘課だから、二人一組になるしかない。それではドキュメンタリーの取材は誤魔化せても、肝心の発掘が遅滞しそうだ。

「そこなんですけど、取材を受けない方の組は掘り返すのではなく探索を続けるんです」

「探索？」

「はい、神田妖子さんにお願いして」

　なるほど、聞いていた男三人の目がそう言った。

　秘かに神田妖子に「お祓い」をやってもらい、彼女が「ここ掘れ」と言った箇所があれば、後で全員を動員して掘り返せばいい。それに探索だけなら数日で済むから、この陽動作戦も長期間に及ばない。

「実はこの前、私と石川さんとで神田妖子さんに『お祓い』の件をお願いしに行ったんです。すると神田さんとしては、テレビカメラの前ではあんな真似はできない、ということでした。世間の皆さんに気味悪がられるのを心配しているようで」

伊藤君に怖い、とか、目がイッちゃってる、とか言われたせいで気に病んでいるのだろう。神田妖子の乙女心は理解できる。

「ですから、このやり方は彼女の要望でもあるんです。筒井課長と私で取材のお相手をします。その間に、石川さんと神田さんに候補地を当たってもらいましょう」

「伊藤君はどうする？」

「真二君はどっちでもいいです」

市役所の余剰人員はここでも余ってしまう。

「ま、じゃあ伊藤君は取材を受ける方でいいか」

「枯れ木も山の賑わいじゃのう」

俺と野村の意見は一致した。

「取材を受ける班と探索班はなるべく離れて行動した方がええわけじゃろう？」

玉沢さんの質問にこずえが返答してくれるものと思ったが、彼女は黙って俺の方を見ている。ここは俺の判断に任せるということらしい。

「そうですね。その方が東亜テレビに悟られる可能性は低いでしょう」

俺の答えをしたり顔で聞くと、玉沢先輩は広げた地図上に身を乗り出して言った。

「それならわしに考えがあるんじゃ……」

週が明けてすぐ東亜テレビの「鈴木プロデューサー」宛てに台藤こずえから取材OKのメールを送ってもらった。

返信はすぐに来た。こちらの指定した通り、今予定されている他の社の取材が済んだ直後に乗り込んで来る。

さっそくメンバー全員と会議室でミーティングだ。俺はまず取材を受ける心構えについて念を押した。

「これまでの取材と違って東亜テレビはドキュメンタリーだ。みんなのプライベートな部分まで踏み込まれるのは覚悟してもらいたい。だけどこれも広報の一環だからね。伊藤君は日照市役所の、石川君はシーガルズのPRをするつもりで協力して」

続いて台藤こずえ発案の陽動作戦について説明した。

「で、最初はこれまでと同じく村杉中学校の裏山の作業を取材してもらう。そして頃合いをみて、私と伊藤君とこずえちゃんは東亜テレビさんと一緒に熊島に向かう」

これが玉沢先輩のアイデアだった。村杉港から熊島までは船で二十分ほどの距離だが、連絡船は一日四往復しかない。朝七時の便で島に渡り、夕方五時の便で帰るまで、本土で活動する探索班の動きは絶対にバレないわけだ。

「だから探索班は心置きなく作業に集中して。特に神田妖子さんには、邪魔が入らないことを説明してください。そしてもし何かあったらすぐ連絡するように」

「わかりました」

探索班の班長は石川投手だ。任せておいて間違いないだろう。

ミーティングが終わると、伊藤君が深刻な表情で近づいてきた。

「課長、問題があります」

「何?」

「石川さんと神田妖子ちゃんの二人が探索班ですか?」

「うん」

「大丈夫でしょうか?」

「何で?」

「だって、若い男女が二人だけで山の中ですよ」

「うん」

「間違いの起こる可能性が……いや、石川さんは真面目な人だと思いますよ、野球一筋の。でも若いからなあ、フッと、何と言うか、魔が差すと言いますかねえ」

「伊藤君、何か今日はオッサン臭いしゃべり方するね」

「そっすか？　いや、心配なんすよ。杞憂《きゆう》に終われればそれに越したことはないですが……」

「杞憂だよ」

「いやいや、そうかなあ、山の中で男女二人……危ないと思うなあ」

「あれ、伊藤君は立花こずえさんにご執心なんじゃなかったっけ？」

「いや、そんなことじゃなくて、僕は神田妖子さんの身を案じているわけですよ」

「だったら、どうするの？　探索班に伊藤君も加わって、取材は僕と台藤こずえちゃんだけで受けるの？」

「いや、ですから石川さんには取材を受ける方にまわってもらって……」

「何だよ、それ。それじゃあ、山の中で伊藤君と神田さんが二人きりじゃないか。危ないことは同じだろう？　伊藤君だって魔が差すのと違う？」

「いや、ほら、僕はその……童貞だから大丈夫かと」

「童貞だから大丈夫って理屈がわからないから却下」

「そんなあ」

「それに神田妖子さんは石川投手のファンだから引き受けてくれるんだよ。伊藤君が一緒だとがっかりするよ」

さすがにこれには伊藤君も一瞬黙った。

「……そっか、僕だとがっかりされるんだ……ハハハ」

虚ろな笑いが寒い。

そこに野村がやってきた。

「筒井、東亜テレビと一緒に村杉日照先生も帰ってくるぞ。東亜テレビの方で声をかけたらしい。一応、埋蔵金発掘課の発案者の一人ちゅうことで名前を挙げておいたからのう」

「それはいい。熊島にもついて来てもらおう。枯れ木も山の賑わい」

「それそれ。お、もう一本枯れ木がここに」

野村は伊藤君に面と向かって言ったが、

「なんすか?」

本人は何のことやらわかっていない。

「そうだ、伊藤君は探索班が心配なんだってさ」

「何が心配なんじゃ?」

野村にあらためて問われると、

「いや、何でもないっす」

伊藤君は後ずさりして、自分の席に戻る気配を見せた。

「それえに心配なら探索班に回ればええ」

野村は軽く言った。

「え？　いいんですか？」

後ずさりしていた伊藤君はそのままテ、テ、テ、と前に歩いて元の位置まで来た。

「うん、伊藤君はどっちでもええよ」

「そっすか」

お前はどっちでもいい、と言われて嬉しそうな顔をする奴も珍しい。

「野村、いいのか？　まあ、神田妖子ちゃんの存在は東亜テレビには完全に秘密にしておくからいいとして、石川君は別行動の理由をつけないと不自然に思われるだろう。その上に伊藤君まで熊島に同行しないとなると、不審に思われないかな？」

「大丈夫、誰も気づきやせんて」

野村のこの自信も根拠がないが、

「そうですよ」

自分の存在感を完全否定されて気にしない伊藤君もわからない。

「村杉日照大先生がうるさくて取材する方も辟易《へきえき》するじゃろうしのう」

「あのオッサン、しゃべり倒すからなあ」

いよいよ東亜テレビドキュメンタリー班を迎える日になった。

さすがに俺も朝から落ち着かなかった。いつもどおり「里の厨」の仕事を終えて市役所に着くなり、

「今は市長室で市長と村杉さんのインタビューです」

先に来ていた石川投手が教えてくれた。

気のせいか、いつもより市役所の建物全体が華やいだ雰囲気を醸し出している。一階で仕事中の職員も、それとなく二階での撮影を気にしているようだ。

「課長」

伊藤君が階段の踊り場に嬉しそうな顔を出した。そのまま意味ありげな笑みを浮かべて下りてくる。

「いやあ、すごい美人ですね、涼子さん」

「そんなに!?」

伊藤君の言葉に石川投手も珍しく興味を示した。

「そんな驚くほどのことではないと思うけどね」

「またまたあ、課長が謙遜するのも変でしょう」

「別に謙遜はしてないよ。一般的評価として言ってる。で、上はどんな様子？」

「市長、絶好調です」

「それじゃあ、まだしばらく終わらないな」

「ですね」

　とにかく市長室でのインタビューが終わらないと次の動きは決められない。

三人で二階に上がると市長室のドアは開いていて、その前を東亜テレビのスタッフと秘書課の職員が塞いでいた。室内にはカメラ以外は必要最低限の人間しか入っていないのだろう。

　その人垣の中に台藤こずえがいて、俺に気づくと無言で会釈をし、

（インタビューはもうすぐ終わります）

　と腕時計を指で示すジェスチャーで伝えてくれた。俺も無言で頷き返し、中の様子が見える位置まで歩を進めた。

　廊下まで市長と福原さんの声が聞こえている。大声大会でもあるまいに、ふだんから声のでかい二人が、ここぞとばかりに張り上げてはガハハと笑っている。

　部屋に入ってすぐの位置にカメラが三脚で据えられているのが見えた。カメラマンの後ろにプロデューサー兼ディレクターである涼子の姿がある。何年ぶりの再会にな

るだろう。

伊藤君の表現は大袈裟なものではなかった。涼子は以前よりずっと綺麗に見えた。元々長身で目立つ女性ではあったが、佇まいが洗練されているというか、ジーンズ姿が爽やかだ。

若い頃の涼子は何かに追われているような切迫感が表情に漂っていた。きっと自分が何者であるかを証明することに躍起になっていたのだろう。そんな若さゆえの緊張感がとげとげしさとなっていた。

俺自身もあの頃は余裕がなかった。車のハンドルの「遊び」のようなものがなかったのだ。仕事を通じて社内だけでなく、社会における自分の存在感を確かめたかった。そんな二人がぶつかるのは当然だったのかもしれない。

携わった番組が権威ある賞を獲得し、涼子がドキュメンタリーの作り手として評価されていることは知っていた。認められた自信が彼女を変貌させたのか、人間として余計なものが削《そ》ぎ落とされているのを感じる。

撮影が一段落したところで、

「課長の筒井が参りました」

台藤こずえが俺を紹介してくれて、スタッフが一斉にこちらを向いた。

「あら」

涼子も俺に気づき、ゆっくりと近づいてくる。

「お久しぶりです」

自然な挨拶をしてくれた。

昨夜からこの瞬間のことを思って身構えていた俺だが、これには拍子抜けした。

「どうも、元気そうで」

挨拶を返した瞬間、こちらに向けられたスタッフの視線の中に素朴な好奇心を感じた。伊藤君たちが俺の元妻に興味を持ったように、彼らも上司の元夫の出現を待ち構えていたのだろう。

我々の離婚はドロドロしたものではなかったから、お互いある種の信頼感は持ち続けているように思う。東亜テレビのスタッフの視線の穏やかさが、その証明と思えた。

「ご両親はお元気？」

「お陰さまで。お義父様《とう》は残念だったわ」

「そうだ。葬儀のときにお花をありがとう」

「いえ、お義父様にはよくしていただいてたから」

何とも奇妙な気がした。言葉遣いにも迷う。あまり丁寧なのも不自然だし。

奥から市長が出てきた。

「いやあ、久しぶりの再会はどう？」

誰もが遠慮している質問をいきなりぶつけてきた。ドッチボールにたとえるなら、顔に思い切りボールをぶつけられたようなものだ。

「そりゃあ、懐かしいですね」

俺はひるまずに答えた。ここでおどおどしてはいられない。どうせ市長は野村から余計な情報を吹き込まれているのだろう。

涼子の方は市長に向かってニコリとし、

「それでは市長、この後カメラの前で埋蔵金発掘課の皆さんをご紹介いただけますか」

次の演出を伝えてスタッフたちの方に去った。それを見送った市長が、

「いやあ、別嬪じゃねえ」

多少芝居がかった口調で俺の方に振り返ると、

「でしょう?」

いつのまにか野村の奴まで市長の隣に立っている。

「お前、暇だな」

「何を言うちょるか、市長のインタビューを見守るのが秘書課長たるわしの仕事じゃ」

これに市長は冗談とも本気ともつかない調子で大仰に頷いた。

「まあ、鈴木さんとは知らない仲ではないから協力してあげていただきたい。こちらからいろいろ便宜を図って、番組を通じて日照市のイメージアップを狙わんとのう」

埋蔵金発掘課発足時とは随分異なる要望をしてきた。

「しかしですね、先方も仕事ですし、きっとこちらの思惑通りにはいかない面もありますよ。それに僕と彼女はもう無関係ですから、情実の入る余地はありませんよ」

涼子と俺の仕事に対する矜持《きょうじ》を述べたつもりだったが、

「未練があるかもしれんが、そねえに頑《かたく》なになるな」

野村の奴は凝りない反応を示した。

「もう……」

俺は言い返したいのを自制した。ここで下手に言い返したら、また何を言われるかわからない。

昼食を挟んで市長室に埋蔵金発掘課全員が入り、撮影が再開された。市長が四人の名前を紹介した後、カメラの横に立った涼子から質問が飛んでくる。答えるのは主に俺だ。

「この中で正規の職員はこの伊藤君だけです」

伊藤君の紹介は短い。

「台藤さんはありがたいことにボランティアで参加してもらっています。彼女が加わったのは最近のことですが、すでにもう欠かせない戦力です。彼女のお母さんのお店『台ちゃん』にもお世話になっています」

無償で働いてもらっているのだから、店の宣伝ぐらいは当然だ。

「石川君は日照シーガルズの中心選手です。彼の体力にはかなり助けられています。しかし、野球との両立は私の方でも配慮しなければならない、と考えています」

伏線を張っておいた。これで熊島に石川投手が同行しないことも、「野球の関係で」と誤魔化せるだろう。

「はい、カット。お疲れ様でした。これで今日の撮影は終了ですけど、これから今後の打ち合わせをさせてください」

涼子の要望でそのまま会議室に移動した。

まず撮影スタッフが紹介された。アシスタント・ディレクターとアシスタント・プロデューサーは若い女性だ。伊藤君がニコニコしているから、彼女たちの容貌は彼的にセーフだと思われる。

「これから何回かに分けて取材に入らせていただきますけど、基本的にはこのメンバーで伺います。我々は埋蔵金の発見を期待しているわけではありません。皆さんの活動を通じて現代の地方都市が抱えている問題や、人々の生活の実態に迫ろうと考えています」

涼子はファックスしてきた企画書にあった内容をあらためて口にした。

「今回の番組の題名は今のところは仮題ですが、『埋蔵金発掘課の四季』にしたいと思っています」

「四季？　四季ですか？　フォーシーズン？」

「そうです」

「それじゃあ一年間取材するんですか？」

「まあ、今は秋ですから、来年の夏まで四季は揃うと思いますけど。あ、でもずっとお邪魔するわけではありません。季節ごとに何日間か取材させていただきます。で、具体的にこれからの撮影なんですが、発掘作業を撮らせていただくのは当然として、今回は筒井課長の生活に密着させていただいて……」

「え？　私にですか？」

いきなりそう来るとは予想してなかった。

「いやあ、私なんかより、石川君の方が絵になると思うけどなあ」

「それはもう考えてます。石川さんの場合は春になって野球のシーズンが始まってからの方が面白いでしょう？」

確かにそうだ。どうやら季節ごとに中心になる人物を替えて追っていく方針らしい。

「おはようございます」

翌朝、いつも通り六時半に玄関を出ると、撮影クルーが待ち構えていた。すでにカメラは回っている。クルーはそのまま大型4WDで俺の軽トラの後をついてきた。

いつも驚くのは田舎の情報伝達のスピードだ。野菜の集荷に行く農家の婆さんたちは皆化粧をして、服装も小ざっぱりしていた。明らかに、俺が撮影クルーを引き連れて来る、という情報が行き渡っているのだ。

「あれ？　婆ちゃん、今日はまたおめかしして、どうしたん？」

俺が驚くと、

「何言うちょるかね。いつもと変わらんじゃろう」

全国ネットのカメラを向けられた嬉しさに、紅をひいた唇がニマニマと微妙な動きを見せる。どこに行ってもそんな婆さんが現れるのでゲンナリした。ひどい家になると、いつもは寝ている婆さんが、真面目な早起き爺《じい》さんを差し置いて門の前で待っていた。

「これね、普段通りとは言えない光景なんだけど」

涼子には一応言い訳した。

「里の厨」での仕事がすむと、そのまま村杉中学校の裏山での作業を取材してもらった。

「ここは一度お宝が出たところでしょう？　もう全部掘り返したんじゃないの？」

さすが、涼子は鋭い。

「確かに『どこでも鑑定所』で紹介された壺を発見した場所だけど、この斜面は西に向いているだろう？」

「……そうね、こちらが西になるわね」

「で、西方浄土に向いて有力者が埋葬されたのではないか、という説があって、実際、沖の漁師が何かが光るのを見たという伝承もあるんだ。それと、村杉は昔海賊に焼き討ちされてもいるから、避難した人物がこの辺に財産を隠した可能性もある。我々としては、あの壺一つだけの出土では納得できていないわけだね」

玉沢先輩から聞かされた話の切り張りで釈明し、どうにか体裁を保つことができた。

一日の仕事が終わると、カメラは俺の家の中までついてきた。一人で夕食を用意し、仏壇に手を合わせるところまで撮影だ。

「何？　もっと侘《わび》しい感じがいい？」

撮影終了後にそんな冗談を言ったら、スタッフはみんな笑ってくれたが、ただ一人涼子は笑っていなかった。

「懐かしいわ、この家」

彼女は何度かここに来たことがあった。

「明彦さん、お義父さんに似てきたわね」

「そりゃあ、親子だからね。それに同じ家に一人暮らしということで、同じ境遇だ。似た感じになるさ」

すると二人の会話を聞いていたカメラマンの南《みなみ》さんが、

「ああ、惜しいなあ。今のお二人の会話を撮っておけばよかったですねえ」

と残念がった。

「ホント、いい感じの会話だったです」

ADの真理《まり》ちゃんまでそんなことを言い出す。

「確かに筒井明彦の経歴を紹介した上で、今の会話を聞かせると面白かったかもしれないわね」

涼子は客観的に自分のした会話を反芻《はんすう》したようだ。

「え？　じゃあ、もう一回やろうか？」

もう一度俺が冗談を言ったところで撮影クルーは笑いながら引き揚げてくれた。

翌日、タイミングを見て俺の方から熊島行きを持ち出す。

「何しろ和同開珎を作るための銅を産出した島だし、漁業でも栄えた歴史がある。熊島探索は埋蔵金発掘課としては外せないわけです」

もっともらしい理由をつければ、瀬戸内の小島というところが魅力だとして、涼子も乗り気になってくれた。

「では明日朝七時の連絡船で熊島に渡りましょう」


熊島に行くのは俺も初めてだ。子供の頃から熊島連絡船が村杉港を出入りするのを眺めていたし、日照高校の同級生に熊島出身者もいた。身近な地名でありながら、これまで足を踏み入れたことはなかった。

村杉港で出航を待つ間はうるさいほど元気だった福原さんは、船が村杉湾を出た途端に静かになった。短時間で船酔いしたらしい。

村杉港を出て二十分、後方に見えていた象ノ鼻岬が背景の山並みの緑に溶け込んだ頃、連絡船は減速を始め、ゆっくりと熊島の港に入っていく。

桟橋では数人の女性が船の到着を待っている。まさか、ここでもテレビクルー来訪の情報が届いていたのか、と思ったら、彼女たちは船の積み荷を待っていたのだった。

島では食料品や生活必需品の運搬もこの連絡船に頼るしかないのだろう。

降ろされる段ボール箱を台車に載せて運んでいく彼女たちは、一番若い人でも六十代後半と見受けられた。

市役所で仕入れた情報によると、この島の人口は減少の一途で、現在ここに住民票が置かれているのは数十人だという。平成十年度をもって熊島小学校も休校となった。実質的には廃校だ。それ以来、この島に子供の姿はない。

積荷がすべて降ろされたところで、我々の下船となった。

「綺麗な所ですねえ」

港内の水まで澄みきっているのを見て、南さんはすぐにカメラを回し始めた。

人家は港の周辺に密集している。

メインストリートは東西に走る狭い道だ。それも端から端まで三百メートルくらいで、車のない島の生活にはこの道で十分なのだろう。

とりあえず西の端まで歩いてみた。堤防に突き当たったところの脇には「熊島八《はち》幡《まん》」があった。島民が代々航海の安全と豊漁を祈ってきた場所だろう。

そこから引き返す。すれ違う人は誰もいなかった。

一番民家が密集している地域に戻った。家屋が発する寂れた雰囲気で、半数ぐらいは空き家なのがわかる。

「なんだ、無人の家ばかりだな」

ようやく元気を取り戻したのか、福原さんの声量が復活していた。

「昔からこの島の漁師は日本全国での漁を許可されていてね。戦前は海外まで進出していた漁師もいたらしい。つまり漁業によって分限者を生んだ所だ。お宝を埋めた可能性は、和同開珎の銅山以外にもあるわけだよ」

今回の陽動作戦を知る福原さんは、それらしい話で撮影隊の興味を繋ぎとめている。

「それにしても、この住宅が密集している地域に埋蔵金はないでしょう」

俺も福原さんの話に合わせる。

港を通り過ぎ、しばらくして民家が無くなったかと思うと、道の両側に墓石が並んでいる地域になった。そこを抜けたところが熊島小学校だ。その先に人家はなく、学校がメインストリートの東端になる。

「これは絵になるわね」

涼子が呟いた。

かつて子供たちの歓声がこだましていたであろう狭い校庭と古びた校舎。目にする者に強烈な寂寥《せきりょうかん》感を抱かせる風景だ。

南さんはカメラマンの本能に従ってか、涼子の指示を待たずに校舎に迫っていく。

校舎は二階建てで、かつては熊島中学校としても使われていた。多くの熊島出身者は、この学校に九年間通ってから本土の高校に進学していたのだ。

市役所でもらった資料によると、熊島小学校の歴史は学制発布前の明治四年まで遡る。その年にできた寺子屋が前身で、休校まで約百三十年の歴史を誇った。

校舎の東端に体育館があった。入り口のガラス戸の前で南さんがカメラを構えている。その背中に何か厳粛なものを感じ、全員声を殺して近づいていく。

ガラス戸の向こうでは時間が止まっていた。体育館の奥に舞台があり、「第五十二回卒業式・熊島小学校休校式」と書かれた看板が掲げられたままになっている。

この島を初めて訪れた俺にも、その日ここに集った人々の切ない思いが察せられた。西の端の八幡様からこの学校までが、熊島で暮らす子供たちの全世界だったのだ。今俺が目にしているのはその小さな世界の終焉の光景だ。

耐震工事もしていない古い建物のため、立ち入り禁止のロープが張られている。それでも南さんはギリギリまで近づいて撮り続けた。

「南さん、ちょっと休憩しましょう」

涼子の声に続いて全員の息の漏れる音がした。南さんの発する緊張感から解放された証《あかし》だった。それほど撮影中の彼は集中していた。

「俺もカメラの才能があったら、ここを撮りたくなると思うよ」

福原さんが南さんに声をかけた。

「そうですね。きっといい写真が撮れますよ」

答える南さんの表情からは仕事人としての充足感が漂ってくる。

「カメラマンってかっこいいですね」

俺の横に来て台藤こずえが小さな声で言った。

「ああ、いい仕事を終えた人はみんないい顔になるな」

休憩後学校の敷地を抜けてさらに先に進もうとしたが、本来は行けるはずの道が土砂に埋もれていた。ここを無理に抜けても、さらにその先の道が残っているかは見当もつかない。

まずい事になった。まだ上陸して一時間ほどだ。これでは間がもたない。

俺は、「他に島の反対側に抜ける道があるか調べます」と宣言した。

全員で今来た道を引き返す。

校門を出たところがすぐに墓場だ。道がカーブしているせいでここから集落は見えない。

「どうしてお墓のある所に学校を作ったんでしょうね？」

台藤こずえが、来るときには誰も気に留めなかった疑問を口にした。

「他に土地がなかったんだよ」

福原さんがすぐに答えてくれた。

「それまではこの墓場が集落のはずれだったんだ。西の端は八幡様、東の端が墓場だったわけさ。どちらも日常から少しだけ外れた畏怖の念を覚える場所だね。学校を作る段になって、広い土地が必要になったんだが、生憎《あいにく》集落はもう家でいっぱいだ。それで村はずれの墓場のそのまた向こう側に学校を建てたんだな。日本全国にそんな事情で建てられた学校は多いよ。ほら、よく学校の怪談で『元は墓場だった場所に学校が建ってる』ってのがあるだろう?」

「あーッ」

ＡＤの真理ちゃんが素っ頓狂な反応をした。

「うちの小学校がそうでした」

「そうかい。よくあることだよ」

「そうなんですか」

「小学校は明治になってからのものだろう? 古くからある町なんて江戸時代には町並みが出来あがっていたわけだよ。子供たちが通える距離で、新たに広い校庭を作れる場所といえば、元は墓場として使っていたところを開発するしかない。とまあ、そういうケースが多かったんだろうね」

福原さんの説明に真理ちゃんは少しがっかりした表情だ。これまで自分の母校だけの特殊な事情だと信じていたのだろう。

「ここの学校とお墓の関係は面白いですね。この小さな島で生まれた人の多くが、あの学校で学んで、このお墓で眠っているわけですから」

この涼子の言葉に、みんな感慨深げな表情になって周囲の墓を見回している。

墓石の数は百を超えるだろうか。

「ここにも戦死者のお墓が沢山あるね」

福原さんがてっぺんの尖《とが》っている墓石を見つけて指摘した。

宗教的な理由は知らないが、戦没者は「○○家の墓」と刻まれた累代の墓とは別に葬られている。同じ敷地に形の違う兵士の墓を建立してあるのだ。最近では土地の問題もあってそういう「兵隊墓」が減ってきている、という話を聞いたことがある。

福原さんはそんな兵隊墓の一つに近づいて、

「この人はサイパン島で戦死だ。昭和十九年七月八日。海軍二等兵曹二十四歳」

墓石の側面に書かれた文字を、みんなに聞こえる声で読み上げた。

南さんがカメラを構えて福原さんを追い、その読み上げた墓碑銘を撮影する。

「昭和二十年七月一日レイテ島陸軍伍長《ごちょう》」

「昭和十九年二月二十五日ニューギニア……海軍二等飛行兵曹……若いなあ、二十歳だ……この人も海軍飛行兵だ。一等飛行兵曹。昭和十七年八月八日。ソロモン海の海戦で戦死している。『十有九歳ヲ一期トシテ南海ノ空ニ散華《さんげ》セリ』……残された親はたまらなかったろうなあ」

全共闘世代の両親を持つ涼子には、戦争の話は地雷だ。何かをきっかけに福原さんと討論でも始まりはしないか。討論ならまだいい、福原さんを右翼呼ばわりして罵倒し始めるかもしれない、と気が気でなかった。

そんなことを知る由もない福原さんの口調は段々熱を帯びてきた。

「お、昭和十九年三月十五日ブーゲンビル島陸軍曹長……昭和十九年三月というと、この人はタロキナ作戦で戦死だな。激戦だ。筒井君、ブーゲンビル島ってわかるか？」

突然の御下問だ。

「ええと、ブーゲンビリアですか？」

「違う、それは花の名前だし、ブーゲンビル島とは関係ない」

「え？　関係ないんですか？」

「そ、関係ない。ブーゲンビル島というのは、ほら山本五十六長官が戦死した島だよ」

「あ、映画で観た覚えがあります」

「ソロモン海に浮かぶ島だ。さっきはソロモン海の空戦で戦死した飛行兵もいたな……筒井君、行ったことあるかい？」

「え？　ソロモン海やブーゲンビルにですか？　ありません」

「僕はある。濃い緑の島が真っ青な海に浮かんでいる綺麗な所だよ。……こののどかな瀬戸内の島に生まれた子が、五千キロ彼方の美しい南の島で死んだんだ。きっとこの墓は空っぽで名前だけが刻まれているんだろう」

福原さんは、俺がこれまで見たことのない真面目モードに突入している。いつもこの人がいい加減なことを言っている記憶しかない身には、居心地の悪いことこの上ない。どう対応していいものやら、カメラも気にしつつ考えを巡らしていると、

「私はあります」

涼子がカメラの脇を離れて福原さんと俺に近づいてきた。

「一昨年と昨年、終戦特集でガダルカナルとブーゲンビルの遺骨収集を取材したんです」

これは意外だった。

「そう、行ってきたの？　それは感慨深いものがあるだろうねえ」

「ええ、そちらのお墓のイッピソウは……」

「イッピソウ」

聞き慣れない言葉につい会話に割り込んで、話の腰を折ってしまったのは俺だ。

「そう、一飛曹。海軍一等飛行兵曹」

涼子は嫌な顔もしないで丁寧に教えてくれた。

「さっきの一飛曹は、第一次ソロモン海戦で戦死とありましたから、きっと今も鉄底海峡に眠っているんでしょうね」

「鉄底海峡？」

また話の腰を折ってしまった。

「そう、鉄底海峡、英語ではアイアンボトム・サウンド」

「ははあ、あそこも取材したんだ？」

福原さんには意味がわかっているらしい。

「ええ、取材しました。水中カメラも使って」

「それはいい取材だね」

「はい。鉄底海峡というのはね……」

涼子はその先の説明を俺にというより、その場にいる全員に向けて始めた。

「激戦地で有名なガダルカナル島の北側の海域のことなんだけど、ソロモン海戦で撃沈された艦船と墜落した飛行機の残骸で、海の底が鉄だらけになっているという意味なの。今訪れれば平和な風景が広がっているけど、海底には船や飛行機と一緒にその乗組員が眠っている。それを思うと自然と厳粛な気持ちになる場所よ」

「へえ」

俺は他のメンバーと声を揃えて感心してしまった。

「つまり、この陸軍曹長はブーゲンビル島のタロキナの戦いで死に、さっきの一飛曹はそこから少し離れた鉄底海峡上空で戦死した。二人の共通点はこの島で生まれ育ったということだ。もしかしたら、少し年齢差はあっても知り合いだったかもしれない。いや、この小さな集落のことだ、名前を出せばお互い必ず知っている間柄だったろう」

福原さんが遠くを見る目でそう語ると、

「あの熊島小学校で学んだ二人の名前が、墓石に刻まれてここに並んでいる」

涼子はそう話をまとめて、

「カット。一度止めてください」

南さんに指示した。

また全員が溜息を吐いた。興味をそそられる話ではあったが、聞く者にも真剣さが要求されているような内容だった。

この島にいて波音が聞こえぬ場所はないだろう。今も優しい瀬戸内の波の打ち寄せる音が聞こえてくる。

遠い南海に果てた若者も、波音に望郷の念を募らせたことだろう。

(この海の向こうに熊島がある)

そんな思いで水平線を見つめることもあったかもしれない。

この小さな島で育ち、広い海に、果てしない大空に夢を抱いた若者。そして戦場からこの島に帰って来なかった若者。

そんな思いを巡らせているときに、突然声をかけられた。

「課長、私泣けて仕方ないんですけどお、どうしたんですかね？」

ぎょっとした。顔からあらゆる水分を垂らした台藤こずえがすぐそばにいたのだ。そのでかい顔面の歪《ゆが》んだ惨状に一瞬ひるんだが、悟られないよう俺は平静を装った。

「そりゃあ、あの校舎を見た直後に今の話を聞かされたら泣けるさ。通っていた子供たちの姿が想像できるから、若くして遠いところで死んだことに胸が揺さぶられるのと違うかな？」

「課長、冷静ですね、ヒクッ」

「いや、俺もすごく感動してたけど、ほら、他の人間が自分以上に感動しているのを見ると、ちょっとばかり引くじゃないか？」

「引きますか？　ヒクッ」

「引くね。ま、おかげで冷静に自分の心理を分析できてよかったよ」

「そうですか、お役に立てて、ヒクッ、何よりです」

「ありがとう」

「ど、どういたしまして」

やはりこずえはいい子だ。苦労した分、同情心が人並み外れて大きく育っているのだろう。


港に戻り、島の反対側に行く道を確かめてみたが、どれも塞がっていた。台風や大雨のたびに少しずつ傷んだようだ。

今の島民は年寄りばかりで山越えして反対側に行く元気はない。第一島の裏側には誰も住んでいないので行く用事もない。稀に釣りに行くにしても船を使って回り込む、ということだった。

「筒井君、これちょっとまずくないか？」

福原さんが俺のそばまで来て小声で言った。

「そうですね。このままだとやることなくて、時間が余りますね。さっきのお墓では先輩グッジョブでした」

「いや、あれは俺も本当に興味が湧いてきたんだ。それはいいけど、これからどうしよう？」

「早めに食事休憩して、島の人に話を聞くぐらいですか。明日以降に船を手配して島の反対側に回り込む、と」

「まあ、それで最低でも今日明日二日間はつぶせるな」

話がまとまったので、涼子には早めの昼食休憩をとることを提案した。

島に残る二つの旅館のうちの一つ「木原《きはら》旅館」で休憩だ。といっても「木原旅館」では現在、宿泊と休憩は出来ても食事は出ない。持参した弁当を食べるのだ。

古い商人宿の畳の上で寛ぐと、結構疲れているのが自覚された。大した距離は歩いていないはずだが、俺なりに気も遣ったからだろう。

食事を始める前に午後の打ち合わせをした。

道が使えない以上、島の反対側に行くための船の手配を考える。

「それは村杉港に帰って柳本《やなもと》に聞こう。柳本は村杉漁協の組合長だ。俺と玉沢の同級生でね」

というのが福原さんの提案だ。

「福原さんの同級生は日照のそこら中にいますね」

「筒井君もそうだろう？」

「そうですけど。漁船を貸してもらえますか？　漁があるのに」

「そうだな、難しいかもな。市役所は船を持ってないかな？」

「野村に聞いてみましょう」

野村に電話してみたが、日照市役所では小型ボートしか所有していないという。

「やっぱり柳本だ、柳本」

涼子はそんな俺たちの会話を聞いて埒が明かないと思ったのか、

「それで今日の午後はどうするんですか？　もう午後一番の船で帰りますか？」

と割って入ってきた。

「いや、予定通り最終便までいるよ。せっかくだから島の人から色々聞いてみようと思って」

「それも面白そう」

熊島小学校とお墓を見てから、涼子もこの小さな島の歴史に興味を持ってくれたらしい。

「島の人に話を聞く準備はしてあるの？」

「いや、これから当たってみる」

「それなら島民インタビューということで、私の方で仕切っていいかしら？」

「それは逆に助かるよ。お願いします」

涼子は頷き、スタッフを集めてミーティングを始めた。

仕事の話が終わって食事になると、涼子が俺の近くにやってきた。スタッフも俺に涼子が接近したことが気になるのか、ちらちら視線を送ってくる。

「筒井さん」

涼子に名字で呼ばれたのは出会った当初以来だ。

「私が戦争の話についていけないと思っていたでしょう?」

「あ、顔に書いてあった?」

「書いてあった。『男子三日会わざれば刮目《かつもく》して見よ』というでしょう?」

「うん」

「女子もそれでよろしく」

「はい、すみません」

「私が両親の影響を受けていると思ってるでしょうけど、社会に出てから結構長いですからね。お陰さまで勉強させていただきました」

なるほど、涼子も企業に属している以上は好きなテーマだけを追いかけるわけにもいかない。最初は意に添わないと思った仕事でも、取り組んでみれば世界が広がったということもあったのだろう。

「それに、うちの両親のこと嫌ってただろうけど……」

「いや、嫌うなんて」

俺が慌てて否定すると、

「あら」

涼子は悪戯《いたずら》を見つけたような意味深な笑みを浮かべた。俺も悪戯が見つかったように首をすくめた。

「あの人たちは知らないことを知らないと言えない気の毒な世代なの」

「どういうことかな？」

「うちの両親の世代は人数多いでしょう？」

「団塊だもんね」

「そう。人数が多いとお互いの評価に時間をかけていられないでしょう？」

「そうかな？」

「私はそう勝手に想像してるの、彼らの心境をね。次から次へと人が現れるから、ほんの一言の発言で評価が定まってしまう。つまり自分自身のプレゼンの時間が限られているのよ。だから何かを知らないと認めただけで、立場を失うような緊張感があったのだと思うの」

「そりゃまた気の毒な。知ったかぶり同士のチキンレースだな」

「それいいわね、知ったかぶり同士のチキンレース。さっきの遺骨収集の話なんて、うちの両親に聞かせれば知らないことだらけだわ。ガダルカナルの慰霊団に同行したとき、現地の空港で日本の女子大生数人と出会ったの。あの辺はスキューバダイビングの名所だから、彼女たち能天気に、『おじいちゃんたちもダイビングですか？』って、慰霊団に話しかけてきて、『いや、僕たちは戦友の慰霊に来てね。この島では二万人の日本の兵隊さんたちが亡くなっているんだよ』。そう聞かされて黙り込んでいたわ。ショックだったみたい。うちの両親もその子たちと大差ない認識なのよ。でも、私はそれを責める気にはならない。むしろ、今の私にはそんな人たちに対する責任があるの」

　まさに刮目して見よ、だ。涼子は仕事人として一回りも二回りも大きくなっている。涼子は言い終わるや、スタッフのいる席に戻っていった。

「課長、男子三日……何ですか？」

　そばで会話を聞いていた台藤こずえが尋ねてきた。

「『男子三日会わざれば刮目して見よ』。男は成長するものだ、と。三日も会わない日が続いたら、目を擦《こす》ってよく見ろよ、というわけだな」

「へえ、そんなに成長しますかね？」

「ま、人によってはそうじゃないの」

「伊藤君でも？」

「あ、あいつは三日どころか三十年見なくて平気。成長せんだろ」

「ですよね。課長、伊藤君のＡＥＤ事件の話聞きました？」

「何それ？」

「市役所に来てたおじいさんが心臓発作を起こして倒れたことがあって、一緒にいた息子さんが『ＡＥＤはどこだ？』って叫んだら、たまたま近くにいた伊藤君がＡＴＭの場所を教えたらしいです」

「またあ、それ誰かの作ったネタだろう？」

「いや、本当らしいですよ」

「あいつ、そんなときに現金が必要だと思ったのかな？」

「今度本人に聞いてみましょうか？」

「いいよ、聞きたくない」

「……課長、涼子さんと縒りを戻そうって思ってますか？」

「その野村の説は忘れてくれるかな」

「でも涼子さん美人だし」

「こずえちゃんのお母さんも美人じゃないか」

「そう、うちのお母さんどうですかね？」

「どうですかねって？」

「うちのお母さん、筒井課長のことかっこいいって言ってましたよ」

「お世辞だろ。それにお母さんはこずえちゃんのお父さんのことを忘れられずにいるんだよ。そっとしといてあげなよ」

「でも私、お母さんに幸せになって欲しいんですよ」

「それより自分の幸せは？　親としては自分より娘が結婚してくれた方が幸せじゃないかな」

「私のことはいいです。あ、お弁当撮るの忘れてた」

こずえはスマホで弁当を撮影した。

「こんなもの撮ってどうするの？」

「ブログに載せます」

「ブログやってんだ？」

「ええ、埋蔵金発掘課の広報も兼ねてます」

「なんてブログ？」

「『ヨントンの発掘日記』」

「ヨントンて、君のあだ名だよね？」

「はい」

「気に入っているの？」

「そんなあ、気に入るわけないですよ。四頭身て意味ですもん」

「あ、意味知ってるんだ？　それでも使う？」

「はい、その方が同級生なんかには通りがいいし」

「やるなあ、台藤こずえ。一筋縄じゃあいかないね」

「それ、褒めてます？」

「褒めてる、褒めてる。小さな悪口気にしてたら世の中やっていけないよな」

「そうですよ、やってられないですよ」

　こずえはニコニコしながら弁当に箸をつけた。


　さすがドキュメンタリーのプロ集団だ。下準備が十分でなかったにもかかわらず、午後の島民インタビューは順調に進んだ。

　お宝発掘に繋がるような話は聞かれなかったが、人生の黄昏《たそがれ》にある年配者の経験談はどれも興味深かった。

「筒井君はどの話が面白かった」

　福原さんに問われて考える。

「そうですねえ、やっぱり大連から引き揚げてきたおばあちゃんの話ですかね。実際にここから満州まで進出していた漁師がいたことも驚きでしたけど、あのおばあちゃんは大連で生まれ育って終戦後引き揚げてきて、それから六十数年間ずっとこの島で生活したわけでしょう。スケールが大きいんだか小さいんだかよくわからない人生だな、と」

「そうだよな。でも激動の時代に生きた証言であることは間違いないよ。引き揚げ時も大変だったって話だもの」

「ええ……福原さん、我々もこれからまた連絡船で引き揚げますけど、船酔いを気合で乗り切ってください」

「ああ、気が重いんだよなあ」

福原さんは本当に辛そうな溜息を吐いた。

熊島港を五時に出る連絡船で村杉港に戻った。

「お疲れ様でした」

港には石川投手と伊藤君が迎えに来ていた。

「どうでしたか？」

尋ねてくる石川投手に、

「そっちはどうだった？」

涼子たちに聞こえぬようにボソリと聞き返すと、

「それはもう、バッチリです」

小さな声だが、石川投手は何度も頷きながら答えてくれた。

伊藤君の方は専ら涼子をはじめとするテレビクルーに愛嬌《あいきょう》を振りまいている。

「どうでしたか、取材の成果は？　何か追加のご要望はないですか？」

と日照市を代表する勢いだ。その暴走を食い止めようと台藤こずえが近づくが、それを邪険に追い払っている。

気の毒なことに、伊藤君の特異なパーソナリティーを知らないスタッフは真に受けてしまい、カメラマンの南さんなど、

「そうですね、熊島の取材を続けるには船が必要ということになりまして……」

と生真面目に対応している。

「そうですか、船ですか、どれにするかな」

伊藤君はそう言って腰に両手を当て、港に係留された船を睥睨《へいげい》した。漁協組合長の柳本さんを差し置いて、何の権限があっての大きな態度だろう。見ていて舌打ちしたくなる。

「なんだ、手頃なのがないなあ、ダメだなあ。あ、あれは？」

そこに豪華なクルーザーが入港してきた。どう見てもとんでもない大金持ちの所有物に違いない。

「いや、あの船なら問題ないですね。何とかなりますか？」

南さんが乗り気になって、伊藤君の立場は追い込まれた。

「そっすね、そっすね。うーん、何とかなるかな……」

そわそわした様子で、伊藤君がそのクルーザーが接岸したところへ向かう。また何かやらかしそうで心配になり、俺が後を追うと、石川投手と台藤こずえも続いた。

「すみませーん」

声をかけた伊藤君に対して、

「はい……あら」

返事をして船内から現れたのは立花こずえだ。

「こずえさん！　これ、こずえさんの船なんですか？」

「はい、うちの船ですけど」

芦屋のお嬢様だとは聞いていたが、想像以上の大金持ちだ。

彼女はひょいと上陸してきてクルーザーを繋留した。実に慣れた動きだ。

「こんにちは、はじめまして。私、台藤こずえと言います」

女性同士は初対面だ。

「はじめまして、立花こずえです。同じ名前ですね」

立花こずえも笑顔で応じる。

「すごいクルーザーですね」

「ええ、父が好きなものですから、こうして神戸から日照まで海路で来ることもあるんです」

　そんな女同士の会話に伊藤君が割り込んだ。

「お父さんは何をされているんですか？」

「祖父の代から不動産の管理と売買をする会社を経営しています」

　つまりは神戸市内にいくつかビルを所有しているということなのだろう。

　俺はここぞとばかりに厚かましく切り出してみた。

「あの、この前のお話では、我々埋蔵金発掘課にご協力いただけるということでしたよね？」

「はい、それはもう」

「我々は熊島を調べようと考えているんですが、この船をお借りできないですか？」

「私でよければ、皆さんをお乗せして熊島までご案内するのは構いませんけど、それはいつのことになりますか？」

「できれば明日なんですが」

「申し訳ありません。明日から祖母をこの船で別府に連れて行きますので」

　ちょっと日本では聞かないスケールの話だ。

「そうですか、それではお願いできないですね」

「あ、でもその後でしたらいつでも大丈夫ですよ。例年は夏場だけ日照に帰ってるんですけど、今回は来年の夏過ぎまでこちらにこの船と一緒にいる予定ですから。熊島と言わず、この周辺の海で何かを探すのに使ってください」

「ありがとうございます」

伊藤君を引きずるようにしてその場を離れ、埋蔵金発掘課だけでミーティングを始めた。

「で、今日はどんな按配《あんばい》だった？」

探索班の成果を尋ねる。

「予想以上の成果です」

石川投手が答え、伊藤君も目を輝かせている。

「成果って、何かが出たわけでもないんだろう？」

「いや、千堂山に連れて行った神田妖子ちゃんの反応がすごかったんです」

「そういえば、彼女がいないね」

「ええ、何か今日はとても疲れたとかですぐに帰りました。本当にすごい反応だったんです。ね？」

石川投手に同意を求められた伊藤君が何度も頷いて言った。

「ええ、メチャクチャ怖かったです」

「そっちかい！」

俺がツッコミを入れると、石川投手は顔の前で手を振って、

「違います。確かに怖かったですけど、怖いほどのすごい反応があったということなんです。この前の壺が出てきたときとは比較になりません。彼女は完全にイッってしまって、『ここ掘れ、早くここを』って、見ていて心配になるほど興奮した状態になりました。あれは絶対です。絶対にあそこには何かお宝が埋まっています」

ふだん大袈裟な表現を使わない石川投手が熱い。

「どうします？　課長」

台藤こずえが俺と石川投手を見比べるようにして判断を仰いできた。

船が手配できない明日、熊島に行ってもまた時間を持て余すだけだ。それに俺は涼子の仕事ぶりを見て、「陽動作戦」で無駄な時間を過ごさせることに良心の呵責《かしやく》を覚えていた。

「よし、千堂山を掘ろう。それを撮影してもらおう」

俺が決断すると、台藤こずえはテレビクルーが屯《たむろ》する連絡船波止場まで走って行った。

翌日は市役所で集合した。市長と野村も災害時に着る紺の制服に身を包んで参加だ。山の中に分け入るというので気合が入っている。中川市長は「どこでも鑑定所」を思い起こさせるテンションの高さで、

「市長お忙しいのでは？」

という涼子の問いかけに、

「何をおっしゃるやら、これはねえ、最優先事項ですよ。これに比べたら他はすべて雑用！」

市民に聞かれたら怒られそうなコメントを発する。

「本当にいいのか？　急な話なのに」

野村に確かめると、

「うん。昨夜玉沢さんと福原さんから連絡あってのう。今回は確実に何かお宝が出ると断言されたらしい」

玉沢さんは神田妖子のお告げを疑わない。福原さんも親友に感化されてすっかりその気になっているのだろう。福原さんは玉沢さんの小型四輪駆動車を借りてきていた。

「タマは一人で山の中を探索するつもりで、この車を買ったんだ。やっと役に立つと喜んでたよ」

伊藤君運転のライトバンに我々が乗り込み先頭を行く。続いて福原さんが運転する小型4WDに市長と野村。その後ろを東亜テレビの大型4WDが続く。

千堂山は頂上まで車で登れる道が通っている。石川投手たち探索班が見つけた候補地点は、頂上のやや下で道を外れて林に分け入ったところだった。

道の脇の木の枝に目印の黄色いリボンが括《くく》りつけてあり、そこから林に分け入ってすぐの地面に黄色い小旗が刺してあった。

「ここです」

石川投手は小旗の横に立って言った。

「金属探知機の反応はありませんでしたけど、別の探知機はかなりの反応を見せました」

これは神田妖子が激しい反応を見せたことを言っている。テレビクルーには何のことやらわからないだろう。今回は神田妖子を連れてきていない。カメラの前で「激しい反応」は見せられないと判断したからだ。俺は「別の探知機」について涼子に突っ込まれたらどう答えようかと考えていたのだが、そこはスルーしてもらえた。

南さんは肩に担いでいたカメラをアシスタントの設置した三脚に固定して、作業を撮影するのに備えている。

「では作業にかかろう」

三人で穴を掘る要領は心得たものだ。これだけは伊藤君もちゃんと役に立つ。

「早い」

「早いわね」

ADの真理ちゃんと涼子がそれぞれ独り言のように呟いて感心する中、アッという間に一メートルばかり掘り、

「そろそろ、何かに当たるかもしれないぞ」

俺は石川投手と伊藤君に声をかけた。シャベルの先端が高価な壺でも傷つけてはいけない。その点は「どこでも鑑定所」の一件で学習している。

野村の先導で中川市長もさり気なくカメラのフレームに入ってきた。無言の市長の目がすごい。テンションMAXだ。

気を遣いながら掘っていくと、

「あ、何かに当たりました」

シャベルを穴の底に突き刺した石川投手が顔を上げた。

「よし。ここからはさらに慎重にいこう」

俺の一声に、涼子たちも緊張したのがわかった。南さんは再びカメラを肩に担いで、

すぐそばまで迫ってきた。

「周りの土から掘っていこう」

周囲の柔らかい土にシャベルを入れていく。

「さあ、出てくるぞ……」

伊藤君が珍しく気を利かせて、南さんに場所を譲った。カメラがグッと迫る。

「よーし、掘り出そう……」

緊張感が最高潮に達したところで、お宝は姿を現した。

「ええと……これは……誰か警察に連絡してくれる？」

それは明らかに人間の頭蓋骨だった。

「福原、やってくれたのう」
日照警察署の平田《ひらた》副署長は、日照高校の同級生ということで福原さんを呼び捨てだ。ふつう、警察署の幹部は地元出身者を避けて配置すると聞いた。何かと癒着する可能性があるからだろう。だから、この平田先輩が日照警察署にいるのは珍しいことなのだ。しかし、そのおかげで話が早く済んだ点はあるかもしれない。

「埋蔵金を発掘するちゅう話は聞いちょったが、わけのわからん死体を掘り出すのはやめてくれえや。警察の仕事が増えるけえのう」

平田先輩は鼻で笑っている。

「うるさい。掘りたくて掘ったわけじゃない」

福原さんは憮然として答えた。

「しかし、まあ事件にならんでよかった」

事件にならなかったのは、掘り出された骨が随分と古いものだとわかったからだ。江戸時代よりもっと遡る可能性があるらしい。何しろ骨と一緒に鎧が出てきたわけだから、戦国時代か、さらに前の源平合戦の頃の人物かもしれない。

正確なことは警察の鑑識の範疇《はんちゅう》を超えて、考古学研究者の手に委ねるしかない。

あれから大騒ぎだった。何しろ殺人事件の可能性もあって、警察も本気モードで「第一発見者が第一容疑者」という目でこちらを見てくる。

俺は刑事に、

「なぜここを掘ろうと思ったわけですか?」

と尋ねられて答えに窮した。偶然というにはわざわざ山の中に分け入っているわけだし、他を掘り返さずにそこだけ掘っているのも不自然な話だ。ここで神田妖子の不思議な能力を持ち出しても信じてもらえるわけがない。

幸いだったのは、やってきた鑑識班の班長が一目見るなり、

「あ、こりゃあ現代のものじゃないのう。時効も何も、たとえ殺人であったとしても犯人はとうの昔に死んじょる」

と言ってくれたことだった。

「筒井さん、いいですか？」

警察署内のベンチで隣に座っている石川投手が小さな声で言った。

「何？」

「神田妖子ちゃんの不思議な能力なんですけど、あれは人の情念を感知しているんじゃないですかね？」

「というと？」

「何か価値のある物を察知しているのではなくて、それを埋めた人がこの世に残した情念とか、今回の場合はあそこで何百年も埋まっていた人の情念を感じたのと違いますか？」

何とも答えようがないが、もっともな推理だと思えた。しかし、彼女の能力の秘密を推理するのはこの際意味がない。問題はテレビカメラの前でお宝を発掘するはずが、人骨を掘り出してしまったということだ。

翌日の午後、俺たちはこの件で市役所の会議室に集められた。テレビクルーもその様子を撮影しに来ている。

「皆さんには申し訳ないけど、熊島から昨日までの一連の出来事は、テレビ的にはかなりイケてるわ」

涼子は、お宝が出なかったことに恐縮している俺たちをそう言って慰めてくれた。実際本気でそう考えているのかもしれない。

一同が揃ったところで、野村が面白くなさそうに現れた。少しはテレビ映りのことを考えればよさそうなものだが、露骨に不機嫌な表情だ。

「おはようございます。昨日はお疲れ様でした。今日、市長は外せない用事でして、顔を出せませんが、よろしくとのことでした。で、市長からの意向をお伝えしなければならないんですが、結論から言いますと、埋蔵金発掘課はしばらく活動を停止します」

「ええ！」

これは不意打ちだ。

「ちょっと待ってください。その理由は何ですか？」

テレビカメラさえなければ、「野村、ふざけんなこのヤロー、市長呼んで来い！」と怒鳴るところだ。

「いえ、まあ、私も市長と詳しい話はしてないですけど、第一は成果が上がらない……」

「そんなもの、簡単に成果が上がるわけないでしょう！」

「そうだよ、僕たちも最初に市長にはそう言ってあるよ」

福原さんも当惑している。

「それはそうなんですけど……ぶっちゃけて言いますね、この際。『どこでも鑑定所』で五万円の古銭出すのに五百万の壺を割った件はまだ良かったんじゃがねえ、死体が出てきたのは、なんちゅうかイメージダウンじゃないかと。いや日照市のです。日照市の地面を掘った、古いお宝出てきた。これはその価値にかかわらず、面白いエピソードですむじゃろう？　それが、日照市の地面を掘るとわけのわからん死体が出てくるちゅうのはどうも……」

「いやいや、それはどこも同じだと思うよ。どこの町でも掘り返せばいいものばかり出てくるわけないもの」

口にするのもアホらしい当たり前のことを俺は言った。

「そ、それ、あえて掘らなければ出てこないわけでしょう？」

理屈ではそうだが、それを今さら言い出すのもどうかと思う。不満そうなメンバーの表情を見て、野村は言い方を変えた。

「ま、いろいろ私がここで言うのもなんですね。市長がそう決断されたということです。とにかく一旦活動停止して、今後どうするかは少し時間をかけて決定します。以上」

野村が会議室を出ていくと、シラーッとした空気が漂った。

「福原さん、市長に何とか言ってくださいよ」

この人だけは他のメンバーと立場が違う、そう思って俺は訴えた。

「うん、ちょっとひどいな。まあ、あの人も気分屋だからさ」

「福原さん、カメラ回ってますよ」

「いや、いいの、俺の発言には俺が責任持てばいいだけだから」

パチパチ、台藤こずえが拍手した。

「福原さん、男前です！」

「ありがとう……でもなんだな、こんなことでめげるとは思わなかったな。そんなにイメージ悪くなるかな？」

福原さんの問いかけにみんな考え込んだ。

「こういうことじゃないですか……」

石川投手が遠慮勝ちに口を開いた。

「高校野球で甲子園目指して頑張って、結果出すのは大変な時間とエネルギーが必要ですけど、生徒が不祥事起こせば簡単に学校の評判は地に落ちるじゃないですか。それと同じじゃないですかね。もともと埋蔵金発掘課で成果を上げるのに時間と労力が必要なのはわかっていたものの、悪い結果が簡単に出たので、それで市長さんもショックを受けたのではないでしょうか」

悔しいがそういうことだろう。

「僕は東京の秦と連絡取って、それから玉沢とも今夜話してみるよ。もう一度市長を説得してみよう」

福原さんは我々に対する責任を感じてくれているようだ。ここは、俺もリーダーとしてしょげてばかりはいられない。

「よし、今夜『台ちゃん』に集まろう。できたら福原さんも玉沢さんと一緒に顔を出してください。こずえちゃん、お母さんに予約入れといて」

一旦会議室で解散した後、俺は市長と直談判《じかだんぱん》しようと秘書課に行った。涼子たちテレビクルーも俺の後に続く。

「何か用か?」

秘書課のドアを開けると、奥のデスクで野村がほざいた。

「市長はどこだ?」

ムカッときていた俺の声は多少大きめだったかもしれない。仕事中だった職員が驚いて顔を上げた。

「だから言うたじゃろう、市長は別件で用事があるんじゃ」

野村は役人モードでこの場をやり過ごそうと平静を装うものの、目がキョドっている。会議室では木で鼻をくくったような言い方で頑張っていたが、こちらが強めに出れば地金の人の良さが顔を出すのだ。

「野村、埋蔵金発掘課を見殺しにしようってのか」

「そねえなことは言うちょらん。まあ、落ち着け」

野村は宥めるように俺に近づくと、

「ほれ、テレビカメラの前じゃ」

と小声で言った。

「それがどうした。さっきはカメラの前で仏頂面してたじゃないか。第一、この取材には市長も大乗り気だったろう」

「そうなんじゃが、テレビいうのは両刃《もろは》の剣じゃ。悪い情報もあっという間に流れてしまう」

「そんなもん、先刻承知だろうが。取材を受けたときに覚悟しちょけ」

俺は声のボリュームをまた上げた。

「ま、ま、そうなんじゃ、確かに筒井の言うのが正論じゃ」

俺の機嫌を損ねないように、野村は何度も頷いて見せた。それから俺を部屋の隅まで引っ張って行き、

「実はのう、市長にはトラウマがあってのう」

「何だそれ？」

「ほれ、例の『日照市殺人事件』のじゃ」

十数年前、世間を騒がせた殺人事件に、無責任なマスコミが「日照市殺人事件」と名付けてしまった。あのネーミングのセンスはどうかと思う。

「あのときは、日照市民は他の地方に行くと必ず、『日照市？　ああ、日照市殺人事件の』と言われて、誰もが随分と嫌な思いをしたんじゃ。市長はそのイメージを払拭するのにも、埋蔵金発掘が力になれると期待しちょった。それがまた骸骨が出てきた、ではのう」

その市長の気持ちはわかる。俺自身、その頃は、出身地を尋ねられるたびに気が重くなったものだ。

「それで市長は、これを挽回《ばんかい》する話題が出るまで埋蔵金発掘課の活動は自粛したい、

と言い出したんじゃ。じゃけえ、他にええ話題が出たときに、それに紛れてまた掘り始めよう……」

「他にいい話題?」

「そうじゃのう、全国から注目されるような人物が現れるとかじゃのう。日照出身者の誰かがノーベル賞でも取るとか」

「それ、埋蔵金が出るより可能性ないだろう」

「うん。もう少し現実的なところで、市内の高校が甲子園に出て、しかも大活躍して脚光を浴びるとか……それなことで日照市の株が上がれば埋蔵金発掘課も活動再開してええんじゃないか、とまあそういうわけなんじゃ」

「しかし、それでは活動再開がいつになるか見当もつかんじゃないか。頑張ってくれているみんなにどう説明する? 言っておくが伊藤君は給料出ているし、こずえちゃんはボランティアだけど、石川君は生活がかかってるんだぞ」

「うん、それについては代替案を用意するけえ。さっき観光協会の沢井《さわい》さんにも電話してお願いしちょいた」

「観光協会から仕事を回してもらおうというわけか?」

「うん。何でもいいから人手の必要なときは、まず埋蔵金発掘課のメンバーを使うてもらう手筈になっちょる。それと『里の厨』の仕事は石川君とシェアしてくれ。これはとりあえずの話じゃ、追々他の方策も考える」

話を聞いているうちに、俺の憤りは収まってきた。確かに嫌な事件で貶《おとし》められた故郷の名誉を何とか取り戻したい。埋蔵金発掘課設立の目的の一つがそれだというなら、むしろ望むところだ。ここは矛を収めてもいい。

「みんなの生活を考えてくれるならそれでいいが、もう一つ条件がある」

「何だ？」

「今回の人骨発掘の件で、うちのメンバーの責任を追及するような真似をするなよ」

「そんなことか。それは最初からわかっちょる。今回は運が悪かっただけじゃ。市長もそれは言うちょった。むしろ、みんなの働きには感謝しちょるんじゃ。それは筒井の口からも伝えてくれ」


「こんばんは」

夕方「台ちゃん」に着いたのは俺が一番最後だった。他の課員だけでなく、福原さんと玉沢先輩もいる。意外なことに、神田妖子も深刻な顔をしてカウンターで石川投手の隣に座っていた。

彼女をどう紹介すればいいだろう。涼子以下のテレビクルーを引き連れていた俺は、そのことにまず困惑した。

「課長さん、ごめんなさい。私のせいで」

神田妖子は立ち上がって深く頭を下げた。

「いやいや、妖子ちゃんのせいじゃないのはわかっているんだよ。気にしないで」

俺は立ったままで、昼間野村と交わした会話をみんなに聞かせた。みんなとりあえずは納得してくれたようだ。

「だから今夜は日頃の慰労をかねて、これからのことを話し合う会にしよう」

そう提案すると、まずは乾杯となり、福原さんがその音頭を取ってくれた。

「ちょっと皆さんにお話を伺っていいですか？」

ここまで黙って経緯を見守っていた涼子が取材モードで話しかけてきた。

「それはいいけど、そちらはどうするの？　わざわざ東京から撮りに来てもらったのに、しばらく活動しないよ」

俺はそれも心配していた。このままでは東亜テレビも仕事にならないのではなかろうか。

「いいえ、皆さんには申し訳ないけど、面白い作品になりそうです。最初に申し上げましたけど、私は『埋蔵金発掘課』を通じて、現代の地方都市が抱える問題を探ろうと考えているのです。別に埋蔵金が見つかることを期待していたわけではありません。順風満帆に事が運ばないことは覚悟していましたから、今回こういう形になったことは、番組的には物語が展開したと受け取っています。これこそドキュメンタリーの醍《だい》醐《ご》味《み》ですよ。作られたストーリーでないところが命です」

意気消沈しているかと思っていたら逆だった。

「そこで、皆さんにこれからどうしていくおつもりかご意見を伺いたいのですけど」

店は貸し切り状態だ。涼子はアルコールが進む前にこの場でディスカッションをさせたいらしい。だが、あらためて意見を求められると、みんなは互いに見合って黙り込んでしまった。

「ちょっといいかな、僕は半分部外者みたいなもんだから僭越《せんえつ》なんだけど……」

福原さんがおずおずと挙手して言った。

「あ、村杉日照先生もこういうときに遠慮するんだ？」

こずえの発言は全員の心の声だった。

「こずえ」

早苗が娘をたしなめる。

「うん、遠慮しちゃうんだよ、人並みに」

いつになくしおらしい福原さんの態度に笑い声が起こった。

「筒井課長、ほんとにいいかな、僕が最初で」

「どうぞどうぞ」

「僕はこの『埋蔵金発掘課』の発案者の一人でもあるわけだよね。だから、これからも継続して中川市長には活動再開を提案していこうと思っている。時々ではあるけどみんなの活動を見ていると、だんだんそれぞれの役割分担がはっきりしてきて、効率的に動いてるという印象があった。だから、今回の活動自粛はすごく残念なんだよ。さっき筒井課長がこのメンバーで観光協会の仕事を引き受ける話をしたときに、みんながホッとしたように感じたんだけど、みんなが惜しんでいるのは、発掘作業ができないことではなくて、仲間がバラバラになることなんじゃないかな。なんとか解散は免れたわけだから、みんなは力を合わせて目の前の仕事を頑張ってください。微力ながら市長の説得は続けるし、この玉沢と一緒に活動再開後の発掘場所の目星をつけておきます。以上」

話し終わると拍手が起こった。

「他にどなたか意見のある方は？」

再び涼子が促すが、自分から挙手する気配はない。

「石川君はどうですか？」

涼子に代わって俺が指名した。

「僕としてはこの仕事に参加させていただいて大変感謝しています。夢があって、やりがいのある仕事だと思うからです。ですから活動自粛は非常に残念です。ですが、こうなったいきさつを考えると、『埋蔵金発掘課』としてのやり方を改めるべき段階にあったのだと感じます。昨日の人骨発掘について神田さんは自分の責任のように感じておられますが、それは違います。むしろ神田さんの能力は間違いなく本物なのに、それを十分に生かせなかった我々の側に大きな問題があるのではないでしょうか？　これまでの発掘候補地の選定のやり方ですが、根拠として非常に弱いものでした。何かを埋めたという確証があるところまで絞ってから神田さんにお願いすれば、あのような事態にならなかったと思います」

「それについてはわしの責任は重いと考えちょります」

玉沢先輩が応じる。

「確かに、もっと検討を重ねた上で探索するべきじゃった。神田さんに過剰に頼った気持ちが昨日の結果を招いたように思う。本当に神田さんには申し訳なかった。この通りじゃ」

玉沢先輩は深々と頭を下げた。神田妖子が恐縮している。

ここは俺の出番だ。

「いや、まったくその通り。妖子ちゃんにはご迷惑をかけました。しかし、昨日の件は誰の責任でもないし、市長はショックを受けておられますが、実はあの骨となっていた何百年か前の人物の無念を晴らすいい結果だったとも言えます。これからは腰を据えてじっくり発掘計画を練ることにしましょう。それと、市長は何か日照市の名前を高める出来事を、我々の活動再開のきっかけとしたいようです。だから石川君、野球の方で頑張ってシーガルズを東京ドームに導いてください。何と言っても『都市対抗野球』です。『日照市代表』ですからね。文句ないでしょう。『埋蔵金発掘課』メンバーとして活動再開に力を貸してください」

「ちょっといいですか？」

涼子が割り込んできた。

「少し話が見えにくいんですけど、こちらの神田さんでしたっけ、その能力というのはどういうものですか？」

来た。俺だけでなく、メンバー全員が複雑なリアクションを見せた。神田妖子に注目した後で、俺に視線を送ってくる。神田妖子自身も俺を見ている。彼女が軽く頷いたのは、腹を括ったという合図だろう。

俺はまずカメラの位置を確かめた。

「南さん、カメラ回ってますか？」

「ええ、止めた方がいいですか？」

「いや、構いません。テレビ的にどうかと思ったら編集で何とかしてください。常識からすると、大変奇妙に思われるかもしれない話です」

こう切り出して、クルーに心の準備をさせた。俺だっていきなり聞かされれば信じるかどうかわからない。

「こちらの神田妖子さんは不思議な力の持ち主なんです。これまで我々が比較的早い時期に結果を出せたのはすべて彼女のおかげです」

「不思議な力……ですか？」

発言したのは涼子だが、スタッフ全員が疑わしげな表情で神田妖子を見た。

「……それはつまり『超能力』と呼ばれる類のものですか？」

涼子は慎重に言葉を選ぶ間を取って言った。

「その呼び方はあまり好きではないけど、そうですね。一般的にはそう呼んだ方が理解されやすいかもしれません」

急に店内から雑音が消えた。妙な緊張感が満ちている。

東亜テレビのスタッフはこの話にどう対処すべきか迷っているし、我々はその彼らの反応を注視していた。

「……もう少し詳しく説明してもらえますか」

「どこから説明しますかね……まず彼女は生まれついてそういう能力を持っていたと

聞きました。予知能力と言っていいんでしょうか、運動会の日の天候を言い当てたり、友だちの遺失物を見つけたり。小学生の頃からその不思議な力は有名だったそうです」

全員が神田妖子をあらためて見た。今日の妖子は聖照高校の制服姿だ。

「一見、そんな能力を持っているようには見えないでしょう？」

ADの真理ちゃんは素直な性格で、疑うことを知らないタイプだ。

「それはどれぐらい当たるんですか？」

大きく目を見開いて誰にともなく彼女は尋ねた。

「すっごいんだよ、すっごい当たるんだ」

その場の空気を一気に乱すテンションで伊藤君が叫んだ。

言うにしても「百パーセント当たる」とか「これまで自分の知る限り全部当たった」とか、もう少し客観的で具体的な言い方があるだろう。小学生かお前は！　とキレそうになる。

大袈裟に舌打ちしてやろうか、と思ったとき、

「そっかあ、すごいんだあ」

真理ちゃんが心底感心したように言った。真理ちゃん、伊藤君と同じレベルだ。

俺は気を取り直して、

「これまでの埋蔵金発掘課の成果である、昨日の人骨と以前『どこでも鑑定所』で有名になった古銭の詰まった壺は、両方とも彼女の『お告げ』に従って発見できました。それがなければ、我々の成果は未《いま》だにゼロだったでしょう」

「……『お告げ』……これは大変な事実ですね」

涼子は頭の中を整理している表情だ。

二人で暮らしていた頃、他局の「宇宙人発見」「UFO目撃」といった玉沢先輩の好きそうな番組を、「視聴率稼ぎにこんなもの作って」と軽蔑していた涼子である。自分の番組で「超能力」を取り上げることにはどういう判断を下すのだろう。

「信じられないかもしれませんけど、我々は彼女の能力を少しも疑っていません」

言いながら俺は自分の言葉に説得力がないのを感じた。実際に神田妖子が「お告げ」を下す場面を見ていない者には理解し難い話だ。

「そうですか……」

案の定、涼子の返事はおざなりだった。

「彼女は一種のトランス状態になってから『お告げ』を下すので、ここですぐにやって見せられるというものではないんだけど……」

「そうですよね、簡単には見せられないものですよね」

「いや、別に勿体つけているわけではないんだけどね……」

自分でもわからないが、なぜか口調が焦っている感じになり、涼子が俺を憐《あわ》れむ目で見た。まるでおかしな宗教にハマった人間に対するようだ。

さらに俺は焦ったが、

「これは僕の勝手な推測ですけど、いいですか？」

それを見て察してくれたのか、石川投手が立ち上がり涼子に向けて話し始めた。

「この神田妖子さんは我々が感じることのできない、人間の情念を感知する能力を持っているのではないかと思うんです。世の中には死んだ人が残した情念が漂っていて、我々は感じないですけど、彼女は匂いを嗅ぎ取るようにそれを察知して、我々に教えてくれているわけです」

いつになく熱の籠った石川投手の言葉も逆効果だった。

「なるほど」

涼子の反応は短く鈍かった。その後に白けた間ができる。

「いやいや、こういうものは体験した者とそうでない者の間に大きな溝ができるんじゃ。今は、そういうことがあった、ということだけでええと思うんじゃがねえ。見た者は信じるが、そうでなければ容易に納得せんよ。自分の目で確かめるまではのう。それより東亜テレビさんたちも今夜は一緒にどうかいね？」

さすが玉沢先輩、モーバク爺はこういう状況や立場に慣れている。

「そうですね、このまま結論の出ない議論を続けるより、交流を深めた方が今後にとってもいいですね」

涼子も賛成してくれて、テレビクルーもグラスを手にすることになった。

そこからは親睦会だ。

飲んで食べてしゃべって、次第にみんな打ち解けてきた頃だった。

「お母さん、ダメだよ。ウーロン茶頼んだのに、これウーロンハイじゃない」

突然こずえが叫んだ。

「あらごめんなさい。作り直すわ。誰の注文だったかしら」

「妖子ちゃんだよ。妖子ちゃんは未成年なんだからね。妖子ちゃん、大丈夫？」

こずえが心配そうに神田妖子の顔を覗き込む。

「妖子ちゃん、どれだけ飲んだの？　気持ち悪くなったんじゃない？」

それを聞いて俺は、

「南さん、ちょっとカメラ止めてください。未成年に飲ませたのはちょっとまずいから、この場だけのことで済ませましょう」

とお願いした。

「わかりました」

南さんは撮影を中止してくれた。

そのとき、

「ああー、イッちゃってます。彼女、イッてますよ」

こずえの横で妖子の様子を見ていた伊藤君が素っ頓狂な声を上げた。あわてて俺と石川投手が駆け寄る。

「大丈夫か？　妖子ちゃん」

俺の問いかけに答えるタイミングで神田妖子は顔を上げた。

「あ」

石川投手と同時に声を上げてしまった。まずい。伊藤君の言ったとおり、神田妖子は完全にイッてるときの目をしている。たぶん、初めてのアルコールで悪酔いしたのだろう。怖い目のままで妖子は口を開いた。

「こずえ！」

「ゲッ！」

今度は伊藤君も加わって男三人で声を上げてしまった。

「こずえ！」

再び妖子が女子高生らしからぬ声で言うと、

「あ、父ちゃん」

それを聞いた台藤こずえが大きく口を開けて固まった。

妖子の声はいつものトランス状態のもので、声色だけでなく人格も変わったのがわかる。それがこずえの父親らしいのだが、他人である我々にはその判断はつかなかった。

「頑張っちょるのう、こずえ。そのまま頑張れば必ず報われるけえのう。今のままで頑張れよ」

「……うん」

こずえは涙ぐんでいる。

「どういうこと？」

いつのまにか涼子が俺の横に立っていた。

「これが例のトランス状態だよ。今、こずえちゃんの亡くなったお父さんが話しているんだ」

「すると、イタコ状態になっているわけね」

疑わしげな目は変わらないが、俺の言っている意味は通じたようだ。

「早苗」

今度は母親の早苗が話しかけられて、すぐに涙を溢《あふ》れさせた。

「苦労ばかりかけたのう。わしはお前に辛い思いしかさせんかった。勘弁してくれ」

「そんなことない」

「いや、木屋町《きやまち》で初めて出会って以来、お前のことばかり考えちょったわしの方は、一緒になれただけで幸せじゃった。じゃが、お前の方はせんでええ苦労を重ねてばかりじゃ。申し訳なかったのう」

「そんなことないって、私も一緒になれて幸せだったよ」

「これからはお前の幸せを探せ。いつまでもわしのことに拘ることはない。筒井さんはええ人じゃ」

「は？」

突然妖子の口から名前が出て、俺は間抜けな反応をしてしまった。なかなか泣かせる雰囲気だったのに台無しだ。

「これからは何でも筒井さんに相談したらええ……」

全員が俺を見た。

「ちょ、ちょっと……」

あわてている俺をこずえは目を輝かせて見ているし、早苗も心なしか頬を染めている。

神田妖子はそのまま黙ってしまった。嫌な間ができ、意味深な視線が俺に向けられたままだ。

「課長、こずえちゃんのお母さんと何かあったんですか？」

「何もないよ！」

伊藤君はこういう不用意な発言で過去に何発か殴られたことがあるだろう。間違いない。

「……真二……」

「あ、父さん」

今度はその伊藤君のお父さんが現れたらしい。こずえの父親のときと声は変わらないのに、息子である伊藤君にはわかるようだ。

「真二……情けない…………………………」

「……え？　それだけ？　……それだけなの？」

不出来な息子は死んでからも心配なものらしい。伊藤君、親不孝者だ。

「……明彦」

親父だ。すぐにわかった。名前を呼ばれる前に親父を感じた。

「元気そうじゃの」

「別れてもうすぐ半年だね」

「そんなものかのう。何せ仏としては新人じゃけ、忙しくてアッという間じゃった」

親父はこういう冗談が好きな男だった。

「父さん、母さんに会えたの？」

「うん。母さんも明彦のことを心配しちょる。一人暮らしのことをのう」

俺も親不孝者のようだ。

「大丈夫だよ」

「いつまでも一人というわけにもいかんじゃろう。涼子さんはええ人じゃったのに、別れてしもうて」

「……お義父さん」

俺の横に当の涼子が立っていた。

涼子の目の疑わしげな影が消えていた。生前の父の人格を妖子の語りに感じ取ったようだ。

「明彦、そこに涼子さんがおるんか？」

「うん、ここにいるよ」

「そりゃ、ええ、涼子さんと縒りを戻すんじゃの？　そりゃええ」

「いや、あの」

神田妖子はスイッチが切れたように黙った。

「課長、うちのお母さんとのことはどうなるんですか？」

こずえが不服そうに言った。

「知らないよ」

「知らないなんて冷たいなあ」

「あ、ごめん、ちょっとよく事情が飲み込めなくてね」

「そうか、やっぱり縒りを戻すか」

「玉沢さんまでやめてください」

もうわけがわからない。

だが、これで涼子の表情が変わった。信じる気持ちが芽生えたらしい。

それからはその場にいる人々の身内が次々に現れた。

南カメラマンは二年前に亡くなったお父さんから実印のある場所を教えてもらって感謝していた。

「不思議なこともあるもんだなあ」

福原さんも目を潤ませている。三十年前に亡くなった父親の霊から散々説教されたのだ。

「どう考えればいいんでしょう？」

石川投手は神田妖子の能力について仮説を立てていたから、この事態には困惑している。

「まあ、彼女の能力の正体はまたわからなくなったけれども、一つ言えるのは、酔うといつものトランス状態が簡単に作れるということだな」

この俺の説に誰も異を唱えない。

「しかし、霊媒師の能力まであるとはのう」

玉沢先輩にとっても意外なことだったようだ。

「いや、そもそも霊媒師の能力によって、これまでの成果を上げたんだと思うな。最初の壺だって、埋めた人の霊との交信で場所がわかったということだよ」

福原さんが結構説得力ある説をブチ上げた。

「う、うーん」

そのとき妖子が体を動かした。

「私、どうかしましたか？」

どうやら意識が戻ったようだ。

「ごめんなさいね。おばちゃんが間違えたの。お酒はまだ早かったわね」

早苗が優しく謝る。

「そうなんですか、でもとても気持ちよく眠れました」

妖子には、この数十分の記憶がまったくないようだ。

「妖子ちゃんはもう帰した方がいいですね。私が送って行きますよ」

　こずえが言ってくれた。

「そうだな、タクシーを呼ぶほどの距離ではないし、お願いするかな」

　俺も飲んでいるから車では送れない。

「こずえちゃん一人に送らせるわけにはいきませんよ。帰りは一人になってしまいますからね。僕も行きます」

　石川投手は紳士だ。

「僕も！　僕も行きます」

　伊藤君も名乗りを上げた。

「あら、ありがとう。一緒に行ってくれるんだ」

「ヨントンのためじゃねえよ」

「うるさい、惚れ太郎」

　結局テレビクルーの若手スタッフも加わりゾロゾロと店から出て行った。

「ま、若い者同士で楽しいじゃろう」

　そういう玉沢先輩はかなり酔っていて、人を送るどころではない。

「よしタマ、飲もうじゃないか」

福原さんはこのうえ玉沢先輩に飲ませる気らしい。

「ごめんなさいね、彼女の能力のことであなたを疑ったりして」

カウンターの俺の隣にきて涼子が言った。

「いや、気にしてないよ。にわかには信じられない話だからね。俺だって最初はギョッとしたもの。彼女には悪いけど、不気味でさ」

「確かに不思議だけど、本物だと思ったわ。あれはお義父さんに間違いないと感じたし」

「私も亡くなった主人だとわかりました」

カウンターの向こうから、早苗も話に加わった。

「何て言うか、妖子ちゃんが口を開く前にあの人だと感じたんです」

「あ、そうです。僕もそう感じました。あれは何でしょうね」

その場にいた全員が同じことを体験したらしく、みんなそれぞれに「あの感じ」を反芻する表情になった。

「結局あれよ、あれは『超能力』じゃないってことでしょう?」

涼子が言い出したことの意味がわからず、誰もそれには答えない。

「いや、彼女の能力が偽物ということではなくて、つまりね、彼女が口を開く前に、その霊の身内だけには誰が来ているかわかったわけでしょう？　だから人間はみんなそういう能力が備わっているのよ。神田妖子ちゃんはとりわけそれが発達しているだけ。ほら、目のいい人や耳のいい人がいるように、その能力が人より秀でているわけ。そういう意味で言うと『超能力』ではなくて、本来人間が持っている能力なの」

意味がわかってみんな一様に頷いたとき、俺の携帯が鳴った。台藤こずえからだ。

いきなり電話の向こうの息が荒い。

『すみません。彼女が、神田妖子ちゃんの様子がまた変になりました』


彼女は金網フェンスに向かって固まっていた。

場所は「台ちゃん」から歩いて三分ほどの広い駐車場の奥である。

話によると、みんなでワイワイいいながら駐車場の前まで来たとき、酔いもあって頼りなく歩いていた神田妖子が、突然ものすごい勢いで走りだしたのだという。

「最初は冗談かと思ったんですけど、石川さんも追いつけないスピードで駐車場を駆け抜けたんです」

こずえの証言が確かなら、また妖子に何かがとりついたとしか思えない。ベテランの部類に入るとはいえ、石川投手はプロ選手に限りなく近い現役のスポーツマンだ。

それを置いていくほどのスピードをふだんの妖子が持っているはずはない。

「それでここまで来ると、この状態で固まったわけだね？」

「はい」

妖子は金網フェンスにほとんど接する位置で肩幅に足を開いて立っている。後ろから見ると、長い髪が時おり風でなびき、まさにホラー映画のワンシーンのようだ。

「どうした？　どんな様子だ？」

玉沢さんと福原さんも現場に到着した。

それを待っていたかのように、妖子の両手がゆっくりと上がり、金網を摑んだ。

「あそこに、あそこにある……」

例のトランス状態の声で彼女が言った。

「あそこ？」

フェンスの向こうは緑の生い茂る山だ。

「あの中に……あの中に……入れ……」

言い終わると膝から力が抜けたようになって、彼女はフェンスにしなだれかかり、両脇にいた石川投手と伊藤君があわてて腕を摑んで支えた。

俺は玉沢先輩に今の彼女の言葉の意味について尋ねた。

「中に入れ、と言いましたね」

「うん」

「このフェンスの向こうは何になるんですか？」

「この山は水道局の敷地じゃのう」

「すると市のものですね？」

「そう」

「じゃあ、中に入るのには問題ないわけだ」

「うん」

「タマ」

福原さんが暗い山の中を覗き込むようにして言った。

「中に入れ、と言ったな、彼女。あのトンネルのことじゃないか？」

「トンネル？　この山にトンネルがあるんですか？」

初耳だ。

「戦時中、海軍が掘ったトンネルじゃ。防空対策かのう。日照海軍工廠のためのものじゃ。わしらが高校生のころはまだこのフェンスが無くて、よう探検しちょった。車が走れるぐらいの大きさじゃ」

「へえ。まだあるんですかね？」

「ああ、どんなものでも海軍仕様は頑丈にできちょる。島江川にかかる万歳《ばんざい》大橋も戦前に海軍工廠ができるときに架けられたんじゃが、戦車が通ってもビクともせん作りになっちょる。この辺りにも海軍工廠を囲ったコンクリートの塀が残っちょろう。あれを壊すのは大変なんじゃ。頑丈でのう。じゃけえ、あのトンネルも壊すとなれば相当な金もかかる。入り口が塞がれているとしても、中まで完全に埋め直してはおらんじゃろう」

さすが玉沢先輩、資料なしでも十分な解説だ。

「タマ、で、その中に何があると思う？」

福原さんは昨日の人骨の件があるから慎重だ。

「海軍の隠した金塊でもありゃせんかのう」

「どっかで聞いたような話だな。『日輪の遺産』か。タマは浅田次郎ファンだもんな」

「うん。しかし、また死体が出る可能性もある」

「確かに。あのトンネルの中で終戦の日に自決した海軍士官が、彼女にとりついたのかもしれん」

神田妖子の言葉の意味は解釈が難しい。「あそこにある」とは何のことを言っているのだろう。

「筒井課長、とにかく活動再開まで、わしはこのことを調べちょく。進捗があれば報告するけえ」

「わかりました。玉沢さん、お願いします」

活動自粛が続いたまま年が明け、やがて梅の花の咲く時期になった。

自粛といっても毎週土曜日には玉沢邸で検討会を開き、埋蔵金発掘課全員が集合した。

神田妖子も晴れて聖照高校通信科を卒業し、巫女の仕事と並行して我々のメンバーとなり、会合には必ず出席している。

玉沢先輩が日照海軍工廠の調査とともにお宝埋蔵場所候補に上げているのは、村杉湾周辺の海底だ。

「北前船をはじめとして、沈船の記録は結構ある。中には中国、朝鮮からの物資を積んだまま沈んだものもある。時化《しけ》を逃れようと村杉湾近くまで来て力尽きた船じゃのう。この中に金塊はなくとも骨董品として価値のある陶磁器が残されている可能性はある」

というわけで、活動再開の暁には船が必要ということになり、「綺麗な方のこずえ」立花こずえとも交流が深まった。たまに彼女のクルーザーで村杉湾周辺を回るのだ。伊藤君がハイテンションになる一日である。波の無い日は船の上からでも海底の様子を見ることができた。だが、実際に潜水調査となると活動再開が決定するまでは難しい。

日照シーガルズが新シーズンに向けて始動すると、その応援に総力を上げることになった。何と言っても都市対抗野球の予選を突破すれば活動再開は確実だ。ゲームは土日を中心に組まれている。ほぼ毎試合、埋蔵金発掘課全員が観客席に顔を揃えた。

野村も毎回応援に来た。何とか活動再開に漕《こ》ぎつけられないものか、こいつなりに気を揉《も》んでいるようで、

「勝ってくれりゃあ、話はトントン拍子に進むんじゃがのう」

観客席で俺と会うたびに同じセリフを繰り返した。

「わしは東京に行ってくる」

玉沢先輩が厳かに宣言した。四月下旬の玉沢邸での検討会の日。他のメンバーがまだ顔を揃えない二人だけのタイミングだった。

「はあ、それはいいですが、何か用事ができたんですか?」

「うん、日照海軍工廠についての資料を、東京の防衛研究所戦史研究センター

で探したいんじゃ。福原の家に泊めてもろうて、二人で協力してやってみようと思う。まあ、二週間もあれば面白い資料を見つけられる、とわしは踏んじょる」

「二週間？　銀行の方は有給休暇を取るんですか？」

「いや、銀行はやめた」

「え⁉　やめた？　いつ？」

「五日前」

あまりに突然の話なので、俺はお茶を啜る玉沢先輩を呆然と見つめてしまった。こちらの動揺とは対照的に本人は平然としている。

「あのう、何か他に事情があったんですか？」

「特別なものはないのう」

「そうすると、埋蔵金発掘のために三十年以上お勤めになった銀行をやめたんですか？」

「うん」

「まずくないですか？」

「何が？」

「奥さんはそれでいいんですか？」

「別に何も言わんかったよ。あれはあれで仕事を持っちょるしのう。むしろ、わしが主夫になれば便利でよかろう」

「うーん、しかしなあ……」

わが埋蔵金発掘課は無期限活動停止中だ。こうして玉沢邸で検討会を開いているのも、いわば地下に潜った活動なのだ。仕事をやめてまで協力してもらうのは忍びない。もしや、玉沢先輩はこの状況に至った責任を過剰に感じて、早まった結論を下したのではなかろうか。

俺の頭の中ではそんな考えがグルグルと回っていた。

「わしの退職について案じてもらう必要はない。筒井さんも石川君も生活を賭してこの仕事に関わってくれておるのに、わしだけ片手間なのは心苦しかったんじゃ」

「いえ、私は会社をやめて帰郷してから関わりましたし、石川君はよくやってくれてますが、彼もいわば野球が本職です。玉沢さんに銀行をやめていただくには及びません」

「そう言うがのう、こうでもして、我々が本気であることを市長にアピールする必要もあると思うぞ」

「そうですかねえ」

「そうっちゃ！　確かに石川君たち日照シーガルズは都市対抗野球出場に向けて頑張ってくれちょる。それが実現すれば、おそらく埋蔵金発掘課も活動再開という話になるじゃろう。しかし勝負は時の運じゃ。努力しても、そうそううまくいくとは限らんから、それだけを当てにしておるわけにいかん。それにいざ活動再開となったところで、また失敗を重ねては元も子もない。ここは次のチャンスのために万全の態勢を整えておかねばならん。そのためには確かな線で探索作業にかかりたい。というても、これまでのように何百年も前の話をほじくり返しても確証を得るのは難しいじゃろう？　第一、証言を得ようにも生き証人は誰もおらんというのでは話にならん」

「それで海軍工廠ですか？」

「そうじゃ。神田妖子ちゃんの『あの中に入れ』というお告げもあるしのう。わしと福原はあのトンネルの中が怪しいという思いからどうしても逃れられん。考えてみれば、先行きを見通せない戦時のことじゃ、予算を金塊やプラチナに換えていた可能性はゼロではなかろう」

「ますます『日輪の遺産』的になりますね」

「うん、この手の話は松代大本営をはじめとして全国各地にある。まあ、ほとんどがガセネタじゃ。しかし、日照海軍工廠は昭和十五年十月一日開庁で、昭和二十年の終戦の時点でも未完成な部分があったらしい。その建設予算を追跡することで、埋蔵金の可能性も確認できると思う。どうじゃ？」

もとより異論のあるはずはない。

「玉沢さんがそこに賭けるとおっしゃるなら、埋蔵金発掘課も全力を挙げてまい進します」

「おう、その意気じゃ」

玉沢さんは自分の膝を大きな音を立てて一つ叩くと、それまでの冷静な表情から熱いモーバク爺の顔に豹変《ひょうへん》した。

「一説によるとのう。日照海軍工廠には全部で五億五千万円の予算が投入されたらしい。当時の金でじゃぞ。現代の価値に置き換えたらいくらぐらいになると思うかね？」

「ちょっと見当つかないですね」

「戦艦大和《やまと》の建造費が当時の金で一億四千万円」

「ほう」

「それを現在の貨幣価値にすると二千七百億円ほどだと言われておる」

「そうすると五億五千万は……ほぼ一兆円じゃないですか！」

「そう。その千分の一でも金かプラチナで残されていたとしたら？」

「……十億円ですね」

玉沢さんは目を大きく見開いて頷いた。

「わしは、まったくあり得ん話ではないと思う」

「でかい話になりますね」

「それだけじゃないぞ。最初に出た壺ではないが、美術品のような価値のつけにくい物は換金が難しい。しかし、金やプラチナであれば相場というものがあるけえのう、公正な価格ですぐにでも現金化可能じゃろう。いいこと尽くめじゃ」

「なるほど」

「資料も残っちょるし、何しろ海軍工廠には最盛期で三万人以上の従業者がおったから、証言者もまだまだ存命のはずじゃ」

玉沢先輩は、推理を並べ立てるだけでなく、裏づけを求める姿勢を見せている。

それからしばらくして石川投手と伊藤君が現れ、続いて台藤こずえと神田妖子も連れ立って顔を見せた。全員揃ったところで玉沢先輩の退職と上京の話をする。

「というわけで、玉沢さんが帰ってこられるまで、この検討会はお休みします」


五月に入った。

都市対抗野球大会山口県予選は、シーガルズがいつも練習している日照製鉄所球場で行われた。

九十年代初めにバブルが弾けて以降、全国で多くの実業団野球チームが姿を消した。

山口県内も例外ではなく、今では県予選に参加しているのはクラブチームだけだ。それも5チームしかないから、一回戦から決勝までを一日で行う。ここ数年、シーガルズは県代表になっているが、油断はできない。トーナメントは一度負けると終わりだ。

この日は午前中「里の厨」の仕事があり、俺が球場に駆けつけたのは決勝が始まる頃だった。

日照製鉄所球場に本格的な観客席はなく、一塁側、三塁側ベンチの横、内野の防護ネットに面した狭い部分に簡素な席が用意されている。

バックネット裏の本部席を回り込み、一塁側応援席にたどり着いた途端、

「フレッ、フレッ、シーガルズ！」

黄色い声援が耳に、チアリーダーの派手な衣装が目に、勢いよく飛び込んできた。

「君たち、何やってんだ？」

驚いた俺はつい声に出してしまった。チアリーダーは台藤こずえ、立花こずえ、神田妖子の三人だったのだ。

俺の質問にはうずくまってCDデッキを操作している伊藤君が答えた。

「本格的な応援団は東京ドームの本大会まで組織されないそうなんで、我々有志で組織しました。どうです？　なかなかいい感じでしょう」

「うん」

と返事したものの、俺は心の中で、

（侘しい）

と呟いていた。衣装は揃えているが、三人三様のプロポーションで統一感はない。スラリと背が高い上にバレリーナのような筋肉の発達した立花こずえ。その八頭身の体を上からプレスして四頭身にすれば台藤こずえになる。しかし、彼女は動きのキレだけは抜群にいい。一番若い神田妖子は、それなりに愛らしいものの、元々控え目な性格で華やかな雰囲気には場違いな印象だ。よく言えばそれぞれ個性的ということになろうが、同じ振り付けで踊ってもバラバラに見えて痛々しい。シーガルズの応援に来た人々も、これには当惑しているように見受けられた。

決勝戦の相手は防府《ほうふ》ベースボールクラブ。シーガルズのライバルチームで、いつも接戦になる相手だ。ミスは許されないし、少ないチャンスを確実にものにしなければ勝てない。

両チームとも先発投手が踏ん張って0対0で迎えた五回表、相手チームの攻撃の場面だった。石川投手が先頭打者に四球を与え、続く打者のバントが内野安打になった。無死、一、二塁のピンチだ。次の八番バッターがバントで送り一死、二、三塁。

「敬遠して満塁策を取るか？」

「いや、満塁で一番からの打順を迎えるのはまずかろう」

「しかし、ここで勝負にいけばスクイズもあるじゃろうしのう」

応援席の素人解説者たちがワイワイ騒ぎ出したとき、伊藤君がCDを換えた。野球の応援にそぐわないスローな曲が流れる。三人のチアリーダーはそれに合わせてゆったりと踊り始めた。

（あ！）

俺はもう少しでまた声を上げるところだった。

神田妖子が例のクルクル回る踊りを始めている。だんだん「その世界」に入っていくのが傍目《はため》にもわかり、応援席の素人解説者もシンと静まった。

「お、来た来た」

伊藤君のはしゃぐ声が聞こえた後、

「スクイズは……ない。……サード……ベースにつけ。ショートはその後ろ」

神田妖子の口から例の野太い声が漏れた。お告げだ。

見るとコーチ兼任の指名打者平岡《ひらおか》選手が、ベンチから半分身を乗り出してこちらを覗き込んでいる。

「スクイズはない。サード、ベースにつけ。ショートはその後ろ」

伊藤君が早口にお告げを伝えると、平岡選手は一つ頷いてベンチに引っ込んだ。

その平岡選手からサインが出たのだろうか、野崎《のざき》三塁手がサードベースに近づいていく。石川投手も、（もっとベースに近づけ）とジェスチャーで伝えている。

さらにショートの辻《つじ》選手も指示に従って、野崎三塁手の数メートル後方に控えた。

そのとき、ベンチの中から、

「何やってるんだ！」

岩崎監督の怒号が飛んだ。

「いいんです、いいんです。監督、あれでいいんです」

平岡選手の宥める声に、

「なんで？」

岩崎監督の声が重なる。監督が怒るのも当然で、本来ショートのいる場所には誰もいなくて二、三塁間がガラガラに空いている。

どうやら岩崎監督は、神田妖子の不思議な力について何も知らされていないらしい。選手たちは石川投手から「お告げ」のことを聞いたのか、迷うことなく指示に従っている。

「監督には伝えてないの？　妖子ちゃんのこと」

伊藤君に確かめると、

「ええ、ちょっと時間がなくて。ほら説明に時間がかかるでしょう？」

「それはそうだけどさ……」

そう言いかけたときには、石川投手は投球モーションに入っていた。ゴチャゴチャ言われる前にとっとと片づけようということだろう。

初球は見送りのストライク。

次も見送ってストライク。

三球目、追い込まれていたバッターは打ちにいった。

カーン！

埋蔵金発掘課のメンバーにとっては予想通りの光景だった。打球はライナーで野崎三塁手のグラブに納まった。ベースを踏んだままキャッチしたのでダブルプレイ、チェンジだ。普通に守っていれば三塁線を抜けた長打になっていただろう。

「あれ？」

岩崎監督の大きな声がベンチで響いた。

周囲の観客もザワザワしているし、三塁側ベンチを見ると相手チームは全員声もなく呆然としている。

「いいのか？」

俺は囁く声で伊藤君に質した。

「いいんじゃないですか、結果オーライということで」

「まあ、それで監督が納得してくれたらいいけど、なんかズルくないか？」

「とにかく勝つことが重要なんです。ここで敗退したら終わりなんですから。トーナメントは厳しいんですよ」

それは伊藤君に言われるまでもないことだが、石川投手がこういうやり方をよしと考えるとは意外だ。

その後、七回裏の攻撃で、

「四球目を振れ」

というお告げにしたがって、指名打者の平岡選手がホームランをかっ飛ばした。スリーボールノーストライクから、岩崎監督の「待て」のサインを無視しての殊勲打だ。

これで相手の防府ベースボールクラブは調子が狂ったようで、結局は6対0、日照シーガルズの完勝に終わった。

「よーし、次は中国予選だ」

途中から応援にかけつけた野村の鼻息が荒い。こいつは神田妖子のお告げのシーンを見ていないから何の屈託もない。

俺だって勝ったのは嬉しいが、どうもモヤモヤしたものが胸に残る。

応援の後片づけを終えたみんなとゾロゾロ球場の出口に向けて歩いていると、日照タイムスの浦岡さんが前方を歩いているのを発見した。この人なら両チームの関係者にインタビューしているはずだ。小走りで追いついて声をかける。

「防府ベースボールクラブの監督は何て言ってましたか?」

「そうじゃねえ、五回のダブルプレイが納得いかんで仕方ないと言うてたですねえ」

「やっぱり」

「あの新人の九番バッターは秘密兵器的に期待されちょったらしいですよ。まあ、確かにあのプレイは不思議じゃった。あれは岩崎監督の作戦じゃろうかねえ?」

「その点は岩崎監督に確かめなかったんですか?」

「質問はしたんじゃがねえ。『まあ、勝ったからいいでしょう』ちゅうて笑《わろ》うておられたねえ」

「偶然が重なったということなんでしょう」

「そうじゃろうかねえ」

「防府ベースボールクラブの監督は他には何か言ってましたか?」

「いや、完敗じゃいうて、シーガルズを褒めちょったですよ。一つ一つのプレイに迷いがなくていいチームじゃ、と」

そりゃそうだ。迷いがなかった理由を聞けばどう思うだろう。

「じゃ、どうもお疲れ様でした」

俺がその場を去ろうとしたとき、

「ちょっと、筒井さん。尋ねたいことがあるんじゃがね」

今度は浦岡さんの方が俺を引き止めた。

「何ですか？」

「埋蔵金発掘課の方で、日照海軍工廠に狙いをつけているというのは本当じゃろうか？」

誰に聞いたんだろう。おそらく伊藤君がペラペラしゃべったに違いない。

「ええ、本当です。活動停止が解けた暁には全力を挙げて探索する予定です」

「う一ん、それはどうなんじゃろうか？」

浦岡さんは頭を大きく傾けて渋い表情になった。

「筒井さんもご存じと思うがねえ、昭和二十年八月十四日、終戦の前日に日照海軍工廠は米軍による大規模な空襲を受けちょるでしょう」

「はあ、そうらしいですね」

「七百人以上の人が、いや、工廠以外での市民の犠牲者も入れると八百人以上の人が亡くなっておりますねえ。動員学徒も、筒井さんの先輩である旧制日照中学の生徒も含めて百名以上が亡くなってねえ」

「はあ」

「私が口をはさむのもどうかと思うんじゃが、埋蔵金発掘課が扱うことに抵抗を覚える人もおるんじゃなかろうか」

「うーん、そうですねえ」

　確かに昭和二十年の戦禍に倒れた人々を、たとえば千年以上前に海賊の被害にあった人々と同列には扱えない。遺族も存命であろうし、当時の生々しい記憶をトラウマとして生きている人もいるだろう。

「その、空襲の被害についてはよくわかっています。特に今東京で調査中の玉沢さんは詳しいと思います」

「え？　玉沢さんは上京中かね？」

「はい。銀行の方を退職されまして、東京の防衛省防衛研究所に日照海軍工廠についての資料を探しに行かれました」

「ほう、銀行をやめて」

「はい。玉沢さんはこれまでの失敗の反省から、確実な資料と証言の得られる海軍工廠に狙いを定めたわけでして」

「ふーん、本人も仕事を辞めてまで専念するということは、まあ、そんな浮ついた不謹慎な話ではないということじゃねえ」

「はい。ですから空襲の犠牲者を冒瀆《ぼうとく》するような事態にはならないと思いますよ」

「ははあ、なるほど」

　浦岡さんの表情が少し晴れやかになった。

「それで海軍工廠の何を狙っちょるんですか？」

「一部未完成のままに終わった日照海軍工廠ですが、今のお金にすると一兆円の予算がつけられていたみたいでして、そのほんの一部でも金かプラチナに換えていた可能性がないかということですね」

「ふーん、それはまた面白い推理じゃねえ」

今度は完全に笑顔になって浦岡さんは感心してくれた。


その夜、埋蔵金発掘課は「台ちゃん」に集合した。

俺と野村が暖簾《のれん》をくぐるときには、店の中から盛り上がっている声が聞こえてきた。石川投手とチアリーダーたちは、チーム主催の祝勝会から流れてきたので、すでに少し出来上がっている。

「課長さんたち遅いですよ。さ、飲んでください」

赤い顔の伊藤君が俺と野村のグラスを持ってきた。

「石川君、おめでとう。今日の勢いで中国予選突破といこう。そうなれば埋蔵金発掘課も活動再開じゃ」

野村は飲む前からご機嫌だ。

俺は少し飲み食いしたところで、

「どうなんだろうね？　妖子ちゃんの力を借りるのは」

昼間からずっと胸にわだかまっていた疑問を石川投手に直接ぶつけてみた。

「微妙なところですけど、どこのチームも神頼みの部分があるもんじゃないですか、お守りを持ったりして。それと変わらないと思えばいいんです」

「それはそうだけど」

「我々は神田さんの能力を信じてます。筒井さんもそうですよね？」

「うん、信じてるね」

「でもそれは傍目にはナンセンスに見えるのと違いますか？　今日の平岡のホームランだって、あいつはお告げを信じて思い切り振ったわけですけど、ホームランになったのは実力あればこそですよ」

「そうだな、俺が思い切り振ったところでボールにかすりもしないだろうしね」

「考えようによっては、神田さんは平岡の背中を押しただけと言えるでしょう。いや、実際そうなんですよ。バッターなんてヤマを張ることはよくあることですから。それに監督からのサインで『待て』もあれば、エンドランで振るしかない状況もあるわけで、それと同じと言えます」

「そうそう、その監督はどう？　岩崎さんには説明したの？」

「それはもう大丈夫です。ね、伊藤君」

呼ばれた伊藤君は、

「なんすか、なんすか、岩崎監督？　そりゃもうバッチリですよ。完全に神田妖子ちゃんを信用してますから。もう、妖子ちゃんの大ファン。いや、信者と言ってもいいぐらいです」

「信者？」

この短時間で何があったんだろうか。

「なにせ岩崎監督の一番尊敬する人に説得してもらいましたからね」

伊藤君の得意げな表情が怪しい。

「誰？」

「岩崎監督の高校の先輩なんですけどね。津田恒実《つだつねみ》さんです」

「え!?　広島カープの？　炎のストッパー？」

「そう呼ぶらしいですね」

「もう亡くなって随分になるよ」

「二十二年になるらしいです」

「妖子ちゃんに呼び出してもらったのか？」

「筒井課長もご存じでしょう？　こちらで指名して呼び出すことはできませんよ。あちらから現れたわけです」

「ちょっとどういう状況だったか、具体的に教えてくれるか？」

「先ほどシーガルズの祝勝会に、我々応援団もちょっと顔出したんですけど、乾杯用の梅酒を神田さんが飲み過ぎまして」

「ウソつけ！　伊藤君が飲ませたんだろう？」

「そんなことないです。ねえ、妖子ちゃん、自分で飲み過ぎたんだよね」

少し離れて女同士で話し込んでいた神田妖子も、すぐに話の内容はわかったようで、

「そうなんです。梅酒がおいしいし、喉が渇いていたもんだから、つい飲み過ぎてしまいました。すみません」

「いや、君が謝ることはないんだけどね。参ったな、俺ももうちょっと飲むわ。素面《しらふ》で聞いておられん」

石川投手が黙ってビールを注《つ》いでくれた。

「それで？」

「酔った妖子ちゃんが意識なくなって、みんなが心配して寄ってきたところで例のトランス状態です。津田さんが現れた瞬間から岩崎監督ウルウルしちゃって、最後に『頑張れよ』と言われたときには号泣してました」

真剣に語る伊藤君の横から石川投手が、

「いや、選手一同号泣です。津田さんは協和発酵《きようわはつこう》時代、都市対抗野球に燃えた人ですからね。その人から激励されて気持ちの高ぶらない選手はいません。やってやろうじゃないか、って心を一つにしましたよ」

そのときのことを思い出したのか目を潤ませて言った。

水を差すつもりはないが、どうもひっかかる。

「じゃあ、この先も今日みたいな感じで？」

「いえ、今日とは違います」

伊藤君は胸を反らし気味にして偉そうな態度だ。

「違うというのは、妖子ちゃんには頼らないってこと？」

「そうじゃなくて、今日みたいに僕がＣＤで音楽流す、妖子ちゃん踊る、イッちゃう、お告げを聞く、という面倒臭い流れはなし、ってことです」

「どうなるの？」

「へへっ」

伊藤君は悪代官に媚《こ》びる悪い商人の笑みを浮かべた。

「中国予選に入る前に神田妖子ちゃんは誕生日を迎えるんです」

「そりゃ、おめでとうってことだな。それがどうした？」

「それがですね。二十歳の誕生日なんですよ」

「それはますますめでたいってことでしょう?」

「課長、そんなに察しが悪くてどうしたんですか? 二十歳ですよ。晴れておおっぴらに酒が飲めるわけです。踊るなんてまどろっこしいこと抜き! 応援席でカーッと一杯やっちゃえばOK! 飲む、酔う、イッちゃう、お告げ!」

酔っ払っているのは伊藤君自身で、

「飲む、酔う、イッちゃう、お告げ、飲む、酔う、イッちゃう、お告げ……」

と歌うように言いながら、怪しげな振り付けで店内を踊り回る。

「一番めでたいのは伊藤じゃのう」

そう言った野村は醒《さ》めていたわけでなく、立ち上がると、

「飲む、酔う、イッちゃう、お告げ……」

伊藤君と一緒に踊り始めた。

「石川君、俺としてもシーガルズを応援する気持ちは負けないつもりだがね。どうも納得いかないんだけどな」

俺はあらためて石川投手に正直な気持ちを伝えた。

「筒井さんはあれが不正な行為じゃないか、という印象を拭えないんでしょう?」

「まあそうだね」

「先ほど言いましたけど、客観的に言えば、彼女からの指示を信じてプレイするのはナンセンスな話でしょう。ですから、日照シーガルズがそうやって戦っていることを公表してもいいぐらいです。相手チームとしても変なこと信じてるな、ってなことでしょう。でも僕らは彼女のお告げを信じてプレイに集中するということです。今日の試合、僕の与えたフォアボールからピンチを迎えました」

「ああ、そうだったね」

「あそこで、神田さんに不思議な力でボールを操ってもらって、フォアボールを防いだということになると、さすがにインチキだと思いますけど、彼女のお告げを信じて守り抜いたのは不正とは言えないと僕は考えます。守備位置を変えたのはお告げがあったからですけど、打球が処理できたのは日頃の練習の成果ですよ」

「なるほど、そうかもしれないね」

石川投手は体勢を変えて、俺と正面から向かい合った。

「筒井課長、僕は今度の大会に賭けてます。それは僕一人の問題ではありません。僕の判断ミスから埋蔵金発掘課の活動停止を招いてしまいました」

「それは違うよ」

「聞いてください。埋蔵金発掘課のためにも勝ちたいし、それだけではなく、うちの若い選手のためにも勝ちたいんです。僕はいいんです。僕は十分野球を楽しんでいます。後何年現役を続けられるかわかりませんが、日照シーガルズで野球人生を終えることに悔いはありません。しかし、うちの才能があって頑張ってくれている連中には、若いうちに大きな舞台を踏ませてやりたいんです。東京ドームでプロのスカウトから注目されている投手から打てば、あるいはそんな打者を抑えれば、今度はそいつがスカウトの目に留まります。そうすることでプロへの夢を実現させるヤツが出てきたら、僕は自分のこと以上に嬉しく思います」

（まったく）

と俺は思った。怪我の功名だったのかもしれないが、野村は本当にいい人材を手配してくれた。石川投手は自分のことだけを考えて安易に勝利を求めているわけではない。

店の中を踊り回っていた伊藤君と野村が体力尽きて這《は》うようにテーブルに戻ってきたとき、

「こんばんは」

長身を折って暖簾をくぐり浦岡さんが現れた。

「どうも皆さんお疲れ様です」

「お疲れ様です。どうぞ」

台藤こずえが気を利かせてグラスを渡そうとしたが、

「いや、私はまだ仕事が残っちょるんでね。すみませんね」

浦岡さんはそれを断ると俺の向かいの席に座った。

「筒井さん、ちょっと昼間の話の続きいいですか？」

「昼間の話？」

「日照海軍工廠の」

「ああ、いいですよ。何か？」

浦岡さんは俺の返事を聞くと、胸のポケットからいつも使っている取材用のメモ帳を取り出した。

「筒井さんはＳ工廠の話を聞いたことがありますか？」

「エスコウショウ？　いいえ。野村、知ってるか？」

「いや、初めて聞いた」

俺と野村が知らないのでは、玉沢先輩のいない今、この場に知っている人間はいないだろう。

「まあ、それも無理もない話ですよ。ごく最近出て来た話でしてね。今日、あれから私は郷土史研究会の人に話を聞きに行きましてね。秋本《あきもと》さんとおっしゃる、最後は島江小学校で校長をされていた元教員の方なんですがね、この方が海軍工廠の研究をされておるんです」

「ほう」

「秋本先生は、今玉沢さんが行っておられる防衛省の防衛研究所や、ワシントンにあるアメリカ国立公文書記録管理局にも行って、主に日照海軍工廠の受けた空襲について研究されちょります」

ワシントンまで行くとは、これは本格的な専門家だ。

「で、その秋本先生がS工廠のことを調べたらどうか、とおっしゃいましてね」

「S工廠って何ですか？」

「日照海軍工廠とは別に建設される予定だった潜水艦工廠、つまりサブマリン工廠です」

「はあ、SってサブマリンのSですか？」

「そうです」

それは玉沢先輩の口からも出てこなかった話だ。俄然《がぜん》興味が湧いてきた。俺だけでなく、みんな浦岡さんを取り囲んで続く言葉を待った。

「秋本先生は防衛研究所でその資料を目にしたらしいです。昭和十八年だったかな、国会でその予算も承認されているという記録だった、と。で、玉沢さんに連絡取れたら、そのことをもう一度調べてみてはどうかという話なんですよ」

少しの間静まり返った。見ると、全員酔いが醒めたような表情だ。

「筒井よ」

野村は頭が冴《さ》えているときの顔で俺に言った。

「日照海軍工廠は未完成と言っても、三万人以上の人間が働いちょったマンモス工場じゃが、S工廠は予算が承認されたにしては影も形もない」

「うん、お前の言いたいことはわかる。その予算がどこに行ったか、だな」

これまでになく「臭い」。玉沢先輩にはその金額を確認してもらわねばならない。

「どこに建設するつもりだったんでしょう。海軍工廠の中に増設するつもりだったんでしょうか？」

俺の質問に浦岡さんはメモを見てから答えてくれた。

「いや、たぶん村杉海水浴場の浜を半分ぐらい埋め立てるつもりではなかったか、というんですね」

「そんなことしてたら大変な環境破壊でしたね」

「しかし、まあ、時代が時代ですからね。軍の計画の前には環境破壊も何も問題にはなりません。今『スポーツ合宿村』のヨットハーバーがありますが、その隣に照井漁港があるでしょう？　あそこは人間魚雷回天《かいてん》の訓練基地になっておって、あそこからも何人か出撃しておるんです。じゃから、あの辺から先の浜を埋め立てて潜水艦工場を作るというのはごく自然な流れじゃねえ」

これは重大な新事実だ。

「あの、『回天』て何ですか？　人間魚雷？」

台藤こずえが質問してきた。

「え？　回天を知らないか？」

「すみません」

「伊藤君はわかるか？」

「は？　かいてん……」

「知らないんだな。石川君は？」

「潜水艦に乗せていく兵器ですよね？」

石川投手はわかっているようだ。

「回天というのは、人間の乗り込む魚雷で、石川君の言ったように潜水艦の上に乗せてアメリカの艦船に近づき、そこで乗員が乗り込んで発射される。乗員は回天を操縦して目標にぶつかるわけだ」

「へえ、その後どうするんですか？」

伊藤君は素面であっても同じ質問を発したことだろう。

「それで終わりだよ」

「終わり？　乗ってた人は？」

「一トン半の爆薬と一緒だからね。爆発して終わりだ」

「え？　死ぬってことですか？」

「うん。特攻兵器だからね」

ショックだったのか、伊藤君は似合わぬ厳粛な表情で黙り込んだ。

俺は浦岡さんとの会話に戻った。

「わかりました。明日には玉沢さんと連絡を取って、今のことを伝えます」

「それともう一つ。S工廠に関連して、日照出身の天才科学者がいたという話です。その人物を見つけられたら、S工廠の秘密はすべて解明できるだろう、ということなんじゃがね」

「天才科学者？」

「そう、天才科学者。この人は当時、新兵器の開発には欠かせない人物と目されちょったようです。もう敗色濃くなっていた時期に、起死回生の切り札を必ず発明する、と期待されちょったらしい」

「その人が日照出身だというんですか？」

「という話です」

「名前は？」

「それがわからんのですよ。市内でそれらしい経歴の老人の噂も聞かんしね」

浦岡さんはメモ帳を胸ポケットに収めながら、俺の目を覗き込むようにして話を続けた。

「新兵器ちゅうても、その時期の日本海軍のことじゃから特攻兵器だったでしょうな。おそらく『回天』の新型じゃろう。それを思うとその『天才科学者』じゃが、どうも私にはマッドサイエンティストのイメージしか浮かばんのじゃがね」

確かに氷のような冷徹さがなければ、乗員の死を前提とした兵器の開発は難しいに違いない。

「じゃがね、筒井さん。そういうマッドサイエンティストであれば、開発費の管理についても何らかの秘策を巡らせた可能性があるとは思いませんか？」

俺は浦岡さんと目を合わせたままだったが、メンバーの何人かが頷いている気配を感じた。

「それではこれで。お邪魔しました」

大きな希望を置き土産に浦岡さんは去った。

「おい、筒井。こりゃあ、調べんといかんことが山積みじゃぞ」

野村はこれからの仕事の段取りに思いを巡らせている。

「でも、活動再開が決まる前にどこまで動けるんですか？」

台藤こずえが少し責める口調で野村に質す。

「まあ、活動再開は市長の決めることじゃが、それに備えての調査まで遠慮することはないけえのう。筒井と玉沢さんだけでも調べ始めて、その間あんたたちにはシーガルズの応援を頑張ってもらえばええ」

それが今後の一番効率いい動きといえそうだ。

「今回はちょっと生々しい話ですね」

石川投手がポツリと言い、

「どういうことですか？」

神田妖子がその意味を尋ねた。

「ほら、何百年も前の壺に隠したお金なんて、どうやって稼いだ金だろうが、あるいはどういう動機で埋めたんだろうが、そんなことは気にならなかったでしょう？　でも七十年前のこととなると、その点を有耶無耶《うやむや》にできない気がします。どういうお金がどういう経緯で、誰によって隠されたのか」

他の者はすぐに納得できたようだが、妖子だけは複雑な表情を見せていた。死者と交信できる彼女には、数百年前に死んだ人間でも身近に感じられるからだろう。

「確かに、将来ある若者が国家のために自ら命を散らしていた時代に、自分の利益を考えていた人物には抵抗を感じるわ」

台藤こずえの「青い」ともいえる正義感はわかりやすい。俺もそこに憤りに近いものを感じる。凡人が過剰な献身を求められていた当時の世相にあって、天才と呼ばれる人間がエゴに走ったのならば許せない。

「逆に言えばじゃのう。そういうお宝があったとしたら、誰にも遠慮はいらんということになる。見つけたら平和な世の中のために使わせてもらおう」

野村の発言はいつになく説得力があった。


翌日、玉沢先輩に電話して浦岡さんの話を伝えた。

『サブマリン工廠か……それは興味深い話じゃのう。それに、その天才科学者が存命なら日照海軍工廠について、より詳しく話が聞けるというわけじゃ』

「極秘情報にも接している人物でしょうからね」

『今、横で福原が言うんじゃが、その人物が終戦のドサクサでお宝を持ち逃げして、私腹を肥やしたという可能性もあろう』

「そこまで悪人ですか?」

『いや、別に悪人ではなくても、歴史上日本が初めて経験した敗戦じゃ。この世の終わりを迎えたような心理状態で、真面目な人間が常軌を逸した行動をとった可能性は十分にあろうし、ましてや天才と呼ばれるほどの頭脳を持った人間なら、常人では思いつかん手を使ってもおかしくない』

「浦岡さんの言うように、マッドサイエンティスト的な人物であれば、自分の研究のための資金をプールするのに良心の呵責を覚えなかった、という想像もありですしね」

『ありじゃ、ありじゃ、大ありじゃ。立場によっては正義も異なる。時代によってもじゃ。今の我々の常識や正義感は通用せん場合もある』

「そうですね。では、こちらでもその天才科学者について探ってみます」

とは言ったものの、市内での聞き込みで謎の天才科学者に迫る情報は得られなかった。

当時の海軍工廠幹部といえば四十代か五十代で、存命なら百歳を軽く超える。天才科学者と呼ばれるからには、当時の中堅の職員より若いことはあり得るだろう。そうだとしても現在八十代より九十代である方が可能性は高い。そうすると、「存命なら」という期待はあまり大きく持てない。

夜になって、玉沢さんから報告が入った。

『見つけた。昭和十八年の帝国議会で、S工廠の予算一億二千四百万円は確かに承認されちょった。まあ、今の価値にすれば二千億以上じゃな。秋本先生からの情報通りじゃ』

「間違いないですか?」

『うん。間違いない。資料はコピーさせてもろうた』

「裏が取れたわけですね。こちらで何か調べることはありますか?」

『直接S工廠と関係あるかどうかはわからんが、例のトンネルが気になるなあ』

「なるほど、トンネル内部の調査にかかりますか」

『うん、神田妖子ちゃんがあの中に入ったら、また何かが起こるかもしれん。ああ、それと例の天才科学者の件じゃがのう、ちょっと思い出したことがあるんじゃ。うちの死んだ親父は今の山大附属日照小学校、当時の山口女子師範附属小学校を卒業しちょるんじゃが、何代か前の先輩で神童と呼ばれるほど勉強の出来た人がおったらしい。尋常小学校五年修了時に飛び級で石国《いしくに》中学に進学して、中学でも四年修了時に旧制高校、それも東京の一高に合格した秀才がおったという話じゃった』

「それじゃあ、ふつうの人より二年早く大学に入ったわけですね」

『そういうことじゃのう。一高に進んだからには、大学は東京帝大じゃろう。確かに勉強の出来る秀才が、創作における特別なひらめきを持つ天才とは限らんがのう。尋常ならざる才能の持ち主といえば、その人は当てはまるのと違うか?』

「で、具体的にどこの誰だかはわかりますか？」

『今すぐにはわからんが、その人の同級生と思われる人物には心当たりがある』

「誰ですか？」

『まず仁科関夫《にしなせきお》じゃ』

「ニシナセキオ？　誰ですか、それ」

『知らんのか？　人間魚雷回天の開発者じゃ』

「初めて聞きました。その人が山口女子師範附属小学校の出身なんですか？」

『そうじゃ、筒井君の先輩でもあるわけじゃのう。わしの家、浜の方にある家じゃ、本が沢山ある方。あそこに題名は忘れたが、表紙に九六式陸上攻撃機の写真の載った薄い本がある。村杉出身で海軍航空隊に進んだ人の体験記じゃ。その人も仁科関夫と同級生で、その本に神童と呼ばれた同級生のことが書いてあったような覚えがある。確かめてもらえんかのう。女房には言うておくけえ、家に上がって調べてくれ』

「わかりました。その本を書いた人の名前は今思い出せますか？」

『それが何ちゅうたかのう……確か山根《やまね》町に住んでおられた……そうそう、山根さんじゃった。山根町の山根さん。下の名前までは思い出せんけど、それでわかると思うぞ』

「その人の同級生というと今年何歳になるんでしょうね？」

『さあ、九十歳前後と違うかのう』

電話を切った俺は、あらためて人間魚雷について調べた。

黒木博司大尉と仁科関夫中尉。この二人の若い海軍士官が人間魚雷の発案者だ。黒木大尉は訓練中に殉職し、仁科中尉は「回天」最初の搭乗員として、アメリカ海軍が集結していたウルシー環礁で戦死。

仁科中尉の生年月日は一九二三年四月十日とある。存命なら九十二歳だ。

その同級生となると、やはり謎の天才科学者が生きている確率は低い。だが、彼がS工廠建設資金なり新兵器開発資金を操作し得た可能性は消えないから、戦後の彼の動向を調べる価値はあるだろう。

翌日、玉沢先輩の海の家で件《くだん》の本を探した。本棚の上で埃《ほこり》を被って重ねられていた資料の中にそれはあった。

表紙に九六式陸上攻撃機のモノクロ写真、その上に「大空にかけた青春」の題名と「海軍航空隊に身を捧げて」という副題が記されている。ページを捲《めく》ってすぐ、探していた人物の名前を発見した。著者の山根氏が一緒に遊んだ小学校の同級生の中に、〈水中特攻『回天』菊水隊隊長仁科関夫〉と並んで〈学校始まって以来の神童と呼ばれた藤山新作《ふじやましんさく》〉の名が記されていたのだ。

　さっそく玉沢先輩に電話をかけた。

「もしもし玉沢さん、藤山新作です」

『神童の名前か？』

　説明なしですぐに意味が通じた。

『名前以外に何か書いてなかったかのう』

「手がかりになるものはないですね。〈小学校時代の遊びは普賢寺《ふげんじ》の境内でやる『水雷艦長』だった〉というエピソードが語られ、その仲間として挙げられているうちの一人が〈開校以来の神童と呼ばれた藤山新作〉だということです」

『ははあ、陣取りみたいな遊びじゃのう』

「〈水雷艦長〉ですか？」

『うん。そういう遊びがあったらしい。そうか、村杉の藤山か』

「村杉にある藤山家を一軒ずつ当たってみましょうか？　ああ、逆だった方がよかったですね」

『逆？』

「僕が東京で、玉沢さんが村杉を調査した方がそれぞれ土地勘もあるでしょうから」

『いいや、同じことじゃ。わしが村杉におっても成果は期待できん。村杉の藤山家を当たっても無駄と思うぞ』

「そうですか？」

『うん。そもそもそういう人物がそのまま村杉に住んでおるか、実家が残っておるなら、わしの耳に入らんはずはない』

なるほど、田舎のことだ。一高―東大というエリートコースを歩んだ秀才がいれば、何かと噂にもなろう。

『今のところは名前がわかっただけでも大収穫じゃ。これから藤山新作の名前が出てくる資料を探そう。こちらは引き続きこの金曜日まで防衛研究所で調査を続ける。そちらでも例のトンネルの中を調査して藤山新作に関する何かが残ってないか見てくれ』

「東亜テレビは取材に来てますか？」

『ああ、来ちょるよ。ここまでの経過はすべて教えておる。S工廠の件も、トンネルの件もじゃ。トンネルの中で面白い発見があったらすぐ教えてくれと言われてのう。何かあれば、すぐ日照に取材に行くつもりじゃろう』

「わかりました。何か発見したらすぐ知らせます」

野村を通じて、旧海軍工廠のトンネルに入る許可を市からもらった。

「さりげなーく、だ。さりげなーく中に入って静かに探索してくれよ」

とは野村からの要望である。一度は日本中から注目された埋蔵金発掘課だが、今は目立つわけにはいかない立場だ。市長に一言釘をさされたに違いない。

そう言われたからには、俺一人でこっそり探索しようと思ったのに、台藤こずえに計画を知らせると、結局は探索初日の金曜日の朝、トンネルの入り口には埋蔵金発掘課の全員が集まってしまった。

「石川君は試合を控えて大事な体だから、ここはやめておいた方がいいんじゃないかな」

体力的には石川投手を頼りにしたいが、暗いトンネル内で怪我をして投球に影響が出ては大変だ。

「大丈夫です。怪我については自己責任です。自分で気をつけます。それよりこの中に何があるか僕も興味ありますから」

いつもながら石川投手の気遣いはスマートだ。

台藤こずえが人数分のヘッドランプ付きヘルメットを用意していた。

「さあ、いよいよだ。ワクワクしますね、課長！」

一人だけ異質なテンションの伊藤君は、いつもながら「役に立ってない感」満載だ。本来なら部外者である立花こずえの方が甲斐甲斐しく動き、みんなのヘッドランプが点《つ》くかチェックしている。

「それでは中に入ろう」

まず入り口を塞いでいる板を剝がす。

「今日のところは、この地図がどこまで正確かを確認しようと思う」

暗がりに足を踏み入れる前に、日照海軍工廠の資料から見つけたトンネルの地図をみんなに見せた。

「え！　こんなにすごいことになってるんですか？」

みんなが驚くのも無理はない。トンネルはここから四車線の国道の下を潜り、日照製鉄所の構内に入って、最終的には海の近くまで行けるようになっている。果たしてこの地図が完成予想図なのか、それとも掘り進んだ分を記録したものなのかは定かではない。実際に中を歩きながらこの地図と照らし合わせる必要があるのだ。

「とにかく中に何があるのかわからない。動物の死体や、もしかしたら人骨がある場合も予想されるから、みんな心の準備をしておくように」

そう訓示すると、

「いやだな、課長。脅かさないでくださいよ」

伊藤君が作り笑顔で抗議してきた。完全にビビッている。

「念のためだよ、念のため。大丈夫だとは思うけどね。ほら、妖子ちゃんが一緒だから、そういう場合はまず彼女に霊がとりついて伊藤君の首でも絞めるのと違うか」

「ひええ」

伊藤君はお気に入りの神田妖子から二歩離れた。

「じゃ、行こう」

俺が先頭でトンネルに入る。すぐ後ろに女性陣が続き、その後ろに伊藤君、しんがりは石川投手だ。迷わないために、入り口にあった木に結んだ釣り糸のリールを持ってくれている。

「本当に広いね。車が通れるというのは嘘じゃないな」

声がよく響く。

「昭和二十年八月十四日の空襲で、動員されていた学童のうち照井小学校は犠牲者を出しているが、島江小学校の子は無事だった。ここで仕事していたからなんだ。この中に工作機械を移すためのレンガを敷く作業をしていたらしい」

これは日照タイムスの終戦特集を読んで得た情報だ。

「ということは、空襲を予測してここに工場を移す気だったんですね」

一番後ろの石川投手が返してきた言葉がはっきり聞こえる。この中で工作機械を動かしていたらさぞやうるさかったろう。

入り口からまっすぐ、やや登る道が続いた後、大きく右にカーブして今度は少し下り坂になった。

「この辺りが国道の真下になるかな」

地図を広げるとみんなが覗き込み、ヘッドランプの照明が集中してすごく明るい。

「床が乾いてますね。もっとジメジメしてるかと想像してました。ちゃんと考えてありますよね。入り口から一旦上がってるから、雨水は入り込まないし、コンクリートも厚くて地下水が染み出さない構造なんですね」

台藤こずえの指摘は鋭い。

これなら七十年の年月を経ても、資料が傷まずに保存されている可能性もあるだろう。

「お！」

急にトンネルの幅が広がって、円形の広場のような所に出た。

「石川君、釣り糸はどれぐらい減ってる？」

「もう少しで二つ目を使い切ります」

「ここまでは迷う心配はなかったね。じゃ、次のリールは伊藤君に持たせて」

「わかりました」

釣り糸のリールは一巻百五十メートルほどだ。入り口から約三百メートル来ていることになる。ドーム型の地下広場は直径二十メートルあるだろうか。周囲の壁にはいくつかドアもあった。

この広場を発見したことで一つわかったのは、用意した地図と実態が異なるということだ。広場の真ん中に地図を置きそれを確かめた。

「コースとしては正しいが、広場なんてこの地図にはないな」

「そこはやはり軍事機密なんですかね？」

石川投手が壁際に沿って歩き回りながら言った。

「そうするとこれから先もいろんな部屋や広場があるのかもしれんね」

これは当初の想像以上の規模だ。

「よし、先に進もう」

今度は伊藤君が釣り糸係としてしんがりを務める。これは配置ミスだった。

「待ってくださいよ、……もう少しゆっくり行きましょうよ、……ああ、待って」

と一々騒ぐのだ。

「もう、うるさい！　みっともないなあ、静かにしなよ、惚れ太郎」

「うるさいのはお前だ、ヨントン。……あ、待って、石川さんゆっくり行きましょう」

台藤こずえは楽しそうに伊藤君をからかうが、伊藤君は余裕なく真剣に言い返している。しばらく静かになったと思ったら、

「あ！　……」

「どうした？　伊藤君」

「糸が切れてます。どうしましょう？」

「ああ、やっぱり釣り糸は弱かったかな。でも大丈夫だよ、こういう単純な構造なら迷う心配はないもの。糸はもう必要ないだろう」

「そうすか……僕のせいじゃないですよね？」

この情けない発言に他の全員が伊藤君を見たので、ヘッドライトの灯《あか》りが嬉しそうにしているその顔に集中した。

「あんたのせいに決まってんじゃん！」

エコーの効いた台藤こずえの罵声がトンネル中に響き渡る。

一つ目の広場から百メートルほど行ったところで、さっきよりもさらに大きな広場に出た。直径三十メートルはありそうだ。

「これはすごい！」

石川投手が天井を見上げて感嘆の声を上げた。中心の高さは十メートルを優に超えている。

「この天井の高さからいくと、この辺は山の下なんだろうね」

俺は中をくり抜かれた山を思い浮かべた。俺の家の方から来て日照市役所の交差点を過ぎたところから登り坂になり、両側が山になっている。左手の山の反対側が製鉄所になるのだが、おそらくその山が空洞になっているわけだ。

「これは日照市の秘密ですね」

立花こずえも少し興奮気味だ。

「東亜テレビさんにここを取材してもらいたいですね」

台藤こずえはしっかりと仕事のことを考えている。

「筒井課長、ここから先は行けませんよ」

石川投手の言う通り、この広場から先に進む方向にはトンネルに板が打ちつけられていた。

「この部屋のドアは鍵がかかっているみたいです」

台藤こずえがドアノブをガチャガチャいわせている。

「ここもだわ」

立花こずえもその隣のドアを開けようとして言った。

「ここは開きますけど」

神田妖子が二人と反対側の壁にあるドアの方から報告してきた。

「中に何かあるかい？」

「いえ、何も。ガランとしてます」

そうなると開かないドアが気になる。中に何かあるのだろうか。

それに、この先に進めないように板で塞いだのは誰だろう。最近になって市役所がやったようには思えない。すると終戦時に海軍がやったことなのか。

いったい何のために？

「よし、今日はこれで引き返そう。月曜日にドアを開ける道具を持って出直しだ」


翌日の土曜日、玉沢先輩が東京から帰り、今回の収穫である資料のコピーを見せて説明してくれた。

「一番面白いのはこれじゃのう。サブマリン工廠と聞いたので、潜水艦の資料を調べていたら見つけたんじゃ」

玉沢先輩が手にしたのは一枚のイラストだった。

「これ、戦時中に描かれたものなんですか？」

驚いた。そこに描かれているのは素晴らしく斬新なデザインの乗り物だ。

「これ、潜水艇ですか？」

「うん、特殊潜航艇の進化したものじゃのう。飛行機みたいな可変翼がついておろう」

「ほんとだ。この翼が動くわけですね」

「終戦時の日本海軍は『蛟竜《こうりゅう》』『海龍』という特殊潜航艇を生産していたんじゃが、『海龍』は翼がついている画期的なもんじゃった。この絵はさらにすごい。ほれ、戦闘機のようなコクピットがあるじゃろう」

「へえ、この部分はガラス張りですか？」

一人乗りか二人乗りの潜水艇らしいが、従来の葉巻型ではなく、亀の甲羅のように横に広がった形状で、中心に戦闘機の風防のようなガラス張りのコクピットが設置されている。

「これ、SF映画に出てくる宇宙戦闘機のようですね」

「うん、ちゃんとそう書いてあろう。ほれ下のところ」

丸まりかけているコピー用紙の端の部分を引っ張ると、そこには確かに「S・F」と書かれていた。それを目にした瞬間、俺は鳥肌の立つ思いがした。

「これは……藤山新作の頭文字ではないですか？」

「筒井君もそう思うかね？　わしもそう推理しておる」

「結局、藤山新作の戦後の足取りらしきものはわかったんですか？」

「今のところ情報はゼロ。じゃが、この絵を見つけて、S工廠の天才科学者は藤山新作に間違いないと確信したがのう」

　終戦の年、藤山新作は二十一歳か二十二歳だったはずだ。ふつうより二年早く大学を卒業したとしても、卒業直後からS工廠において中心的技術者になっていたことになる。

「当時としては大抜擢《ばってき》ではないですか？」

「いや、それは事情が逆じゃろう。平時より戦時の方が実力主義にならざるを得んからのう。現代よりも人材の抜擢は盛んだったろうと思う。『回天』の黒木大尉、仁科中尉にしても、平時ならあの若さで上層部を動かせなかったと思うぞ」

「で、藤山新作の戦後については、玉沢さんはどう推理してるんですか？」

「うん、旧制高校から帝大に進んだ理系のエリートは戦後新制高校の教師になった者が多い。たとえば、航空工学を学んだような人は、戦後の日本が航空機の開発を禁止されたために行き場を失った。就職先の無い社会に放り出されたわけじゃ。そういう理系出身者の多くは教職に就いた。藤山新作もそうした可能性は高い」

「しかし、彼が『お宝』を私物化して、戦後世間に一切出ないで一生を終えた可能性もありますよね」

「確かにそうじゃが、その場合は我々としては『お宝』を諦めねばならない状況じゃからのう。今はそれを想定せずに考えよう」

「なるほど。すると、引退した教員の名簿でも探せば見つかるかもしれませんね」

「うん、どこに居住していたかわかれば早いんじゃが。各都道府県をすべて調べるのは容易ではないけえのう。ただ、情報を得る方法がもう一つある」

「何ですか？」

「来週の土曜日、『日本寮歌の集い』が東京で開催される。全国の旧制高校出身者が集まって寮歌を歌う会じゃ。そこで一高出身者に尋ねれば藤山新作の手がかりが見つかるかもしれん。筒井君、今度は君が東京に行ってくれんか？」

「それは構いませんが、その寮歌の集いの会場はどこですか？」

「東大の食堂じゃ。本郷の方じゃのう。福原も行けるというから、一緒に行ってくれ」


月曜日。玉沢先輩も加わって再びトンネルに入った。他のメンバーも二度目のことで気分的に余裕があり、すぐに大きい方の地下広場に着いた。

「これはすごい」

玉沢先輩は呆気にとられている。スマホで撮った画像を見せて説明してあったのだが、現物を見ると想像を上回ったのだろう。

先に進めるかどうか板で塞いである部分を再度チェックしたが、

「この先に進むのはもっと人手が必要だ」

という結論に達した。塞いでいる木材を排除するには、この人数では危険も伴うし、さらにその奥の方はセメントで固められているようだった。

「では、今日のところは壁のドアを全部開けるとしよう」

工具は揃えてあったので、順番にドアを開けることができた。ドアの向こうはすべて八畳間ほどの小部屋になっていた。木製の机が置いてある部屋や、棚が組まれている部屋があった。用途別になっているのだろう。

「これは？」

最後に開けた部屋には複数の机があり、一番奥には大型の金庫が置かれていた。

「中に何があると思いますか？」

玉沢先輩に俺が問いかけると、先輩は無言のままだったが、後ろで伊藤君が騒いだ。

「金塊すか？　金塊すか？　百億？　あ、十億でもいいすけど……ング」

「どうもすみません」

台藤こずえが伊藤君の口を手で塞いで代わりに謝る。

「いずれにしろ、これを開けるには専門家の技術が必要じゃろう」

玉沢先輩は金庫の前にしゃがみ込んで言った。旧式のダイヤル式金庫だ。日照市内にこれを開けられる専門業者がいるかどうかも覚束《おぼつか》ない。

「つまり金庫を開けるのも、あの塞がれたトンネルを進むのも、活動再開の許可が出なければ難しいということですね」

それが俺の出した結論だ。

「ということは、野球の方で石川君に頑張ってもらうことが先だな」

俺の言葉の後、ヘッドランプの灯りが石川投手に集中した。

「頑張ります」

眩《まぶ》しそうな表情で石川投手が決意を語ると、台藤こずえが思い出したように言った。

「あ、そうだ、東亜テレビが来週から石川さんに密着するってことでした」

「え、そうなんですか？　これはますます負けるわけにはいきませんね」

そのとき、ずっと黙っていた神田妖子が口を開いた。

「この金庫、開けられるかもしれません」

言い終わるなり妖子が金庫の前まで来たので、俺と玉沢先輩は場所を譲った。妖子は無言でしゃがみ込み、じっとダイヤルを見ている。

今回はあの奇妙な踊りもアルコールもなしだった。彼女は金庫のダイヤルに手を伸ばした。俺は横から彼女の目を観察した。どこを見ているのかわからない目だ。と言うより、意識があるのかも疑わしい。何かに操られているような動きで、しかし何も迷う様子もなく、神田妖子はダイヤルを回し始めた。

それは数秒間であったような気もするし、数分経ったような印象もある。ダイヤルを回していた妖子の動きが止まった。同時にそれを見ていた我々の呼吸も止まった。彼女の手が金庫のハンドルを握り、グッと押し下げて手前に引く。

数十年、この暗黒で沈黙を守っていた金庫は静かに終戦時の空気を吐き出した。

俺は金庫の扉を摑み、完全に開ききった。全員のヘッドランプがその内部を照射する。それを反射する金塊の煌《きら》めきはなかった。それを確認して、全員が緊張から解放された。

「これは?」

玉沢先輩が手を伸ばし、金庫の中から数枚の書類を取り出した。

それは何かの設計図だった。

「筒井君、これはあのイラストの潜水艇ではないかのう?」

確かにそれは玉沢先輩が持ち帰ったイラストに描かれていた潜水艇の詳細な設計図のようだった。

「間違いありませんね。それにここ」

設計者の欄には「藤山新作」とはっきり書かれていた。

玉沢先輩は笑みを浮かべ、俺に向かって大きく頷く。

「……すいません。どういうことですか？　これが何かの証明になるんですか？」

台藤こずえが、俺と玉沢先輩の表情を交互に窺いながら問いかけてきた。

「ああ、悪かったね、みんなにも説明しよう。これはS工廠が潜水艇の開発に動き出していた重要な証拠なんだ。S工廠、サブマリン工廠の計画が国の予算として承認されたことは玉沢さんの調査で確認されたけれども、実際にはそれらしい建物や設備の痕跡は今のところ見つかっていない。つまり予算が使われた形跡がない。しかし、こうして潜水艇の設計図があったということは、実際に開発への動きが始まっていたということだ。帳簿上のことだけでなく、開発費が必要な状況になっていたんだよ」

「そっか、大きなお金が動き始めていたということですね」

「そう。そしてここに札束はない」

俺の言葉に台藤こずえはトンネルの奥に目をやった。他のみんなも視線を揃えた。

木材で封じられたトンネルが闇に浮かび上がる。

「ちょっといいですか？」

今度は石川投手が挙手して言った。

「当時のお金で一億円は簡単に使えないだろうし、使ったのならその使い道である設備や潜水艦が残っているはずだというのはわかります。しかし、それが見つからないからと言って、そのお金が一部にしろ金塊やプラチナに化ける意味がわからないのですが」

この質問には玉沢先輩が答えた。

「フィリピンの山下財宝の場合じゃがね。敗色濃くなって日本軍の軍票、つまり軍隊の発行する紙幣じゃが、これの信用が無くなって取引できないケースがあり、それで金貨を作ったといういきさつがある。それがフィリピンの山中に埋められたわけじゃのう。S工廠も日本国内とはいえ、潜水艇を作るには原材料など、国外から取り寄せたことも考えられる。その場合に紙幣が通用するかという問題。それに戦時中のインフレの中で紙幣を持ち続けても価値が下がる可能性。そんなことを懸案して予算を金に換えることは不思議ではなかろう」

「なるほど」

石川投手が納得すると、再びトンネルの奥が闇に浮かび上がった。

意外なことに、野村は俺の東京出張に協力的だった。俺の名刺まで新しく用意していた。上半分に象ノ鼻岬の航空写真、その下に「埋蔵金発掘課長」の肩書きと名前が印刷されている。

「観光課に作らせた。なかなかええじゃろう」

「いや、いい写真だとは思うが、これ、使っていいのか？」

「ええんじゃ、ええんじゃ。この近辺でなくて、東京で配るということもあるしのう。テレビで全国に名を馳《は》せた埋蔵金発掘課長じゃ、観光大使のつもりで大きな顔して配ってくれ」


その週の金曜日の日照駅。上京する俺を埋蔵金発掘課のみんなが見送ってくれた。

「課長、いい知らせ待ってますからね」

伊藤君が激励してくれた。

土日には都市対抗野球の中国地方予選が岡山で行われる。俺以外はその応援だ。勝ち抜けば日照シーガルズの東京ドーム行きが決まる。結果は気になるが、旧制高校の出身者の集まりは、今回の「日本寮歌の集い」を逃すと次回がいつになるかわからない。

「じゃあ、石川君、明日から頑張ってね。みんなも応援よろしく頼むよ」

「任せてください!」

という言葉は石川投手から聞きたかったが、周囲が驚く大声で返事したのはまたも伊藤君だった。とにかくその場限りの調子の良さは天下一品だ。それに対して、

「必ず藤山新作の手がかり見つけてください」

台藤こずえの声は切実だった。


翌日の土曜日、福原さんと待ち合わせて、地下鉄で「本郷三丁目」に向かった。初めて「赤門」から東京大学本郷キャンパスに足を踏み入れる。俺のほぼ三十年に渡る東京生活で、まったく緑のなかった場所だ。

豊富な緑と静けさが、都会の真ん中にいることを忘れさせる。

「勉強する環境としては最高ですね」

「筒井君もそう思うかい? 僕も初めてここに来たときに思ったよ。高校生のときに

ここを見てれば、もう少し頑張って勉強したんじゃないかな、ってね」

福原さんの言うことはよくわかる。この落ち着いた風景は日本の最高学府に相応しい。

「日本寮歌の集い」会場の中央食堂は安田講堂の前の地下にあり、階段を下りる途中から歌声が足元に押し寄せてきた。

入り口の受付で記名している間も、周囲を学帽や手拭いを被り色とりどりの法被を着た老人が歩いている。

会場に入ると大学の大食堂らしく、長方形のテーブルがずらりと並ぶ。各校ごとにテーブルが指定されているのか、同じ色の法被がそれぞれ一固まりになっている。

「一高はどこだろうね？」

福原さんはしばらくキョロキョロしていたが、

「あ、あれだ」

と少し離れたテーブルを指差した。「一高」と書かれた札が立っているテーブルに、濃紺の法被を着た一群がいる。

かつて旧制高校を題材にした作品も書いたことがある福原さんは、

「あの爺さんたちは俺に任せろ」

と自信満々で、俺も大船に乗った気でいた。

「どうも！」

歩きながら軽い調子で濃紺法被の一群に声をかけた福原さんは、一斉に振り返った一高OBの鋭い視線に気圧されたのか急ブレーキをかけた。テーブルの間の通路は狭い。すぐ後ろにいた俺は勢いよく追突してしまった。弾みでさらに一歩前に踏み出した福原さんは、

「ハハ、……こんにちは」

卑屈な感じでお辞儀をした。つられて俺も頭を下げた。

「私、ペンネーム村杉日照と申しまして……ええ……小説家です。旧制高校を題材にした小説を書きまして……」

たどたどしく自己紹介してみても、先方は無言だ。いやーな間が空く。それに耐え切れずに再び福原さんが口を開く。

「……あの、旧制高校と言っても一高ではなく、五高と七高を中心に書きまして……まずかったですかね？」

ふだんはド厚かましい態度の福原さんが、怯《おび》えたようにしゃべっている。まるで宿題を忘れた小学生の釈明だ。

無言で視線を向けてくる爺さんたちは、隠居の身であってもどことなく雰囲気が重々しい。大酒飲んで無頼を気取る福原さんだが、存外「偉い人」には弱いらしい。

見かけ倒しの情けない先輩だ。

俺は見かねて助け舟を出した。

「あの、我々は人を探しておりまして、その方が一高のご出身らしいのです」

「そうね、そうそうそう」

福原さんはうわ言のように呟く。

「名前は？」

我々に一番近い席に座っていた老人が尋ねてくれた。

「藤山新作という人です」

「知らんな」

とだけその老人は答えた。他はみんな眼光鋭いまま無言を貫いている。

「し、失礼しました」

福原さんは俺が真後ろにくっついている状況で回れ右をした。狭い。出っ張った腹が俺を押してくる。

「ほら、筒井君、行って」

せかされてその場を離れた。

「いかん、まずかった。紹介者がいないとダメだ。信用されるわけがない。な、筒井君もそう思うだろ？」

今さらそんなこと言われても、答えようがない。

「そうだ！　七高の席を探して本間一《ほんまはじめ》さんを見つければいい」

「本間さん、ですか？」

「そうそうそう」

福原さんはまたあたふたと足早に歩き始めた。

「あ、いたいた」

赤い法被の一群が陣取るテーブルに近づき、

「本間さん」

と声をかける。すると、

「おおー」

真っ白な頭に手拭いを捲《ま》いた老紳士が立ち上がった。

「福原君じゃないか。皆さん、紹介しよう、この御仁はだな、例の『対抗戦』を書いた村杉日照氏だ」

本間さんの説明に「おお！」「そうか！」という声と拍手が赤い法被軍団から起こった。一高とはえらく違う歓待ぶりだ。

「よし、福原君、飲もう。飲め。これはだな、『北辰斜《ほくしんななめ》にさすところ』と名づけられた焼酎だ」

「いや、ちょっと今は飲めないんで」

「何を！」

あ、怒らせた、俺は心の中で福原さんを責めた。

「後で、後で飲ませていただきますから」

「何で後なんだ？　今飲め」

「もう、本間さん、無理言うと怒りますよ」

「何を！」

「いや、冗談です、冗談。あ、本間さん、こちら筒井君です」

心配することはなかった。どうやら二人は軽口を飛ばし合うほどの仲らしい。

「私、福原さんの高校の後輩で筒井と申します」

本間さんは俺の差し出した名刺を受取り、

「お、埋蔵金発掘課長、聞いたことあるぞ」

と嬉しい反応を示してくれた。その声を聞いて、他の七高ＯＢも次々に名刺を覗き込む。

「あ、あれか」

「テレビでやっとったな」

「五百万の壺を壊して五万円取り出したアホがいるところだろう？」

最後の質問には「はい、アホは今回連れて来てません」と答える。

「その埋蔵金発掘課長がどういう用件でここに?」

本間さんは真面目な表情になって問いかけてきた。

「実はですね、本間さんにお願いがありまして。筒井君、この本間一さんは『日本寮歌の集い実行委員会』の副委員長でいらしてね」

つまりすべての学校に顔が利く人物ということだ。村杉さんは手短にこちらの事情を説明して、本間さんに協力をお願いした。

「そんなものお安いご用だ。よし、行こう。その後で飲もう」

「飲みましょう」

今度は本間さんが先に立って一高のテーブルに向かった。

「やあ、やあ」

さすがだ。テーブルに本間さんが近づくと、一高OBたちが次々に立ち上がって握手を求めてきた。

「グッジョブです」

小さく声をかけると、

「俺が迂闊だったよ。最初からこの人に頼めばよかったんだ」

福原さんは反省しきりだ。

「本間さんてどういう経歴の方なんですか？」

「大手ゼネコンの重役だった人だ」

やはり大物なのだ。挨拶を終えて本間さんが本題に入った。

「この御仁はだな、本名は福原君というんだが、村杉日照というペンネームを持つ小説家でな。かつて『対抗戦』という小説を書くというので、俺のところに取材に来たんだ」

「ああ、五高と七高の野球対抗戦の話だったな」

題名を聞いてすぐ察してくれる人がいた。

「そうそう。で、こちらはその後輩で、ほれ『埋蔵金発掘課』」

「おお、知ってる」

「あれの課長さんだ」

「おお！」

福原さんの作品より俺の肩書きの方でテンションが上がった。

「で、彼が人を探しているということでな」

「ああ、さっきそんなことをここでブクブク言ってたな」

まさに福原さんの口調はそんな感じだった。

「誰だったかな？」

先ほど「知らん」と答えてくれた人が、あらためて尋ねてくれた。

「はい、藤山新作さんです」

「藤山？　何年卒かおわかりかな？」

「たぶん、昭和十六年卒かと思われます」

「十六年卒というとどなたと一緒になるかな？」

その人が問いかけると、ＯＢたちが一斉に首を傾げ、中の一人が、

「十六年卒なら浪人も落第もなければ九十四歳か？」

と確かめた。

「ですが、その藤山さんは存命ならば九十二歳のはずです。尋常小学校五年で中学に進み、四修で一高に入っています」

福原さんが説明する。

「ですから、優秀ということで一目置かれた存在だったと思うんですが？」

俺がそう続けると、一高ＯＢたちは予想外の反応を示した。何か納得いかない様子なのだ。

「筒井君と言ったかな？」

本間さんの口調が妙に優しい。

「はい。筒井明彦です」

「うん。あのな、君は旧制高校についてあまり詳しくないようだが、逆だよ」

「逆？」

「確かにその藤山さんという人は二回も飛び級したのだから優秀だったんだろう。だが、旧制高校とはそんなことでは認めてもらえないところだった。むしろ浪人したり落第したりした方が尊敬される。それだけ経験を積んでいるわけだからね」

なるほど、旧制高校生の間では頭がいいことは当たり前で、早熟な天才を殊更尊ぶことはないということか。

「そういえば、先輩の誰だったかに、そういう天才の話を聞いたことがある」

突然一人のOBが声を上げた。

「あ、あれか全科目で一番だった男。俺も聞いた覚えがあるな」
二、三人が頷いているところをみると、最初の一人の発言をきっかけに記憶が甦ったらしい。
「いや、すまなかった。確かにそれぐらいの年代に驚異的に優秀な先輩がいたという話は聞いたことがあるんだが、その先輩のその後の消息がさっぱりで、同窓会の集まりにも顔を出さないものだから、名前さえも知らないわけなんだ」

最初に思い出してくれた人がそう説明してくれた。

「理系科目はもちろん、語学も一番だったと聞いたな。ほら、数学なんかはいきなり出来る奴がいるもんだが、語学は勉強した時間の長い方が有利なものだろう？　単語や文法を覚えなきゃならんから、むしろ落第生の方が出来たりしたもんだ。ところが、その天才は理系科目だけでなく文系科目も強かったと聞いたよ」

過去の記憶は、一旦触発されると次々に甦ってくるものらしい。

「ではまず、その藤山新作らしき天才の話をしていた先輩から思い出していただけますか？」

俺としては細い糸でも辿ってみることが重要だと考えた。

「誰だったかな。その先輩にとっても藤山とかいう天才は上級生だったわけだから、十七年卒か十八年卒だな」

「で、我々がよく話したとなると誰かな」

「東京在住かな」

「たぶんそうだろう」

しばらく記憶を掘り起こす間ができた。

「あ」

一人が声を上げ、別の人が、

「森脇《もりわき》さんか？」

と反応した。

「うん」

同時に同じ人を思い浮かべたらしい。

「その方は？」

「いや、今日はお見えになっていないが、森脇さんは十八年卒だ。その森脇さんが自分と同じ年の天才が上級生にいた、という話をしておられた」

「確か将来はノーベル賞も夢ではない、と期待されていたのに、世に出た形跡のないのが不思議だ、と言っておられたな」

「そうだった」

先に思い出した二人がそう語ると、他の人たちも、

「神童が結局は凡人になったのか、って話だった」

「そうそう」

とロぐちに語りだした。

「だが、藤山という名前を聞いたかどうかは思い出せんな。森脇さんも名前までは覚えていなかったような気がする」

最初に森脇さんの名前を出した人が、首を傾げて記憶を辿ってくれた。

「森脇さんの連絡先はわかりますか？」

「わかりますよ。同窓の集まりがあるときは知らせるからね」

「教えていただくわけにはいかないですか？」

「構いませんよ。本間さんのご紹介だし、お尋ねの件もわかっていることだからね。森脇さんも元は新聞社にお勤めでしたから、取材なら協力してくださるはずですよ」


「日本寮歌の集い」はまだ日のあるうちに終わり、福原さんと二人になったところで、森脇さんに連絡した。

『ああ、先ほど聞きました。藤山さんのことでしょう？』

俺は興奮した。

「そうです。そのことで森脇さんに伺いたいことがあって。やはり噂の天才は藤山さんでしたか？」

『いやね、私も長い間名前を失念してましてね。さっき電話でその名前を聞いて、ああそうだった、藤山さんだったと思い出したわけです。でも確かです。確かにその天才は藤山さんでした』

「藤山新作」

『そうね、そうだったね』

「最近藤山さんの噂は聞きませんか？」

『聞きませんね。だいたい一高の集まりにも東大の集まりにも一切顔を出さない謎の人物でしたから。私も顔を知りません』

「え？　森脇さんは昭和十八年卒ですよね？　藤山さんは十六年卒ですから、一年生のときに三年生の藤山さんの姿を見てはいないんですか？」

『それがですね。旧制高校の昭和十八年卒は、戦局の悪化で文部省が修業期間を短縮しまして、昭和十六年の四月に入学して、本来なら十九年三月に卒業するところを十八年九月に卒業させられた学年なんです。例の学徒出陣の年です。藤山さんは十六年春に卒業されてますから入れ替わりになります』

「すると藤山さんのことは森脇さんも他の方から聞いたわけですか？」

『そうです。中学の先輩で園田《そのだ》さんという方が一高におられましてね。この人は本来藤山さんと同学年だったのがドッペって』

「落第したんですね？」

『そう、ドッペって私と一年間一緒に一高にいたんです。その人が藤山さんと非常に仲が良かった。それに私とも同じ中学ということで親しくしてくれて、藤山という天才の話をよくしていました。藤山さんは私と年齢は一緒でね』

「それではその園田さんとは今も連絡を取っておられますか？」

『亡くなりました』

「はあ、そうですか」

『昨日』

「え？」

『昨日亡くなったんです』

なんというタイミングの悪さだろう。電話を切った後、俺と福原さんは互いの落胆した顔を見合った。

「昨日亡くなってたとはなあ。この前の玉沢の上京中だったら話せたかもしれないわけだ。葬式はいつだって？」

「今日がお通夜で、明日が告別式だそうです」

福原さんの質問に答えた瞬間、俺の中で閃《ひらめ》くものがあった。

「そうだ……神田妖子に上京してもらいましょう」


岡山のホテルにいるみんなに連絡し、神田妖子の上京を要請した。

『ダメですよ、絶対に』

まず伊藤君に大反対された。

『課長だって、妖子ちゃんの能力のすごさは知ってるでしょう?』

「知ってるから来てもらいたいんだ」

『今ここで妖子ちゃんがいなくなったら、シーガルズの試合はどうなるんですか?　埋蔵金発掘課活動再開が遠のきますよ』

「それはわかるけど、こちらもタイミングがあってね」

電話の向こうで何やら相談している気配がした。

『電話代わりました。お疲れ様です』

「お、こずえちゃんか」

台藤こずえは悩んでいるようだった。

『今日も妖子ちゃんすごかったんです。あ、そうだ。今夜の東亜テレビのスポーツニュースご覧になってください。南さんの撮影した映像を使うそうです』

「シーガルズの試合を全国ネットで?　それは珍しいね。地方予選なのに」

『それだけすごいプレイだったってことなんですけどね。課長、山口予選と違って、中国予選ともなるとクラブチームだけじゃなくて企業チームも出場してます。そんな強豪を少なくとも二チーム倒さないと東京ドームは見えてこないわけです』

「知ってる」

『今日は妖子ちゃんの力も借りてなんとか勝てました。明日は優勝候補の広島重工です。勝てば東京ドーム決定で埋蔵金発掘課活動再開は間違いありません』

「そうだな。しかし、今回は藤山新作の重要情報を得るチャンスなんだ。妖子ちゃんは何と言ってる？」

『彼女は中立的です。自分の能力を自分一人のものと考えてませんから。自分の力を必要とする人のために尽くすというスタンスです』

「うん、立派だな」

『でしょう？で、その葬儀は何時からですか？』

「十一時から」

『なら朝早い新幹線で間に合うわけですね』

「そう」

『でもどんなに急いで帰っても試合の方には間に合わない』

「そうだ」

印象としては伊藤君だけは大反対で、他のメンバーはどうすればいいのか判断に苦しんでいるというところだ。

「そこに石川君はいるの？」

『いいえ、ホテルが違うのでここにはいません。明日は石川さんが先発です』

「それじゃあ、これから石川君に電話してみるよ。それで彼がいいと言えば、みんなも納得してもらえるかな？」

『……わかりました』

石川投手の携帯に電話すると、すぐに繋がった。彼はホテルの部屋に一人で寛ぎ、明日の決戦を前に興奮を鎮めているそうだ。

「いよいよだね」

『はい』

「実は……」

俺はこちらの状況を説明して、神田妖子の力が必要になったことを伝えた。

「もちろん、そちらでも彼女を必要としていることはわかっているんだけどね。彼女に明日上京してもらうわけにはいかないだろうか？」

『僕はかまいません』

長い沈黙を予想していた俺は拍子抜けした。

「でも監督も彼女を信じているということだったけれど」

『監督が妖子ちゃんの不在に気づかないうちに勝ちます』

それは投手として相手を抑え切るという宣言だった。

『勝ちます。絶対に』

静かに力強く石川投手は言った。

石川投手の返答を伝えると、約束通り、メンバーから異論は出なかった。感心なことに伊藤君も一切文句を言わなかった。

その夜、東亜テレビのスポーツニュースで日照シーガルズの試合が紹介された。

〈かつての名門日照製鉄の流れを汲《く》む日照シーガルズが、独特の戦いぶりで中国地区予選を快進撃です。あと二つ勝てば二十六年振りの東京ドームへの道が開けます……〉

そして映像は一点差で迎えた九回裏ツーアウトの場面になる。

〈ピッチャーはこの回から石井。四球とエラーでランナー一、三塁。ヒットで同点、長打が出れば逆転サヨナラの大ピンチ……〉

バッターはこの秋のドラフトで上位指名が噂されているスラッガーだ。

石井投手が投げる。バッターが振る。まさにジャストミート。糸を引くような打球が、グングン伸びる。

しかし、フェンス際で待ち構えていたセンター佐二木《さじき》が手を伸ばしてこのライナーをキャッチ。まさにホームランを摑んだというプレイだ。

〈今のプレイ、別のカメラで捉えると……〉

ここからの映像が南さんの撮影によるものだろう。何しろ南さんは裏の事情を知っている。

石井投手が投球フォームに入る前に、左中間のフェンスめがけて走り出す佐二木選手。フェンスに手をかけ打球を待つ。打球が飛んで来ると長身を思い切り伸ばしてキャッチ。

〈これは完全に打球の行方を予測していたような、不思議な超ファインプレイですね〉

コメンテーターの元プロ野球選手が驚いているとき、カメラは喜ぶシーガルズ応援席を映している。その中心は神田妖子だ。

これは南カメラマンの無言のメッセージだ。その意味に気づくことができるのはごく少数の人間だろう。

確かに神田妖子なしで臨む明日の試合は苦戦が予想される。

翌日、品川駅で神田妖子を待った。

のぞみのドアから緊張した面持ちの神田妖子が降りてきた。これから何をしてもらうかは説明済みだ。

「お疲れ様。じゃ、このまま行こう」

福原さんとも合流して世田谷区にある斎場に向かった。到着してからはまず森脇さんを探す。

「園田家」の看板が出ている部屋の一番後ろの席に森脇さんらしき人物がいた。

「森脇さんでいらっしゃいますか？　昨日は突然の電話で失礼いたしました」

「いえいえ、こちらこそ」

立ち上がった森脇さんは、背筋がピンと伸びてとても九十二歳には見えない。

「さっそくですが、御遺族をご紹介いただけますか？」

森脇さんに園田さんの長男を紹介してもらい、福原さんには時間稼ぎの会話を続けてもらった。

「作家の村杉日照と申します。実は亡くなったお父様に伺いたいことがあったのですが、タイミングを逸しまして。お父様のご友人で藤山新作さんという方をご存じないでしょうか？」

「さあ、もしかしたら名前を聞いたことがあるかもしれませんが、何かと交友関係の広い父でしたので……」

予想通り、遺族は故人の交友関係についてはごく狭い範囲しか知らない。

その質問の間に神田妖子を棺《ひつぎ》のすぐそばに立たせた。ふだんから色白の妖子が、さらに青白く見える。暑いくらいの天気なのに、細かく震えているようだ。

「……そうですか、こんなときに不躾《ぶしつけ》な質問で申し訳ありません」

福原さんがお辞儀をしたのに合わせて俺と妖子も頭を下げたが、その瞬間彼女はフラッとよろめいた。

あわてて二の腕を摑んで支え、後ろの席に戻る。

座った妖子は全力疾走した後のように荒く息をつき、例のどこを見ているかわからない視線を泳がせた。

「……メモを……」

やっと口を開いた妖子の言葉に、福原さんが胸ポケットから取り出した手帳とボールペンを渡す。

妖子が書き始めたのはどこかの住所だった。どうやら老人ホームらしい建物名の後に、

「藤山新作」

と書いた。その文字は若い女性の書くものとは思えない達筆だ。

「園田さん、ありがとうございます」

俺は妖子が書き終えた瞬間、正面の遺影に向かって礼を言った。

神田妖子が記した住所は杉並区のもので、この斎場からそう遠くない。電車を乗り継いで一時間はかからないだろう。

「どうします？　これからすぐに向かいますか？」

俺は小声で福原さんに尋ねた。

「いや、ご遺族にご挨拶した以上は告別式が終わる前に帰るのは失礼だし、できれば森脇さんに同行してもらった方がいいと思う。一高の後輩である森脇さんが、園田さんの訃報を携えて来た、という形にした方が急な面会も自然だとは思わないか？」

確かにいきなり我々だけで訪れたのでは、藤山新作も警戒するに違いない。福原さんの考えに異存はなく、告別式の後で森脇さんの都合を確かめることにした。

式が始まった。

読経の流れる中、神田妖子は時々辛そうに息を吐いた。大きな斎場だから同時に進行している他の葬儀もある。つまり、ここにはいくつかの終わったばかりの人生が集っている。数百年前の死者の情念にさえ反応した神田妖子には、拷問のような状況なのだろう。

「大丈夫かい？」

「ええ、とてもうるさいですけど、ここにはいい人しかいません。特別嫌な気分ではないです」

囁くように答える顔が青白い。

「嗚呼《ああ》、玉杯に花うけて
緑酒に月の影宿し
治安の夢に耽《ふけ》りたる
栄華の巷《ちまた》低く見て……」

出棺に際しては旧制一高の寮歌が流れた。

「これだよ。旧制高校ＯＢの葬儀には寮歌がないといけない」

福原さんは涙ぐんでいる。

静々と進む棺を見送りながら、俺は森脇さんにそっと近づいた。

「森脇さん、私どもは藤山新作さんを訪ねようと思っているのですが、森脇さんもご一緒に如何《いかが》ですか？」

「え？　藤山先輩の住所がわかったのですか？」

「はい、だいたいの見当がついたんです。藤山さんはまだ園田さんが亡くなったこともご存じないでしょうし、如何でしょう？」

「いや、私も藤山先輩にお目にかかれるならぜひご一緒したいですよ。ただこの後、骨あげまではおりたいのです。明日でもいいですか？」

「わかりました。明日、お宅にお迎えに伺います」

そう約束し式場を出たところで、携帯に着信があった。台藤こずえからだ。

『課長！』

泣き声だった。熊島で見た、彼女の迫力ある泣き顔を思い出す。

「どうした？」

『やりました！　東京ドームです。石川さんがやってくれました！』

「そうか！　やったな、おめでとう！」

そう叫んでしまった後で、あわてて声を潜めた。何しろまだ斎場の中だ。「おめでとう」は相応しくない。目の前では、俺の一言ですべてを察した神田妖子と福原さんが顔を見合わせて喜んでいる。さっきまでの青白さが嘘のように妖子の笑顔には紅が差していた。

試合は稀に見る接戦になったようだ。ほぼ毎回ピンチを背負った石川投手は、それでも気迫溢れる投球を続け、バックもファインプレイで盛り立てたという。結局完封し、九回裏に奇跡のような連打で、サヨナラ勝ち。悲願の東京ドームへの切符を手にしたのだ。

「すごいね、妖子ちゃん抜きで強豪チームに勝ったなんて」

電話を切った後でそう言うと、

「いえ、私なんて皆さんの力を引き出すお手伝いをしただけです。勝ち続けているうちに選手が自信をつけて、それでだんだん運が向いてきたんです」

神田妖子は珍しく熱い口調で言った。

また携帯が鳴った。知らない番号からだ。

「はい、筒井ですが」

『筒井課長、今どこ？』

異様にテンションの高い声の主は中川市長だった。

「あ、市長。東京でお葬式に参列していたところです」

『あ、そう。いやいやいや、聞いた？　シーガルズがやってくれたよ』

「聞きました。よかったですね」

『いよいよ東京ドームだよ。何と言っても都市対抗野球だ。全国紙に日照の名前がバーンと躍るわけだ。すごくないか』

「いや、すごいです。いいことですよ」

『ね!?　というわけで埋蔵金発掘課活動再開に何の支障もなくなった。ドーンとやってくれたまえ』

「本当ですか？　ありがとうございます」

『遠慮はいらんからね。思い切りブチかましてちょうだい』

世田谷の斎場から品川のホテルに戻り、ロビーでこれからの作戦を練った。

「こちらで藤山新作の証言を取るのと並行して、日照で例のトンネルの先に進む算段もしないといけませんね」

俺は活動停止していた遅れを取り戻したい思いがあったが、福原さんは意外に冷静だ。

「いや、まだ人手をかけることは考えないでいいよ。まずは藤山証言を得て、その裏を取ってからだな」

「急がば回れ、ですか？」

「うん。もし明確な証言を得られれば、人手と機材を集中して一気に発掘だ。それまでは無駄な動きは避けた方が賢明だろう。それに藤山新作の所在がわかったからといって、真実に辿りつくのはそう簡単ではないかもしれん」

「藤山新作が素直に真実を語らないということですか？」

「そう。彼が誠意ある人物だとしても、人には言えぬ重大な秘密を抱えたまま生きてきたかもしれん。何しろ現代の金額にしておよそ二千億円が動いた話だ。例えば自分が手を下さずとも殺人の現場に居合わせた、なんてこともあり得ない話ではなかろう」

　確かに殺し合いが起こる理由としては十分な金額だ。もしかしたら我々は今、何か陰惨な事件を暴き出す端緒を握っているのかもしれない。

「私も残りましょうか？」

　黙って二人の会話を聞いていた神田妖子が控えめに口を開いた。彼女は翌朝の新幹線で日照に帰る予定だ。

「私、お役に立てるかどうかわかりませんけど、人が嘘をついているときや、何か隠し事があるときにはわかることがあります」

　俺と福原さんは互いの視線がぶつかった瞬間に頷き合っていた。

「そうだな、そうしてもらえると助かるよ」

　妖子は無言で微笑《ほほえ》んだ。

　そのとき携帯の着信音が響いた。

「福原さん、電話じゃないですか？」

「うん……あ、玉沢からだ。……もしもし、おう、今筒井君と神田妖子ちゃんと一緒だ。……あれ？　タマちょっと待て……筒井君、電話」

「え？　……あ！」

どこかでまだ着信音が聞こえていると思ったら、同時に俺のスマホにも涼子からの電話が入っていた。

「もしもし」

『あ、お疲れ様です。よかったわねえ、シーガルズ』

「ああ、試合観たよね?」

『もちろん。まさに手に汗握る熱戦だった。日照からも大勢応援が来ていて盛り上がったし』

「そうかあ、その観客席も見たかったなあ」

『石川投手に密着していたお陰で、番組的にも一つのクライマックスができたわ』

「そうだねえ、俺のしょうもない日常を撮った部分はカットすれば?」

『そんなことしないわよ。それぞれの素顔を追うことは重要なの。ところで、これで活動再開ですって?』

「そう、市長から直接お墨付きをいただいたよ」

『で、そちらで何か進展はあったの?』

「うん、実は神田妖子ちゃんにある人のお葬式に出てもらって、その人からの情報を得たんだ」

『と言うと、つまり死者からの情報?』

「そういうこと」

『それも常識的には信じられない話よね。それで成果はあったの？』

「あった。明日、その情報のお陰で藤山新作に面会できるんだ」

『天才科学者ね』

「そう」

『だったら明日、私もそちらに合流していいかしら？』

「え？」

俺が一瞬返答に窮したところに、

「筒井君、玉沢が明日上京するそうだ」

福原さんの声が耳に入ってきた。

「え？」

戸惑う頭の中に藤山新作と対面している図が思い浮かんだ。神田妖子にも残ってもらうし、俺と森脇さん、福原さん、玉沢先輩に涼子の率いるテレビクルー。多過ぎる。藤山新作でなくても警戒するに決まっている。

「それはどうかなあ？」

俺の返事は涼子と玉沢さんの両方に向けたものだった。

「いや、玉沢はもう決めてるぞ。必ず来る」

なくなったのだろう。

「そうなんですか？」

きっと福原さんからの報告を受けて、玉沢先輩としては居ても立ってもいられなくなったのだろう。これは今さら説得しても止められそうにない。

しかし涼子の方はまだ説得の余地がある。

「藤山新作という人がどういう性格の人物か見当もつかないんでね、スタッフがゾロゾロついてくるのはどうかと思うんだけど」

俺は言葉を選んで涼子を思い止《とど》まらせようとした。

『でもね、私としては番組的に絶対外せない場面だと思ってるの。これまで埋蔵金について直接の関係者に迫ることはなかったでしょう？　こんなチャンスを取材できないなら、ドキュメンタリーとしての価値が半減するわ』

「そうかなあ？」

『そうよ。お願いします。そうだ、人数が気になるなら私一人で伺うから。南さん他スタッフは抜きで、私が自分でカメラ回せばいいんだもの。ほら、いつも私が持っている一眼レフ。あれで動画も撮れるの』

「え？　それで番組に使える？」

『今のカメラの性能はすごいのよ。実際、海外取材のときにあのカメラだけの場合もあるもの』

「そうか、そうすると多くても六人か。いや、六人でも多過ぎるかな……」

『そんなことないでしょう。五人でも六人でも大差ないわよ。その中に神田妖子ちゃんも入ってる？』

「うん」

『いいじゃない。六人のうち二人が女性なら先方も気を許すと思うわ』

「……そうかもしれないな……わかった。じゃ、後で明日の段取りを決めて連絡するよ」

結局、逆に俺が説得されてしまった。


翌日の正午過ぎに品川駅で二人を迎え、そこから福原さんの車で森脇さんのお宅まで行き、そのまま神田妖子がメモした住所に向かう。

車のナビは森脇邸からの移動時間を四十分と予測していたが、途中の渋滞もあって一時間ほどで目的地に着いた。閑静な住宅街だ。

やはり住所の最後にあった建物名「クローバーハウス」は、マンションやアパートではなく介護付き有料老人ホームだった。

アポは取っていない。事前に電話しても面会を断られるかもしれず、出たとこ勝負でいこう、ということになったのだ。

「ごめんください」

スタッフらしき若者が玄関に現れた。

「すみません。こちらにおられる藤山新作さんという方にお目にかかりたいのです」

「失礼ですが、どちら様でしょう。ご親戚の方ですか？」

予測していた通りの質問だった。

「こちらは藤山さんの旧制一高時代の後輩で森脇さんとおっしゃいます。他は藤山さんと同郷の者です」

「少々お待ちください」

そのスタッフは一旦、玄関ホールの向こう側のドアに消えた。そのドアはオートロックで、中からも暗証番号か何かで管理されているようだ。

やがて先ほどのスタッフに代わって六十歳前後と思《おぼ》しき男性が現れた。

「藤山先生にご面会ですか？」

「はい」

「先生と同じ一高のご出身だそうで？」

まず森脇さんに確かめた後、福原さんと玉沢さんに向かって、

「藤山先生の教え子でいらっしゃいますか？」

　と訊いてきた。

「いえ、違います」

「そうですか。いや、すみません。私自身が先生の教え子なもので。私、ここの責任者の高橋《たかはし》と申します。ではご案内しますから、どうぞ」

　促されてスリッパに履き替え、高橋氏の後に続いて施設の中に入った。

「現在入居者は三十人ほどです。ここが共有部分の食堂兼談話室になっています」

　高橋氏は立ち止まって施設の説明をしてくれた。

「あの、藤山先生は高橋さんとのご縁でこちらに入居されたんですか？」

　高橋氏を話し好きの人物と見込んで問いかけた。

「ええ、先生はご家族もおられませんから、私の方で提案して入居していただきました。先生は元々ずっと一人暮らしで、生活に不自由は感じておられなかったようですが、お年もお年ですからね」

「九十二歳ですよね」

「そうです。私は高校三年間ずっと藤山クラスだったんです。劣等生の私なんかの世話になるのは、先生としては心外だったかもしれませんね」

　恰幅《かっぷく》のいい高橋氏はそう言って朗らかに笑った。

「高校では藤山先生は何を教えておられたのですか？」

「物理です。でも、戦前のインテリですからね。英語教師より英語が達者だったし、古典文学、万葉集とかですね、そちらの造詣も深くて、私ら生意気盛りの高校生でも本当に尊敬してましたよ」

高橋氏の言い方はどこか自慢気だった。

玉沢先輩も、戦後藤山新作が教師になったのではないか、という自分の推理が当ったものだから得意気だ。

「わしの言うた通りじゃろう？」

こちらは露骨に手柄をアピールして、福原さんに鬱陶しがられている。

建物の一番端の部屋の前まできた。

「こちらです」

高橋氏はノックすると、病院でよく見かける大きな引き戸を開けた。

中はトイレ部分を含めて八畳程の広さで、冷蔵庫に大きな本棚、それに小さな箪笥《たんす》がある。入って右側の壁に沿って介護用ベッドが置かれて、そこに端整な顔立ちの痩せた老人が座っていた。

「藤山先生、お客様ですよ」

高橋氏が声をかけると、藤山新作は無言のまま我々の顔を順に見た。その眼光は鋭く、それがこの老人の頭脳の明晰《めいせき》さを表しているようだった。

「知らん顔だな」

よほど自分の記憶力に自信があるのだろう。あっさりした言い方でも、それは「断言」だった。

「ええ、初めてお目にかかります。私は一高十八年卒の森脇と申します。かねてより園田先輩から藤山さんのお噂は伺っておりました」

旧友の名を耳にすると、藤山新作の目に柔らかい光が宿った。

「おお、園田。元気にしておりますか？」

「それが残念なことに、この金曜日に亡くなりまして、本日はそのご報告に参上した次第です」

その言葉が聞こえていないかのように、藤山新作の表情は変わらなかった。やがて一つ頷くと、

「仕方ない。あいつも九十四歳だ」

これもあっさりとした口調で言った。この軽いとも言える空気は何だろう。藤山新作の体を覆っているものが「達観」と呼べるのかどうか俺には判断がつきかねた。

「園田さんは私の中学の先輩でもありましたので、一高入学以来今日まで、何かと面倒をみていただきました」

森脇さんは背広の胸ポケットから数枚の写真を出して、藤山新作に示した。

「おお、懐かしい」

モノクロの写真の中では、学帽とマントという旧制高校生の定番スタイルの若者が二人並んでいる。

「園田とは手紙のやりとりは続いていて、今年も年賀状を貰いました。ただもう二十年以上も会っておりませんでね」

森脇さんは写真を見つめたまま、藤山新作はつぶやくように言った。

写真を指で示して説明を加えた。

「この写真は私が一高に入った年に写真館で撮りました。それと、これが、一番最近の園田さんの写真になります」

「ほう、そんなには変わってませんね、園田は。そうか、死んだかあいつ」

「春先から検査入院していたんですが、肺炎を起こしましてね」

「ああ、肺炎ですか。年寄りには本当に命取りですからなあ」

森脇さんが一緒でよかった。この会話を傍らで聞いているだけで、藤山新作の人となりを知ることができる。ごく常識的な人物だ。天才とか奇才とか聞かされて想像しがちな、頑固な変人でも冷酷な怪人でもない。

「で、あなた方も園田の関係で？」

藤山新作は顔を上げて言った。

「いえ、私どもは園田さんとのご縁はありません。実は、我々は日照から参りました」

「日照……」

俺の答えに一言漏らした藤山新作は、呼吸も忘れたように固まった。

「私は筒井明彦と申します」

名刺を渡すと、

「ほ」

息を小さく一つ吐き、

「これは……象ノ鼻岬……村杉ですな」

彼は名刺の写真に見入った。

「私は藤山先生の後輩になります」

「小学校のですか？」

「はい。今は山口大学教育学部附属日照小学校になっています。こちらの福原さんもそうですし、こちらの……」

「私の父が女子師範附属で先生の少し下の後輩になります。玉沢と申します」

玉沢先輩は俺がしようとした説明を自分でしてくれた。

「おや、『埋蔵金発掘課』ですか？　先生、しばらく前に話題になった方々ですよ。はあ、そうでしたか……私は観ましたよ、『どこでも鑑定所』。ここの入居者もあの番組は好きな人が多いですからね」

藤山新作の手にある名刺を覗き込んで、高橋氏がそう言ってくれたが、

「ほう？」

当人の反応は鈍かった。たぶん本棚はあってもテレビのないこの部屋の様子からして、ふだんから読書中心の生活なのだろう。

「そう、日照から……日照も随分変わったでしょうな」

「そうですね、先生の覚えておられる日照とは少し違っているかもしれません。でもその写真でわかる通り、自然は変わらないし、それ以外にも古いお寺や神社など変わらない場所もありますよ。先生はよく普賢寺で遊んだそうじゃありませんか？」

「お、よくご存じで」

「先生の同級生が書かれた本で知りました。山根さんという方です」

「おお、山根。山根秋男《あきお》でしょう？」

「普賢寺の境内で、『水雷艦長』という遊びを日の暮れるまでしていたと書かれていました。お寺の様子はそんなに変わっていないと思います。当然附属小の校舎は変わってますけど、その周りの景色は先生のご記憶に近いはずです」

俺の説明を聞きながら、藤山新作は再び名刺の写真を眺めている。

「先生はずっと帰郷されていないのですか？」

一歩核心に迫るつもりで尋ねる。

「そう、帰ってません」

「日照を離れてどのくらいになります？」

「七十年」

名刺から俺に視線を移したその表情は、この訪問の意図を察したかに見えた。

これにはむしろ俺の方が警戒した。何しろ相手は、こちらのおそらく倍近いＩＱの持ち主なのだ。

「仁科関夫さんも同級生だそうですね？」

福原さんがいいタイミングで話題を逸《そ》らしてくれた。

「そう。仁科……懐かしい名前だ。今日は面白い日だね。ふだん忘れてた名前が次々に出てくる」

藤山新作は高橋氏に笑顔を向けて言った。

「先生、良かったじゃないですか。私じゃ昔の話や故郷の話はお相手できませんからね。それでは皆さんごゆっくり。私はここらで失礼します」

高橋氏は部屋から出ていった。しばらくすると、高橋氏の指示を受けたスタッフが二人、人数分の折り畳み椅子を持ってきてくれた。

「高橋さんは先生の教え子だそうですね」

「そう」

「ご自分で劣等生だったとおっしゃってました」

「ははは、だけど彼はすごい才能がありましたよ。それは高校時代から変わらない」

「どんな才能ですか？」

「人に親切にする才能です。貴重な才能でしょう？」

俺はその言葉を聞きながら玉沢先輩と目を合わせた。確かに高校の教師として生きた、ということでは玉沢先輩の推理は当たっていたが、我々はこんな温かい教師像を思い描いてはいなかった。戦後仕事がなくて、教師にでもなるか、教師しかないか、という「デモシカ教師」を想像していたのだ。

「先生は海軍の技官だったと聞いています。どうして戦後は教師の道を選ばれたんですか？　それも新制高校の。こちらの森脇さんをはじめとする一高ＯＢには、天才として知れ渡る藤山先生です。すぐにでもどこかの一流企業か大学の研究室に入れたのではないですか？」

藤山新作は照れたように頭を掻《か》いた。

「いや、これは真面目に答えますとね。機械より人間を作りたいと思ったんです。まあそれも尊大な言い方ですけど、戦争が終わったとき真剣にそう思いました」

「人間を作る……大事なことですね」

「そう、大事なことです」

　神田妖子の力を借りるまでもなく、この時点で俺はこのかつての天才児の人柄を信用した。口から出てくる言葉一つ一つにいい意味の意外性があり、それがこの老人の人生観に繋がっているように思えた。しかし、いい人間であることと、ある秘密を抱えた人物であることは矛盾しない。この先慎重に探りを入れなければならない。

「先ほど話に出た仁科さんですが、先生との交流は小学校時代だけですか？」

「仁科君は小学校三年生に上がる春に転校していきました。彼のお父さんが村杉女子師範の校長先生でして、その転勤に伴なっての転校です。ですから、実際に彼と接したのはその頃が最後です。でも、三歳という物ごころつく頃に村杉にやってきて、九歳になる年に去っていったのですから、彼にとっての故郷は村杉だった」

「仁科さんの海軍兵学校入学以降の日記に『今日は村杉の沖を通った』とか、『久しぶりに村杉を歩いた』などと出てくるそうですね」

　そう言う福原さんは仁科関夫に関する資料を読み漁《あさ》ってきたようだ。

「出撃の前の日に仁科さんが母校の周囲を歩いていた、という目撃談も村杉にはあります」

玉沢さんは、そんな証言を直接聞いているのかもしれない。

「そんなこともあったでしょうね。私は彼とずっと文通していました。つまり会うことはなくとも、交流は続いていたわけです。彼はいつも村杉とそこに住む幼馴染の近況を気にしていました。私が一高に入った翌年に彼は海軍兵学校に進みました。それで私は技術者になって、いつか彼の乗る兵器を設計する、と約束したのです」

藤山新作が語っている間に鞄《かばん》の中を探っていた玉沢先輩は、

「先生、その兵器がこれですか？」

海軍工廠のトンネルで見つけた潜水艇の設計図を広げた。

「……これは確かに私が描いたものです」

「それとこのイラストも先生が？」

「そう。設計の前にデザインを描いたものです」

「先生は絵の方も天才ですね」

「いやいや、子供の頃から絵を描くのは好きでしたが、うまいということはなかったですよ。ところで、あなたはどこでこれを？」

「この絵の方は東京の防衛研究所で見つけました。設計図の方は日照海軍工廠のトンネル内で金庫の中から出てきました」

「トンネル？　ああ、地下Ｓ工廠ですね」

それは初めて聞く名称だった。

「地下S工廠？　そう呼んでいたんですか？」

「ええ、そう呼んでいました」

俺が勢い込んで質したのを、藤山老人は変わらないさらりとした口調で返した。

「つまりあのトンネルがS工廠そのものなのですか？」

「いや、それはちょっと違います。あのトンネルはあくまで日照海軍工廠が防空対策で掘りました。S工廠はそこに間借りしていたようなものです。しかしS工廠には秘匿事項が多くて、この設計図も極秘扱いでした。日照海軍工廠の技術士官でもこれを見ることはできなかった。何しろサブマリン、潜水艦の工場ですから、最も機密の多い分野です。むしろあなた方がS工廠をご存じなのが、私には不思議ですよ」

「実は順番はS工廠のことを知ったのが先でして、それを調べているうちに藤山先生のお名前が挙がってきたのです」

「なるほど、そうですか。S工廠が世間に知られていたとはねえ」

「一般に知られているわけでもないのですが、やはり国家予算を動かす以上は帝国議会の承認を得ていまして、その記録を調べることでおぼろげながらその存在が明らかになったのです。一億二千四百万円の予算がS工廠につけられていたという記録です」

俺は藤山新作の表情を伺いながら言ってみた。何の動揺も見受けられない。

「この設計図の潜水艇は全部先生の発案だったんですか？」

福原さんは別の角度から話を引き出すつもりのようだ。

「そうです。私は結構自由にやらせてもらいました。海軍からの指示は『サブマリン工廠の仕事』というだけで細かい拘束はなかった。若い技術者の斬新なアイデアを期待する、ということだった。それだけ戦況が窮していたということかもしれません」

「この潜水艇について詳しく教えていただけますか？」

福原さんがさらに切り込む。

「『回天』に代わる兵器を作りたかったんです。私がS工廠に赴任した頃には、村杉沖の海を熊島辺りまで使って『回天』の操縦訓練が行われていましてね。それは私も見かけましたよ。『回天』はオートパイロットだったのをご存じですか？」

「いいえ。つまり自動操縦ということですか？」

「そうです。あれは操縦桿《かん》やハンドルがついているわけではないんです」

「え？　操縦桿で操って敵艦にぶつかっていたのではないのですか？」

「違います。搭乗員は潜望鏡を上げてほんの数秒で敵艦の位置と進行方向と速度を計測して、それを元に計算して『回天』の進行方向を決める。あとはぶつかるのを待っているだけです」

「それでは通常魚雷戦と同じことですね？」

「そう。まさにあれは人間魚雷だった。ですから、最初の仁科君の発想は、潜水艦の侵入の困難な敵の停泊地に魚雷だけ潜入して攻撃するというものです。決して航行中の船を狙うものではなかった。それならふつうに潜水艦が魚雷を発射すればいいのですから、人間がその中に乗り込んでいる必要はない。おそらく最初のウルシー環礁への攻撃でアメリカ海軍の停泊地での警戒が強化されたので、航行中の艦船を攻撃するように作戦が変更されたのではないか、と思います。もし、仁科君が生きていればそれには反対したかもしれません」

「最初の意図と違うわけですからね」

「そうです。ただ、標的の艦船は同じ針路を保つわけではありません。魚雷を発射した後で相手が変針すれば命中しない。人間魚雷なら一旦外れても、乗っている人間が再び照準できる。その意味では『回天』は有効だった。しかし、それにしても要は物量が豊富であれば解決できる問題です。発射する魚雷の本数を増やせばいいのですから。人命を賭して物量の劣勢を解消するというのは、私には納得できませんでした。それに回天という兵器は技術者から欠陥が指摘されていました。そもそも欠陥云々以前に技術者たちはあの兵器を作ることが嫌だった。若い乗員を死なせるための兵器を作りたくなかった。私もそうでした。それで私はこの潜水艇を考えたのです。名付け

名称と思えた。

そんな名称はイラストにも設計図にも記されていない。しかし、聞けばぴったりの名称と思えた。

「スクリューは両サイドに二つ、動力は『回天』と同じく酸素魚雷を用い、『海龍』のような可変翼を使って上下の運動も活発にしました。革新的だったのはこのコクピットです。これはソナーを使わずに敵潜水艦を視認して攻撃することを念頭に置いて考えました。本土決戦が近づけば、それまで以上に敵潜水艦が陸地に接近してくることが予想されました。それを海中に潜んで迎え撃つのです。この亀形潜水攻撃艇は二本の小型魚雷を両脇に抱えていて、これを敵潜に向けて発射し、直後に反転浮上します。海中で爆発の衝撃を受ければ自分がやられる。ことにコクピットのガラス部分は脆い。ご存じかどうか、ガラスというのは衝撃には弱いが圧力には結構強いのです。圧力に対しては金属よりも強い場合もあります。ですから、水中航行には何ら問題はない。しかし、何かを爆破した場合、その衝撃波の威力は空中と水中では比べ物になりません。これを受けるわけにはいかない。とにかく海上に出てしまえば、衝撃を船底で受けて、空中に放り上げられるだけですむ、と考えたのです。計算上はそうでした。実戦になればどうなったかは実証できていません。そして、いよいよ敵の上陸作戦が始まれば、この亀形潜水攻撃艇によって敵の上陸用舟艇を海中から攻撃することも考えられました。私としてはこの兵器は搭乗員の死を前提としていないだけでも価値があると信じていました。元々特殊潜航艇搭乗員の戦死率は異常に高いものではありますが、『回天』のように絶対に死ぬわけではない。これを完成させれば、仁科君との約束を果たせるはずでした。もっと早く完成させていれば、仁科君自身の戦死も違う形であったかもしれません」

九十二歳とは思えぬ熱弁だった。老体の奥に眠っていたエンジニアの魂が甦ったのだろう。

「時既に遅し、ということですね」

福原さんが醒めた口調で言った。俺の頭にもその言葉は浮かんでいたが、あえて口にするのは酷な気もした。

「そう。遅かった」

答える藤山新作の言葉に怒りはなかった。七十年の歳月は憤怒を諦念に昇華させるには十分な時間なのかもしれない。

俺は別の質問をした。

「昭和二十年八月十四日に藤山先生はどこにおられたのですか？」

その日付の意味は日照海軍工廠に関係した人間にはすぐわかる。

「私は広島にいてあの空襲を免れました。急いで日照に帰ろうとしたんですが、当日は途中の石国駅も空襲でやられていましてね。列車の運行もかなり混乱していました。翌日になってようやく日照海軍工廠に辿り着き、被害の状況を見て、S工廠の同僚も大勢亡くなったことが判明した直後に、敗戦を知りました」

「原爆投下から間もない時期に、どうして広島におられたのですか？」

俺の質問に答える寸前、藤山新作の口元が皮肉な笑みを浮かべたように見えた。

「軍の要請があったのです。敵の新型爆弾について調査せよ、と」

その答えには新たな疑問が生まれた。俺は深く考えることなくそれを口にした。

「どうして先生だったのですか？　原子爆弾と判明していたかどうか知りませんが、航空機の用いる爆弾は先生の専門外でしょう？」

「それは先ほどから皆さんのおっしゃっていることが理由ですよ」

「え？」

「私が天才だからです」

先ほどの皮肉な笑みの理由がわかった。俺は天才であることの悲しみを初めて知った。

「藤山先生、晩ご飯の時間です」

高橋氏が呼びにきた。

「すみません。こういう施設は一般的に食事の時間が早くてですね。ちょっとお待ちいただけますか」

　藤山新作はシャンとした足取りで食堂に向かった。

「森脇さん、長い時間すみません」

　俺はまず森脇さんに声をかけた。

「いえいえ、非常に興味深い話に驚いてます。皆さんいろいろ調べておいでだ。感心しました。私は藤山先輩と同じ年齢ですが、神宮外苑《じんぐうがいえん》の出陣学徒壮行会で行進したロでして」

「あのニュースフィルムで有名なやつですか？　雨の中の行進ですね」

「そうです。私はそのまま海軍予備学生の十四期で飛行機乗りになりました。もう少し戦争が続いていたら特攻でしたね」

「そうでしたか」

「ええ、ですから先ほどの『回天』の話は身につまされます」

　この年代の人たちには避けられない話題であり体験なのだ。

　続いて俺は神田妖子の反応が気になった。

「妖子ちゃん、どうだった？」

　彼女の秘密の能力を知る四人は、身構えるようにしてその答えを待った。

「藤山先生は嘘を吐いてません」

俺も感じたことだ。藤山新作の語りに淀みはなく、会話のキャッチボールはテンポよかった。

「ただ、隠していることはあります」

「それは何？」

「金額を聞いたときにそれを感じましたから、やはりお金のことだと思います」

「一億二千四百万円と聞いたときに？」

「はい」

「筒井君、ここは一気に核心を突けばどうだろう？」

福原さんの提案だ。

「森脇さん、実は我々は埋蔵金発掘の目的で藤山先生を探していたんです」

森脇さんだけ蚊帳の外なのが心苦しくて、福原さんの提案を検討する前に説明した。

「ええ、薄々承知していました。なかなか面白そうなお話ですね。私のことなら気にしないでください。むしろ部外者がこんな興味深い話を聞かせていただいて、儲けものですな」

森脇さんは愉快そうな笑みを見せてくれた。これで心置きなく福原さんの提案を検討できる。

「福原さんはダイレクトな質問をして大丈夫だという感触をお持ちですね。実は私もそうです」

「やっぱり同じことを考えてたか。あの人は質問したことにはすべて答えてくれた。だが質問されないことには答えようがない。今の調子で話し続けると、それについては聞かれなかっただけだ、と秘密を守り通す結果になりそうだ。タマはどう思う？」

「わしか？　右に同じ、ちゅうことじゃのう。妖子ちゃんの言葉通りなんじゃ。正直に答えてくれちょる。何でも尋ねてみればええ。単純な話じゃろう」


「皆さん、お待たせしました」

　藤山新作が戻ってきた。

「こちらこそ長い時間すみませんでした。そろそろお暇《いとま》いたしますが、最後に一つお尋ねしたいことがあります。よろしいでしょうか？」

「別に遠慮なさらずどうぞ」

　そう言って藤山新作は再びベッドに座り、彼を立って迎えた我々も椅子に腰を下ろした。

「藤山先生、S工廠につけられた予算一億二千四百万円、これは現代の金額にすると

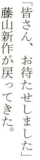

二千億円ぐらいだそうです」

「そんなになりますか」

「ええ、そうなんです。我々はこのお金が何か他の物に姿を変えていると推測しますが、それは当たってますか？」

「うん、当たってますね」

即答されて息を呑んだ。

「それはどこにあるんでしょう？　先生は場所を知ってますか？」

「ああ、知ってますよ」

玉沢先輩と福原さんは無言のまま両手を上げた。心の中で、（ウワーッ）と声を上げているのは明白だ。

「それを教えていただければ、今回における私ども『埋蔵金発掘課』の仕事は終わりなのですが」

逸る心にブレーキをかけつつ、俺は最後の質問を投げかけた。

「お教えすることは構わないんですが、私に一つ条件がありましてね。それを聞いてもらえますかな？」

天才が駆け引きに出てきた。ここはもう一つ冷静になる必要がある。

「その条件を聞かせてください」

何割か金を寄こせ、ということであれば受け入れてもいいと考えた。半分を超えるという話以外は市長にも納得してもらえるだろう。

「明日にでも、仁科関夫君の墓参りに連れて行ってもらえませんか？」

予想外の要求だった。

「それはお安いご用ですが……」

「仁科君のお墓は長野県の佐久《さく》市にあります。そこが仁科一族の故郷でしてね。父上の仁科染三《せんぞう》先生のお墓も並んでいるらしい。それは随分前から聞き及んでいて、いずれお参りしたいと考えていたんですが、とうとうこの年になってしまった」

「私の車でお連れします。何の問題もありませんよ」

福原さんが引き受けた。

「それはありがたい。では皆さんの知りたいことをお教えしようかな。ええと、あのトンネルの見取り図はありますか？」

「はい、ここに」

玉沢先輩の鞄の中身はすべて今回の件の資料だ。二回目のトンネル探索の際に作った詳細な見取り図が出てきた。

「ほう、やはりここまでしか行けませんでしたか」

図を見るなり藤山新作はそう言って、満足そうな笑みを浮かべた。

「というと、やはりここから先に進まないといけないんですね？」

俺はトンネルの一番奥にあった地下広場の先、木材で塞がれていた部分を指して尋ねた。

「いや、その先には何もありません。トンネル自体がない」

「え？」

「何かで塞がれているようになっていたでしょう？」

「はい」

「つまりそれは囮《おとり》ということです。フェイクですな」

我々はあの先にまだトンネルがあると早合点し、人手と機材を集中して障害物を排除するところだった。

「この部屋を開けましたか？」

藤山新作が示したのは一番奥にあった事務所と思われる部屋だった。

「ええ、そこに金庫があって、その中から亀形潜水攻撃艇の設計図を見つけたのです」

「ああ、はいはい、よくあの金庫が開いたものですな。で、あの部屋の奥の壁を観察しましたか？」

「え？　いや……私は特には」

言われても特別な記憶はない。玉沢先輩と神田妖子も首を傾げている。

「他の部屋の壁の上、天井に到《いた》る部分は広場の延長線上で曲線になっていたはずです」

そうだったろうか？

「この部屋だけは天井が水平になっていて、壁と直角に接していたはずです。あの壁は扉なんです」

「壁全体が、ということですか？」

「そうです。あの壁自体が全開して、その先に進めます。そこからが『サブマリン工廠』なのです」

目の前がパーッと明るくなる思いだ。福原さんは泣きそうな顔になり、玉沢先輩は椅子から腰を浮かしている。その後ろに座っている神田妖子は落ち着いた様子で静かに大きく頷いた。藤山新作は真実を語っている。

涼子はそんな全員の様子を冷静に撮影していた。

「藤山さん、お願いがあります」

森脇さんが静かに語りかけた。

「何でしょう？」

「仁科さんのお墓参りの後でいいですから、園田さんにもお参りしてください」

「そうでしたな。小学校の同級生の墓参りはしておいて、高校の同級生は無視したとあっては、あの世で会うとき園田に怒られましょう。ええ、お参りに伺います」

「私がご案内します。それと一高の同窓会にもたまには顔を出してください。皆さん伝説の優等生に会って喜びますよ」

「ははは、生きていたらこんな顔でも出させていただきましょう」


翌朝、福原さんのワゴンで長野県佐久市に向かった。杉並区の「クローバーハウス」を出発して練馬インターチェンジから高速道路に入り、三時間ほどで目的地である貞祥寺《ていしょうじ》に到着した。こんなに近いとは拍子抜けだ。

貞祥寺は荘厳な雰囲気の漂う古刹だった。山全体に三重塔などの建物と墓石が並んでいる。

室内ではシャンとして歩いていた藤山新作だが、九十二歳の高齢だ。「クローバーハウス」の高橋さんにお願いして車椅子を借りていた。藤山老人の座った車椅子を俺が押し、その後に皆が続いて坂を上る。

仁科関夫の墓を探し当てる前に、「回天之碑」があるのを見つけた。その横には回天の模型が置かれている。

碑文には「長野県回天会」とあり、長野県出身の戦没及び殉職搭乗員四人の氏名が記されていた。

「海とは縁のない長野県出身者がこんなにも……」

碑文をじっと読んでいた福原さんがそう漏らした。

「この回天の形状から比べると、亀形潜水攻撃艇はまさに革新的兵器でしたのう」

回天の模型を指して玉沢先輩が藤山新作に語りかけた。

「仁科君の偉かったのはね、自分の考案したこの兵器で最初に出撃したことです。通常、特攻作戦を立案した人は命令するだけでしょう？　回天だけは違うのです。考案者が最初に出撃した」

藤山新作は自分の開発した兵器のことを誇らず、幼馴染の軍人としての誠意を讃える言葉を返した。

「でも、戦後仁科さんのお母さんは他の遺族から責められたそうですね。『あんたのところの息子がこんな兵器を開発したから、うちの息子が死んだんだ』というようなことで」

福原さんの語ったエピソードは、仁科母子を知る藤山新作にとっては胸の痛むものだろう。彼は回天の模型に目をやったまま無言だった。

「仁科さんの選んだ死に方をどう考えておられますか?」

　昨日から撮影に専念していた涼子が突然質問を発した。涼子のカメラに振り返らず前方を向いたままの藤山新作が答える。

「仁科君はね、『死に方』を選んだわけじゃないですよ。彼なりに精一杯の『生き方』を選んだ結果なんです。ですから自殺とは根本的に違います」

　その答えに納得したのかわからないが、涼子は質問を重ねなかった。確かに「他の生き方がありそうなもの」とは、戦後日本の発展と豊かさを知っている身から出る発想かもしれない。

「回天之碑」に手を合わせた後、仁科家の墓を探したがなかなか見つからない。ちょうど寺の建物から出てきた檀家《だんか》の方に尋ね、道を教えてもらった。

「仁科さんのお墓は少し離れた場所になります」

　一旦駐車場まで戻り、車に乗り込んで教わった道を行く。五分ほどで仁科一族の墓に着いた。

　なだらかな丘陵の中腹、数本の大木の下に大小数十基の墓石がある。仁科関夫と父染三の墓は並んで建っていた。真正面には佐久の街並を見下ろす浅間山だ。

「いい所ですね」

　澄んだ空気の心地よさに思わずそう言うと、車椅子を押す俺と同じ方向に目を向け

ている藤山新作も、

「ああ、本当にいい所だねえ」

しみじみとした口調で共感してくれた。その声は安堵《あんど》しているようにも聞こえた。

福原さんが線香を取り出した。玉沢先輩が協力して風を防いで火をつける。それを墓石前の線香立てに置き、全員で手を合わせた。

「筒井さん、あなたのあの名刺をお持ちですか？」

「はい、ここにあります」

「お墓の前に置いていただけませんか。染三先生のお墓にも」

俺はその指示に従って、まず仁科関夫の墓前に、続けて隣の仁科染三の墓に名刺を供えた。名刺に印刷された写真は、この父子には深い縁のある景色だ。

「仁科染三先生は村杉女子師範の校長だったんだ。その転勤に伴って三歳の関夫は村杉に来て、女子師範附属小学校に入学、三年生のときに再び父親の転勤で大阪に移ったわけさ。つまり藤山さんが小学校に入学したときの校長がこの仁科染三先生になる」

福原さんが全員に聞こえるように解説してくれた。

藤山新作は恩師の墓にも合掌した後、再び「海軍少佐仁科関夫」と彫られた墓石に向き合った。

「……皆さんに申し上げてなかったことがありましてね。……玉沢さんは出撃前の仁科君が母校の周りを歩いていたとおっしゃいましたね」

「はい。そう聞いています」

「そのとき、実は私も一緒だったのです」

驚いて藤山新作の顔を見ると、その目は潤んでいた。神田妖子がスッと近づき、労《いた》わるように老体の肩に手を添え、ポケットティッシュを差し出した。

「ありがとう」

そう言ってティッシュを受け取る藤山新作に妖子が頷く。彼女には藤山新作の脳裏に甦った光景が見えたに違いない。

「あの日、仁科君は自らに死を宣告した者とは思えぬほど明るかった。対する私は情けないことに、彼に贈る言葉を持っていなかった。ただ、無言で歩くしかなかったのですよ。青空のきれいな秋の日でした……」

藤山新作は語りながら空を見上げた。その目に映る青空も高く澄み切っている。

「子供の頃に遊んだ桜並木を歩きました。学校のすぐ脇を通って、象ノ鼻岬先端に到る道です。そのとき、歓声が聞こえてきました。母校の校庭から。可愛い後輩たちが遊んでいたのです。私たちは立ち止まって子供たちを見ました。たぶん仁科君と私は同じことを考えていたと思います。ああ懐かしい、かつての自分たちの姿だ、と。そして仁科君はぽつりと言いました。

『あの子たちの明日のために』

その後は言いませんでした。でも意味はわかるでしょう？　彼は子供たちの明日のために自分の明日を捨てた。

『すまん』

私は謝りました」

藤山新作が口を閉ざす。聞こえてくるのは風が木の葉を優しく揺らす音だけになった。

俺は皆を代表して尋ねるべき立場にあると思い、自分を奮い立たせた。

「なぜ？　……なぜ謝ったのですか？」

「……約束を破ったからです。彼と約束をしていたのですよ。涙を見せないと」

それは到底守れない約束だろう。少年の日々を共に過ごした場所で、明日という日を捨てた友と語る。こんな辛い場面があるだろうか。

「結局、仁科君は教育者の息子だったということです。子供たちの未来に託すものがあったのでしょう」

藤山新作の目にもう涙は見えなかった。

「戦後ずっと日照に帰っておられないのは、仁科さんのことと関係あるのですか？」

今しか聞けない気がして、ずっと抱えていた疑問をぶつけてみた。

「私の気持ちは、失礼ながら戦後生まれの皆さん方には説明しにくいですね」

「そうだと思います。そうだと思いますが、聞かせていただくのが私どもの義務だと思います」

俺の口から自分でも意外な言葉が続いた。

「私は自分の仕事の意味がわかりました。これは福原さんと玉沢さんも聞いてくださ い。これまで『埋蔵金発掘課』で日照市内を掘り返してきましたが、本当に掘り返さなければならないのは、結局歴史なのだと思います。千年以上前の海賊だの銅山だのと、これまで謎の答えを求めてきました。そんな大昔のことを掘り返してきたのに、ここで一世代前の若者の気持ちが理解できないならば、故郷のお宝に何の意味があるでしょう。日照の誇る天才がなぜ故郷に足を向けなかったのか、その謎を残したまま帰るわけにはいきません」

仕事のプレゼンでもないのに、どうしてこうも雄弁になれるのか不思議に思った。だが、何かに突き動かされていた。

「筒井君の気持ちもわかるが、藤山さんが今おっしゃったように、それは複雑で一言では言い表せないものだと思うよ」

福原さんの口調は珍しく諭すようなものだった。

「じゃが、わしらの本音としては、藤山さんには一度現在の日照をご覧いただきたいものよのう」

玉沢先輩は違う言い方で俺を援護してくれた。

「ははは、皆さんにご心配いただいて申し訳ないですな。これまでは帰るのに特別なきっかけがなかっただけとも言えますしね。亡くなった仁科君に遠慮していたわけではないです」

明るく答える藤山新作に俺はさらに尋ねた。

「藤山先生にとっても、故郷の風景は懐かしいものでしょう?」

「それは懐かしいですよ。筒井さんの名刺を拝見したときは感動しました。このお墓に村杉の風景をお供えしたのはとてもいい供養になりましたなあ。仁科君は喜んでくれたでしょうかねえ?」

藤山老人は仁科関夫の墓を見上げた。

「仁科さんは喜んでおられます」

神田妖子が断言した。全員が彼女に注目する。おそらくその言葉の本当の価値がわかっていないのは藤山新作だけだ。

「藤山さん、彼女は特別な能力を持っています……」

そこまで言った俺は、どう説明すべきかその後の言葉に迷った。

「特別な能力……ですか？」

藤山新作は耳にしたことを確かめながら妖子を見ている。

そのとき、彼女の目が変わった。いつものあの不思議な感じだ。彼女が何か言葉を発する前に、その中で人格が入れ替わったのがわかる。

「……シンサックン」

「あ」

その声を聞いた瞬間、電流に触れたように藤山老人の体は車椅子に座したままビクッと跳ねた。

「シンサックン……帰ろう。村杉に帰ろう」

神田妖子の口から出たのは、仁科関夫の言葉に違いない。藤山新作は驚愕《きようがく》のあまり、まだ少女の面影の残る不思議な女性を無言で見つめた。

「危ない」

神田妖子の全身から力が抜けフラリとよろめいた。あわてて俺と玉沢先輩が手を差し出したが間に合わず、妖子本人が倒れる寸前に車椅子の肘かけに摑まりしゃがみ込んだ。

「……今のが特別な能力、ですか？」

そう言って俺を見上げた藤山新作の顔は少し青ざめて見えた。

「そうです。合理的な説明はできませんが、彼女は霊魂と交信できるようです。実は、藤山先生が『クローバーハウス』におられることも、園田さんの葬儀に参列して彼女が聞き出してくれました」

「死んだ園田から？」

「はい」

「そうですか……そういうこともあるでしょうね。私は信じますよ」

意外なことに、この天才科学者は常識では理解不能な超常現象をあっさりと受け入れた。

「仁科君は私をシンサックンと呼びました。最初は『しんちゃん』だったのが、小学生になって『新作君』になり、それが詰まった言い方の『シンサックン』になっていったのです。なぜか他の同級生たちは『しんちゃん』のままでして、『シンサックン』と呼ぶ者はいなかった」

「そうすると七十年振りに呼ばれたわけですね？　シンサックンと」

「そうなります。彼独特の呼び方なのです。それが彼女の口から出てきた。いや、驚きましたよ」

藤山新作が注目する中で、神田妖子はフウと息を吐くと、何事もなかったかのように静かに立ち上がった。

「どうでしょう？　仁科さんもああ言ってらしたんです。一度日照に帰りませんか？」

これでだめなら潔く諦めるつもりで俺は言った。

「……そうですね。これが最後になるでしょうから、一度帰りましょうか」

答えを聞いて俺は緊張から解放された。そして、俺以上に藤山新作本人の肩の力が抜けたように見えた。

仁科一族の墓所から離れて車に戻るとき、皆口々にこの場所の美しさを称えた。山国や盆地には縁のないメンバーだ。俺自身、海が見えない土地は息苦しいという印象しか持っていなかった。だが、この場所の爽やかさには心惹《ひ》かれるものがある。

車に乗り込むや、

「ありがとう。やっと念願が果たせました」

藤山新作は車内にいる全員に謝辞を述べ、その後じっと仁科一族の墓所を見つめていた。


日照に帰った翌日から忙しくなった。

何しろ「埋蔵金発掘課」は正式に活動再開となったのだ。「S工廠探索作戦」の実行については、スケジュール調整が極めて重大な問題になった。

「市長の肝入りで発足したこの事業の成功の場面じゃからのう。そこに市長の姿がないというのはあり得ん話じゃ。それと東亜テレビのクルーの方は？」

市長の晴れ姿を収め、かつ全国に放送してもらえるかを野村は気にしている。

「当然です。この日のための取材を一年近くしてきたわけですから、むしろ東亜テレビ抜きで進めたら大変な抗議を受けます。それと今回だけ取材に来たい、というマスコミ関係は多いと思うので、その数も出さないと現場が混乱すると思われます。私の方で前日までに把握しておきます」

台藤こずえが答え、野村の奴はほくそえむ。

「よしよし、それと作業の人員の確保じゃろう？　それは筒井の方で人数を決めてもらうとして、他に何かあるかのう？」

「いや、そんなもんだ。早く市長のスケジュールを出してくれ。それとお宝は逃げんが、情報漏れが怖い。地下道の入り口の警備は大丈夫だろうな？」

「うん、警備会社に二十四時間警備を頼んである。問題ない。あとはお宝発見イベントの打ち合わせじゃろう……」

「お宝発見イベント？　何だそれ？」

「いや、発見を市民に知らせる花火の打ち上げとか、お宝積んだトラックを中心にパレードとか……」

思わず野村のハゲ頭を叩きたくなった。市長の浮かれように完全に感化されている。

「ちょっと待て。お前、どこかの広告代理店に踊らされているんじゃなかろうな？」

俺は努めて平静な口調で野村を問い詰めた。

「いや、それはないがのう。何せ、戦争末期の金で一億二千四百万円、現代の価値で二千億円じゃぞ、あのトンネルを掘るのにいくらか使うたとしても、とても使い切れる額じゃないけえのう。残った高額の金塊があそこに眠っちょる可能性大じゃ。千分の一で二億円。百分の一で二十億円。いや、半分以上残っている方が可能性は高い。そうなると、日照の年間予算の何割か、どころか何倍かの価値の金塊じゃ。こりゃあ、花火ぐらい一日中上げても惜しゅうない」

「しかし、前の壺の場合と違って、今回は元々国家予算なのが明らかなんだから、国に返すのが筋じゃないのか？」

「ま、そんなら拾得物じゃ。警察に届けてもええが、謝礼はきっちり請求せんといかんのう」

また悪そうな笑みを浮かべる野村である。

「やめてくれよ、そういうの。今回は結構いい話で来てるんだからさあ」

泣きたい気持ちで言ったのに、野村は忙しそうに手帳を見ながら去ってしまった。

その後ろ姿を見送る俺の横で、

「大丈夫ですかねえ、野村課長」

と言ったのは伊藤君だ。

もう一人心配なのがこいつだ。だいたいがやることなすことすべて的外れな男だが、やって欲しくないことはピンポイントで当ててくる。成功が目の前に迫った今の状況では、一番いて欲しくない人間だ。

「伊藤君は藤山先生がおいでになってからは付き人のつもりで頑張ってよ」

「わかってます。運転手兼お世話係ですよね」

「そう。それまではシーガルズの応援の練習だよ。何といっても、次は東京ドームでの応援だ。ね、石川君」

隣の石川投手に声をかければ、

「そうですね。心強いです」

俺の心中を察してくれてか、うまく伊藤君をくすぐる発言を返してくれた。


藤山新作七十年ぶりの帰郷の日、日照駅まで市長も同行した。これは台藤こずえが埋蔵金発掘課活動再開をメディアに売り込んだ成果である。東亜テレビ以外にも「地元の生んだ天才科学者にして埋蔵金の生き証人」に興味を示したテレビ局、新聞社が多数あり、そんなに取材が入るならばと市長登場となった次第だ。

駅には「祝！　日照シーガルズ　都市対抗野球本戦出場」のポスターも貼ってある。市長がそれも画面に入れて自分を映せと取材カメラに注文をつける。傍目にもウザい。

上り石国行き普通列車接近を知らせる構内アナウンスが流れると、ホーム上に待機していた日照ヶ丘高校吹奏楽部が演奏を開始した。見事な演奏で急に華やいだ気分になる。出迎えの人々もそわそわし始めた。

ムードがいやが上にも高まっているところへ、三つ先の周徳駅で新幹線から乗り換えた「藤山新作ご一行様」が到着した。

車椅子に乗った藤山新作、それを押す高橋さん、続いて福原さん。涼子は歓迎ぶりを撮影しながら電車から降りてきた。事前にえらい騒ぎになっていることは伝えてあったが、カメラの放列を目にして涼子以外は驚きの表情を隠せない。

中川市長が、

「おかえりなさい」

と握手をした後、ミス日照が花束贈呈。

車椅子に座ったままそれらを受けた藤山老人の顔からは、驚きの色は消えて実に堂々としている。

　駅から出迎えの人々と取材陣を従え、近くのホテル松原屋に移動。滞在中はここに宿泊してもらうので、さっそくチェックイン。その後は宴会場で歓迎レセプションだ。

〈山口県日照市埋蔵金発掘課が探し出した生き証人、藤山新作さんが七十年ぶりに帰郷を果たしました〉

　ニュースでは各局この話題を取り上げた。

〈藤山新作氏によって地下S工廠の存在が明らかにされ、数十億円と言われるお宝の発見に繋がる模様です〉

と、どえらい話になっている。この噂に関してはコントロール不能で、局や新聞によって金額はバラバラだ。数億円から数百億円まで幅があり、お宝も金塊説とプラチナ説の両方が上がっている。

　ここまでの騒ぎになったのは俺の本意ではない。藤山老人には、静かに七十年ぶりの帰郷を味わってもらうつもりだった。

「お疲れ様でした。せっかく久しぶりの帰郷なのに、まずは仕事みたいな話で申し訳ありません」

　と謝ると、

「いえいえ、こうして故郷の空気を吸っているだけで十分ですよ。それに今回時間はたっぷりありますから、まずは用件を先にすませましょう」

そう答える藤山新作の表情は本当に晴々としていた。


いよいよお宝探索の日だ。

探索にかかる前、地下道入り口で市長の挨拶があった。

日曜日の午前中ということもあり、ショッピングセンターも近いことから見物人が多い。市長は上機嫌だ。

野村が太鼓持ちの腰の低さでマイクを市長に差し出す。

「ええ、本日はお忙しい中を大勢の方にお集まりいただき誠にありがとうございます。私、日照市長の中川でございます。私が提唱いたしまして発足いたしました『埋蔵金発掘課』でございますが、皆様ご存じの通り、本格的に活動を再開することになりました。そして本日ついにわが日照に眠っていたお宝をゲットする運びになりました……」

見物から拍手と「お宝を早う見せんか！」の野次と笑い声が上がった。

続いて俺が今日の探索隊を紹介する。取材陣には台藤こずえがトンネルの地図を渡してあり、どういう順番で中に入るか説明した。報道陣の先頭は東亜テレビの涼子たちだ。南カメラマンはじめスタッフ全員は我々以上に気合を入れている。

「それでは参りましょう」

俺が声をかけた瞬間、花火が上がった。

（え？）

振り返ると携帯を耳に当てている野村と目が合い、やつはニヤリと笑った。花火点火の合図を送っていたらしい。

見物人の拍手の中、先頭でトンネルに入る。初めて入る取材陣にとっては見るものすべてが珍しいのはわかるが、とりわけうるさい反応をする女性レポーターが三人ばかりいた。彼女らはカメラの前でキャアキャア叫ぶのが習い性になっているらしい。テレビ的に盛り上げるつもりだろう。ただでさえ音が反響するから勘弁してもらいたい。

一つめの地下広場を過ぎ、二つめの地下広場に到着したところで俺は全員に説明した。

「これまでの調査ではここが行き止まりと思われていました。ところが、藤山新作さんの証言でこの先にS工廠として使用された場所のあることが判明したわけです。こちらです」

石川投手が例の金庫のあった部屋のドアを開ける。全員は中に入れない。取材陣にはカメラマン以外は部屋の外で待機してもらう。

「この壁のことですよね？」

車椅子の藤山新作に確かめる。

「さよう、この壁です。ほら、上を見てごらんなさい」

なるほど、天井は水平だ。ドームの曲線の延長ではない。

「ここを押せば開くわけですか？」

壁に触りながら藤山新作を振り返ると、

「その前に床を調べてください。小さなマンホールみたいな、ほら民家の水道メーターがありますね、鉄製の蓋の。あんな感じの蓋があるはずです……」

言われるままに懐中電灯で足元を照らし、靴底で砂と埃を払うようにして探す。

「あ、これじゃないですか？」

石川投手が部屋の隅でしゃがみ込んだ。

「どれ？　ああ、それだろう」

確かに直径二十センチほどの鉄製の蓋がある。

「その蓋を開けてください」

再び藤山新作の指示があり、石川投手が軍手をはずした手で試みた。

「錆びてるかな？　工具ください。大きめのマイナスドライバーでいけると思います」

伊藤君が工具箱を渡す。

「開きました」

「では、その中のレバーを手前に引いてください。それでロックが解除されるはずです」

石川投手の、

「これか」

という声に続いて、
クン……

と金属同士が擦れたような音がした。

「これであとは壁を押せばいいんですね？」

「そうです」

壁を押すのは埋蔵金発掘課の男三人と、手伝いに来てもらった歴史民俗資料館のカメちゃん他二名だ。六名が等間隔で壁に向かう。

「いい？　ゆっくり押すよ。七十年ぶりに動かすんだから錆びて動きにくいかもしれないし、動きだすと今度は何か上から落ちてきたり、壁が崩れてきたりするかもしれない。気をつけていこう。じゃ、カウントとるから合わせて。イチ、ニ、サン、ハイ！」

重い壁は最初動きそうになかったが、力加減を変えて何度も「イチ、ニ、サン、ハイ！」を繰り返すうちに、俺が押していた一番右側からズッと壁が奥に引っ込んで、そこから冷たい風が流れ込んできた。一旦動き始めると、

グ、グ、グ……

歯車が七十年ぶりに噛み合っている音が聞こえてきて、幅四メートルほど、高さ三メートルほどの壁は左の端を支点にして開いていった。取材陣のストロボが点滅し、女性レポーターの歓声が上がる。

「おお、やった！　やったね、筒井課長」

中川市長が抱きついてきた。

「いや、まだこれからです。でも、藤山先生がいなければ、こう簡単に開けることはできませんでしたね」

「や、そうだ！　そうだよ。藤山先生、本当にありがとうございます……」

車椅子に座ったままの藤山新作の手を取って、振り回すように握手する中川市長だ。

新しいトンネルが目の前に開けた。

「さあ、ここからS工廠だ。行きましょう」

ここにいる全員に集中してもらうために、いつも以上に力を込めて声をかけた。

先頭になって足を踏み入れる。高さも幅もこれまでのトンネルと変わらない印象だ。

二十メートルほど進むとまた突き当たりになった。

「藤山先生、ここは？」

「右側の壁が扉になっています。先ほどと同じ鉄製の蓋が床にあるはずです」

やはり床の隅の部分にそれはあった。同じ要領でロックを解除する。

「さあ、また押しますよ」

そう指示を出したとき、

「今度は先ほどと反対に開きます」

藤山新作が教えてくれた。徐々に当時の記憶が鮮明になってきたのだろう。

「それと、筒井さん」

「はい、何でしょう？」

「この壁の向こうが皆さん方の目的地です」

藤山新作はさらりと言った。

「え？」

全員が車椅子の老人に注目した後、互いに顔を見合った。

（すると？）

声を出さずに、今の言葉の意味を探り合っている。

(目的地？)

「お宝はこの壁の向こうです！」

中川市長の声に当事者である我々よりも、取材陣の方が先に色めきたった。急にトンネルの中が慌ただしい空気になる。

「いよいよ数百億円の金塊が……」

「プラチナはこの先です……」

「歴史的瞬間が近づいてまいりました……」

カメラ目線でレポーターたちが叫び、

「ちょっと、待ってください。開けるのちょっと待ってください」

取材陣に頼まれた台藤こずえが声を張り上げる。カメラの位置を取り合い、照明スタッフへの指示を出すための怒号が飛び交う。

「いいですか？　取材の皆さん、準備がよければ言ってください」

「すみません、台藤さん、もうちょっと待っていただけますか」

「わかりました。課長、もう少しです」

台藤こずえの仕切りは堂に入っている。

台藤こずえを手伝って、立花こずえもその横で取材陣に指示している。

続いて藤山新作の車椅子の横に立つ神田妖子が目に入る。彼女との出会いは奇跡だった。すべてはそこから始まったのだ。俺は感慨に浸った。

壁を押すために並んでいる石川投手に伊藤君の姿。今となっては一緒にいることに何の違和感もない。石川投手はもちろんのこと、お調子者の伊藤真二にしたって欠かせない仲間だ。

「さあ、もうすぐゴールだ」

俺の言葉に二人は頬を紅潮させて無言で頷く。騒々しくなったトンネル内にあって、我々はもうすぐ訪れる大きな興奮に備えて心を落ち着かせた。

「いいですね？　どちらもカメラ回ってますね？　はい、では課長、お願いします」

台藤こずえはこの瞬間、総合演出家だ。

「よし、では、イチ、ニ、サン、ハイ！」

もう要領は得ている。壁一面に張り付くのではなく、開くはずの左側の壁に集まって押した。

「ゴゴゴ……」

さっきよりも低く籠った音をさせて壁は動き始めた。

扉が開き、最初に目に入ったのは手前から奥に向けて伸びているレールだ。

（線路？）

俺はそう冷静に確認したが、後ろの方からは、

「あ、金塊が見えました」

「プラチナです」

と早合点した声が聞こえてきた。

扉は完全に開いた。後ろのカメラとそれに伴った照明のライトが前進してくる。ライトがお宝の姿を求めて上下左右に激しく振れる。徐々に全体の状況が明らかになる。

線路の脇に整然と並んだ黒い影が見えた。照明が当てられその姿が鮮明になる。

「こ、これは……」

俺は息を呑んだ。心臓が止まるかと思うほど胸が高鳴っている。

「亀形潜水攻撃艇だ」

目の前にはかつて藤山新作が描いたデザイン画通りの潜水艇がズラリと並んでいた。撮影隊のかざす照明の届く範囲すべてにそのユニークなシルエットが浮かぶ。三十隻

以上ありそうだ。

「すごい」

福原さんがおずおずと手を伸ばし、一番手前の船体に触れた。

「本物だ」

「なんすか？　なんすか？」

伊藤君はうわ言のように繰り返す。

広い。トンネルの奥に向かって右側はレールが走り、左側には台車に乗せられた亀形潜水攻撃艇が整然と並ぶ。七十年間この暗闇にうずくまっていた船体に最新の照明機材の光が鈍く反射する。

俺は振り返り藤山新作に声をかけた。

「これですか？　これなんですね？　一億二千四百万円が形を変えたのは」

黙って頷いた後、彼は真実を語り始めた。

「当初海軍が求めたのは、年に二隻半の大型潜水艦を製造しろ、ということでした
……」

すべてのカメラが集まって、かつての天才科学者を取り囲んだ。

「しかし、私は大型潜水艦の存在意義は低下していると考えました。飛行機の時代と気づかず大艦巨砲主義に走ったように、海軍上層部の発想は時代に取り残されている

と思い、それに従うのは無益な結果をもたらすのではないかと。そこで私は自分の発想ですべてを進めました。ここはS工廠であり、同時に亀形潜水攻撃艇の基地でもあるのです。このトンネルは海中に繋がっています。台車に乗せられた攻撃艇はそのまま線路を走り、このトンネルの先で直接潜航するわけです。後は台車だけここに戻ってくる。一切人の目に触れることなく出撃し帰還する潜水艇です」

「あの、それでは一億二千四百万円の予算はこれで使い切ったわけですか?」

記者の一人が質問した。

「使い切りました。むしろ不足したのではないですかね」

生き証人の天才は自嘲《じちょう》的な笑みを浮かべて答えた。

「これだけの規模の基地が、どうしてこれまで発見されんかったんじゃろうか?」

日照タイムスの浦岡さんが挙手したものの、誰に答えてもらうべきか迷っているような問いかけをした。

「すべては昭和二十年八月十四日の空襲が原因です」

当事者である藤山新作の回答は明確だ。

「あの日の空襲で、このトンネルの先の部分が破壊され、海中に出る道は閉ざされました。同時にS工廠の技術者と職工の多くが犠牲になりました。そのためにここの事情を知る者はごく限られた人数になったのです。あの壁に擬した扉を閉めてロックしてしまい、事情を知る私を含めた数人が日照を去れば、秘密を守ることは実に容易なことでした」

「その秘密を知る方々とは戦後連絡を取ったことはあるのですか？」

浦岡さんが続けて尋ねた。

「いえ、あの日別れたきりです」

「他の人は藤山さんより年上ですか？」

「はい。私が一番若かったですな」

つまり、おそらくここの秘密を知る生存者は他にはいないわけだ。

「あの……」

若い女性レポーターが藤山新作にマイクを向けた。

「すると、金塊とプラチナは？」

この場にいて何を聞いていたのだろう。他の記者から失笑が漏れたが、藤山新作は律儀に答えた。

「残念ながらそんなものはありません。今皆さんの見ているものがすべてです」

謎が解けると、車椅子を囲んだカメラの輪は崩れ、それぞれがトンネル内の撮影を始めた。

車椅子の周囲に残ったのは、南さんのカメラと日照市の関係者だけだ。

中川市長は呆然として突っ立っている。

「市長、怒ってますか？」

俺は軽い調子で話しかけた。

「え？　怒ってるか？　全然。たまげたなあ。これ、すごくないか。すごいよ、これ。あ、野村課長」

「はい」

「とりあえず、花火はやめとくか。ほれ、キンキラしたお宝が出てきたわけじゃないから」

トンネルに入るときに花火を上げたぐらいだ。お宝発見の場合はもっと派手にかますつもりだったのだろう。

「これは大発見でしょう。大発見ですよ」

一番テンションが高いのは、カメちゃんだ。確かに歴史的資料として第一級なのは間違いない。

「大したものですね。やはり藤山先生は大天才です。これを見れば誰もが納得しますよ」

福原さんのこの発言に対して藤山新作は無反応だった。彼が遠い記憶を辿っていることがその表情で察せられた。

「あの日、私が見たのは沢山の犠牲者です」

その口調は誰かに訴えるようだった。

「S工廠の同僚を探して遺体安置所に行きますとね、たくさんの物言わぬ人々が横たわっていました。その日の朝には元気に出勤してきた人たちです。その中には勤労動員の学徒の遺体もありました。中学生、女学生、そして小学生の姿も。つまり仁科関夫君の思いは果たされなかった。彼のやり方では子供たちの明日は守れなかった。私はその結果をこの目で見たのです」

俺は藤山新作の目を見た。仁科関夫の墓の前で空を見上げたとき、その青さを映していた瞳だ。その瞳が、七十年前の若い瞳が、いったい何を見たのだろう。我々とは生まれる時代が違ったために、見たくないものを見て、見るべきものを見られなかった瞳。

「あの惨状を見ないですんだ仁科君を羨ましく思ったこともあります」

俺はいったい何を見てきただろう。俺は自問した。この人に比べたら何も見てこなかったに等しいのではないか。

「仁科君と同じように私も間違えました。私は特攻兵器ではなく、搭乗員を死なせずにすむ新兵器を開発しようとした。それが人命を救う手段だと信じていた。ですが、私の開発した兵器が活用されていたら、今度は多くのアメリカの若者が死んでいたでしょう。その若者にも彼を愛した家族や友人がいるのです。それは日本人もアメリカ人も変わりはない。同じ人間なのです。私は自分の能力の使い方を間違えた」

「それで戦後は教育者として生きる道を選んだわけですね？」

俺がそう確かめた瞬間、車椅子を支えていた高橋さんが涙を一気に溢れさせた。咽《むせ》び泣いている。

「私はそのおかげで藤山先生に出会えたわけですね……ありがたいです……ありがたいです、先生……ありがとうございます」

咽びながら切れ切れに言って、高橋さんは深く頭を垂れた。

その夜、「台ちゃん」に埋蔵金発掘課と東亜テレビのクルーが集まった。

「お疲れ様でした」

予想外の結末ではあったが、みんな何か不思議な満足感に浸っていた。

盛り上がってきたところで、伊藤君がいつもの素っ頓狂な声を上げた。

「アレ？　アレアレ？」

テレビの全国ニュースでこの日のトンネル内の映像が流れたのだ。

「終戦七十年目の大発見です」

絶叫しているのは、あの的外れな質問で皆を呆れさせた女性レポーターだ。テレビ局としても、時間が経つにつれて亀型潜水攻撃艇の価値に気づいたのだろう。チャンネルを変えても、どこの局も競い合うようにして報道している。

「これはえらいことになりそうだな」

俺の予想は翌日には現実になった。

問い合わせが殺到したために市役所の電話がパンクした。

『あのトンネルにはいつ入れるんですか？』

『映っていた潜水艇は使えますか？』

『潜水艇をオークションにかけたりしないんですか？』

どの質問にも回答を用意していなかったために、大混乱になった。

「筒井課長、何と答えましょう？」

俺に聞かれても答えようがない。

「それについては秘書課の野村に任せます」

電話交換室からの問い合わせにはすべてそれで済ませた。野村が血相変えて文句を言ってこようが知ったこっちゃない。

当面、埋蔵金発掘課にとっての重要な仕事は、藤山新作の思い出の地巡りだ。伊藤君が運転する車で市内を巡る。同乗するのは俺と高橋さんと神田妖子。東亜テレビも別の車でついてきて、そちらには台藤こずえが乗っている。

象ノ鼻岬訪問はそのメインと言えた。

岬に至る道の入り口に位置するのが普賢寺だ。そこの駐車場に車を入れ、高橋さんの押す車椅子を先頭に、まず寺の境内を歩いた。

「おお、懐かしい。毎日ここで遊びましたよ」

藤山新作の声には九十二歳とは思えぬ張りがあった。

「『水雷艦長』でしたっけ?」

「そうです、そうです」

藤山新作は幼い日々の遊び場を食い入るように見つめている。八十年以上前の痕跡を求めているのだろうか。

「普賢市は今でも続いていますか?」

首を捩《ね》じるようにして振り返った藤山老人が問うてきた。

「ええ、続いていますよ。昔ほど賑やかではないかもしれませんが、道の両側に露店が並んで、ここの境内にも植木や刃物の市が立ちます」

俺にとっても運動会と並ぶ重大な年中行事の一つが「普賢祭り」だった。五月の十三、十四、十五の三日間は学校も午前で終わるのだ。いつもの通学路に露店が並び、そこから甘い匂いが漂ってくる。その祭りのときめきが懐かしくて、東京在住時代には何度その時期に帰省したいと思ったかわからない。

山口大学附属日照小中学校正門前に来ると藤山新作は車椅子から立ち上がった。自分の足で歩きたかったのだろう。海と山に囲まれた俺にとっても自慢の母校だ。卒業生たちは実家よりもここに来ることで帰郷したことを実感する。

藤山新作は一歩一歩、足の裏で故郷の温もりを確かめるように進み、桜並木の途中で立ち止まると何かを探すように周囲を見回した。

「この辺ですか？」

俺は何を探しているかを察して尋ねた。

「え？」

「仁科さんと立ち止まったところ」

「ああ、はい。この辺だったかな、と思いましてね。校舎が変わってるんで、ちょっと記憶が……」

そのとき校庭から歓声が上がった。給食後の昼休みだろうか、制服の児童が校舎から駆け出してきたのだ。サッカー、ドッヂボール、鬼ごっこ、同級生同士で遊んでいる。

藤山新作はかたわらの桜の木に片手をつき、じっと後輩たちの姿を見つめた。彼の心に浮かんでいる言葉が聞こえてくるようだ。

「あの子たちの明日のために」

その言葉を口にした日、仁科関夫の胸中に何があったか、そのすべては想像できない。だが、今俺の心を満たす懐かしさは、その日の彼と共通する感情に違いない。

友だちの名を呼ぶ声、言い争う声、笑い声、どれもいつか聞いたことがある。どれもこの校庭でだ。

(あのときの俺がいる)

ここはそう思わせる場所だ。

午後の明るい日差しを浴びて佇む藤山新作を、南さんのカメラが少し離れたところから捉えていた。

涼子はこの場面を何と呼ぶのだろう。

「神童の帰郷」

「ある天才の足跡」

藤山新作は校庭から桜並木に視線を戻した。灯台のある象ノ鼻岬突端に向かう道だ。

少し先の緩やかにカーブしている辺りを見つめている。

きっと並んで歩く長身の海軍士官と自分の姿が見えるのだろう。

俺にも見える気がした。

結局金もプラチナも出てこなかったものの、「幻の地下S工廠発見」の話題は、その後も引き続きテレビで取り上げられた。

「至急地下道の入り口に来てくれ」

野村から連絡が入った。入り口を見張っているガードマンからの要請だという。藤山新作の故郷巡りを伊藤君と神田妖子に任せて駆けつけると、そこには数人の若者が屯していた。

「お前、電話の問い合わせにどう答えたんだよ?」

「いや、一般公開の予定はない、とだけ答えてあったんじゃ」

野村は困惑気味に言い訳をした。

真剣な顔の若者たちに、

「僕たち神戸から来たんです」

「僕は東京からです」

そう訴えられては、「それはご苦労様でした」と追い返すわけにもいかない。

相談の結果、探索のときに使ったヘッドランプつきヘルメットを貸して、中を案内することにした。

台藤こずえに連絡してヘルメットを人数分持ってきてもらい、若者たちと一緒に地下道に入る。

若者たちは乗り物オタクと軍事オタクの混成のようだ。軍事や戦史に興味のある若者は、地下道そのものについての質問を矢継ぎ早にしてきた。乗り物オタクと思われる若者は冷静で、この温度差は興味深い。だが、「亀形潜水攻撃艇基地」に一歩足を踏み入れた瞬間、全員のテンションは異様に高まった。

若者たちは声を上げて亀形潜水攻撃艇に殺到し、手にした一眼レフであらゆる角度から撮影する。

一時間ほどでツアーを終えて外に出た途端、「次回はいつ中に入れますか?」と一斉に尋ねられ、俺と野村は顔を見合わせた。

この報告をすると、中川市長は「幻の地下S工廠」を売り込もう、と言い出した。

「まず照明を充実させてじゃのう、ヘッドランプなしでも入れるようにして、当然入場料も徴収する。維持費と人件費も考えて入場料を設定せんといかんが、野村君、これは議会の了承を得る必要があるかのう?」

藤山新作が東京に戻った後、具体的に計画が進み出した。

照明工事は容易だった。元々地下道内の照明の配線は設計されていたのだ。新しい照明の下で、ドーム型広場や亀形潜水攻撃艇基地は幻想的な魅力を醸し出した。

「これはオタク以外の観光客にもウケそうじゃのう」

という野村の予想は当たり、オープンすると地下道入り口横に設置された「入場券売り場」の前には連日長蛇の列が出来た。

出遅れたのが海上自衛隊とアメリカ海軍だ。石国の米軍基地から遊びに来た若い海兵隊員の方が、正式な調査団よりも先になった。

亀型潜水攻撃艇が誰の所有物になるのかもはっきりしないまま、一般公開が先行したことも実は大問題で、

「こんなユニークなアイデアの秘密兵器が観光客の目に晒されているのはどうしたものですかな」

海上自衛隊の専門家がそう嘆いていた。

そのことがさらにマスコミの報道するところとなり、また観光客が増える。それに

対応する市内の宿泊施設の充実が急がれるが、そう簡単に間に合いそうになく、近隣市町村のホテルが繁盛している。

地下道内の広場でお土産の販売も始まった。絵ハガキ、亀形潜水攻撃艇の模型、キーホルダー、ストラップ。野村の話だと、これから「潜水艇チョコ」などのお菓子も作られるらしい。

亀形潜水攻撃艇は船体の素材を変更してレジャー用に生かせるのではないか、とボートメーカーが動いている。近々トンネル内の一隻を用いて、実際にテストしてみようという計画もある。

藤山新作は時の人だ。俺が意図したわけではないにしろ、これは申し訳ないと思った。彼が戦後ひっそりと生きることを選んだのは、贖罪《しょくざい》の意味もあったように思う。それが今回のことで世間の耳目を集め、多くのインタビューに応じることになってしまった。それは彼が東京に戻ってからも続いた。

真摯に答える天才科学者の姿は、ともすれば「亀形潜水攻撃艇」が兵器であることを忘れがちな世間の風潮に釘を刺すものだった。

俺にとって一番印象的だったのは、ある報道番組でのコメントだ。

〈「……一度テレビでこんなニュースを観ました。アメリカの原子爆弾開発に携わった科学者が、広島を訪れたという話題です。被爆者との対談で、彼はパールハーバーを持ち出して謝罪を拒否しました。そうやって自分のしたことを必死に正当化しているように私には見えました。被爆直後の広島の惨状を目撃した私としては、彼は自分の仕事がもたらした恐ろしい結果に、打ちのめされているのではないかと思いました。おそらく、私の設計した兵器が使用されていれば、私も彼と同じ心境になって苦しんだかもしれません。皮肉に聞こえるかも知れませんが、私は彼よりも運が良かったと思います。

昭和二十年八月十四日に日照市を爆撃したB29の搭乗員は、おそらく私と同じ年代の青年だったでしょう。私は彼らも責める気になれません。

しかし彼らに、あのときの日照会館の光景を見てもらいたかったとは思います。遺体安置所にされた日照会館は、肉親や知人を探す大勢の人でごった返していました。空襲の翌日、私もそこにいました。

ある母親が物言わぬ娘の顔の汚れを拭き取っていました。父親らしき人が手拭いを濡《ぬ》らしてきてはその母親に手渡すのです。どちらも無言でした。何か普段通りの仕事でもしているように夫婦で没頭していました。死んだ娘は学徒動員の女学生で十五、六歳だったでしょう。私の幼馴染である仁科関夫君は、その子の未来のために命を擲《なげう》ったはずでした。

仁科君も私も同胞を救うという目的を果たせませんでした。それは根本的にやり方を間違ったからだと考えています。

君はどうだろう？　私は出会うことのなかったアメリカの青年にそう問いかけたい。『自由と民主主義を守る』という彼の純粋な思いを否定するつもりはありません。

爆弾投下レバーを操作したアメリカの若者、回天で出撃した仁科君、新兵器を開発した私、それぞれ国の命令に従ったというより、積極的に国の要請に応えたのです。それぞれの誠意に曇りはない。しかし、その結果までを正確に、あるいは詳細に予測していたでしょうか。

今も地球のどこかで戦っている若者がいます。彼らは武器を手にしていますが、結局『殺される側の人間』でしかありません。『殺す側』に立つ為政者や思想的あるいは宗教的リーダーによって、『人を殺すと英雄になれる状態』が作られる、それが戦争なのです。

私が教師になったのは、若者に私の失敗を繰り返して欲しくなかったからです。教育こそが戦争を無くす力を持つと信じたのです。……今もそう確信していますがね」〉

この天才科学者の苦悩を世間が知ったことで、「幻の地下S工廠」は魂を持った。浮かれた見方ではなく、地下道内の展示物に空襲の被害状況なども並べて伝えることになったのだ。

このことで俺の気持ちは救われた。ただの金儲けの道具を発見しただけに終わらず、ある種の矜持を持てる結果になり、不本意ながら世間に注目された藤山新作にも、少しは納得してもらえたろうと思うのだ。

　日照シーガルズは、東京ドームで開催された都市対抗野球において、見事三回戦まで勝ち進んだ。ベスト８である。初戦突破を目標としていたチームの躍進は日照市民を熱狂させた。

　神田妖子はマスコットガールとしてベンチ入りしたが、一切のご託宣はなかったという。ただニコニコと戦況を見守っていただけらしい。これは岩崎監督に聞いたから間違いない。

「いやあ、彼女がベンチに座っているだけで凄《すご》い効果がありましたね」

　とは岩崎監督の分析だ。

　すでに妖子の不思議な能力は知れ渡っていた。各スポーツ新聞では特ダネ扱いで、「日照シーガルズのエスパーマスコットガール」を報じていた。情報が漏れたのはおそらく伊藤君からだろう。そのおかげで、相手チームはバント一つにも考え過ぎてしまい、シーガルズとしてはずいぶん有利に戦えたということだ。

三回戦では敗れたものの、応援団も納得の好ゲームだった。段違いの戦力を有する相手と堂々打ち合ったのだ。強力打線に投手は怯《ひる》まず勝負に出たし、ドラフト上位指名が確実と評価される相手投手に打線は喰《く》らいついていった。

負け試合でありながらスカッとした思いが残り、試合後は選手も応援団も晴れ晴れとした表情を見せていた。

ただ、埋蔵金発掘課のメンバーは、

「試合後に整列した石川さんと目が合った」

と言ってみんな涙を見せた。なぜか俺もそんな風に感じた。石川投手側からしたら、東京ドームの広い応援席で一人ひとりを見分けるのは至難の業と思えるのだが。

大会後、石川投手は以前のように埋蔵金発掘課の仕事をしながら練習する生活に戻った。俺としては非常に心強い。

夏場は立花こずえのクルーザーで近海のお宝を探す毎日だ。「地下S工廠」のおかげで海水浴客も増えた。海水浴場の沖を「埋蔵金発掘課」の乗ったクルーザーが行き来するのも観光客を喜ばせる光景となった。

夏の終わりが近づく頃、東亜テレビのドキュメンタリー番組「埋蔵金発掘課の四季」が放送された。

俺の家に野村をはじめ日照高校の同級生が集まり、ワイワイ飲みながら一緒にテレビを観た。

最初は「東京からUターンしてきた課長」の紹介だ。俺の日常が淡々と描かれる。

「おお、筒井、ええ男に映っちょるのう」

野村が冷やかせば、

「さすが元女房の演出じゃのう。愛があるぞ、愛が」

と茶々を入れる奴があり、

「やっぱり縒りを戻すんか?」

面白がる声がそれに続く。

「やかましい!」

横に座った野村の頭を叩いて全員を黙らせた。

役者でもない俺の表情がよく撮れているのは、カメラマンの腕のせいだ。南さんのカメラはいい。俺だけでなく、誰もが実物より二割増しに映っている。

日照市自体も魅力的に見え、

「こりゃきれいじゃのう」

地元でずっと暮らす連中から感嘆の声が上がった。

熊島の場面も良かった。廃校とその隣の墓地。時代の流れを切り取って見せてくれる映像だ。中には戦没者の墓前での場面で涙ぐんでいる奴もいる。

昔の武士の遺骨発見から活動停止になるところでは、神田妖子の不思議な能力の解説にみな惹き込まれた。

後半の藤山新作を探し出し、仁科関夫のエピソードが語られる段になると、全員が集中して互いの存在が気にならなくなった。

締め括りは、話題の観光地として脚光を浴びている「地下S工廠」の光景と、東京ドームでのシーガルズの熱闘シーンだ。

放送が終わると期せずして拍手が起こった。

「こりゃあええ、こりゃあええ番組じゃ」

「日照のプロモーションビデオと言ってもええじゃろう」

「筒井、お手柄じゃったのう」

ふだん冗談しか言わない連中が愛郷精神を刺激されたらしく、真面目に褒めてくれた。

俺もあらためて故郷を誇らしく感じて、何かウキウキした気分だ。

「それで前の女房との仲はどうか？」

「何もない」

「嘘吐け！　縒りを戻すんじゃろう」

「お前帰れ」

という会話も互いに上機嫌だ。

番組で描かれていたのは、意味があるかどうかも怪しい仕事を引き受けた俺が、悪戦苦闘しているうちに、生まれ育った土地の歴史を知ることになったこの一年だ。

かつて瀬戸内海を荒らし回った海賊から藤山新作まで、この土地を故郷とした人々は自分と同じ海を眺めていた。そういう感慨に耽ることで、この場にいる同級生たちばかりでなく、後輩である若者たちもある種ロマンを持って故郷に対するだろう。

それが「埋蔵金発掘課」の一番の功績かもしれない。

「いや、本当に筒井はご苦労じゃった。これで役目を果たせたのう」

いつもバカ騒ぎする奴が、珍しく悪酔いせずに労《ねぎら》いの言葉をくれた。

「ん？」

何となくその言い方がひっかかった。まるでこの放送と同時に、埋蔵金発掘課も終了になるようだ。

他の連中の頷く表情からもそんな空気が読み取れる。いや、実際俺自身も番組の終わりがすべての結末のように感じた。

「野村、これで終わるなんてことはないよな？」

不安にかられて尋ねるが、

「いや、市長からは何も聞いちょらんが、議会がどう出るかのぅ」

野村の返答は不安をかき立てるものでしかない。

「そりゃあ、議会での展開はだいたい見当はつくがのぅ」

横から近藤信一郎が口を出した。

「信一郎は議会の動きをどう見てる？　埋蔵金発掘課が問題になってるのか？」

「いや、まだ何も討議されたわけじゃない。ただ、元々議員の間ではもろ手を上げて賛成というわけでもなかったからのぅ。市長の暴走と見る向きもあったんじゃ。ま、成果を上げたわけじゃけえ、今は悪う言う人もおらん。けど、その成果を上げたというのも問題じゃろうのぅ」

「何が問題だ？」

「『地下S工廠』で成果を上げたんじゃけえ、これ以上何も掘ることはなかろう」

「それは……」

「いや、そういう声もある、ということじゃ。まだ議題に上ったわけでもないけえ、心配せんでええよ」

これ以上尋ねても無駄と思い、不安を抱えたままで黙ると、

「まあなんじゃ、これで一段落ついたという意味で、何もすべてが終わるわけじゃなかろう」

俺の顔色を見た野村が、とってつけたように言った。

三日後、野村から、

『地下S工廠』の管理はこれから観光課と観光協会の方でやることになった」

という報告を受けた。発見者である我々の手は不要ということだ。当然と言えば当然の処置だが、俺としてはこの仕事を今後石川投手に任せれば、彼にとっても都合がいい話だと思っていた。毎日同じ場所で定時に終わる仕事は、夕方から練習する身には最適だ。石川投手のこの一年の仕事と野球での貢献を思うと、それぐらいの見返りはあってもよさそうなものだ。

中川市長は「地下S工廠」の入場者数を気にして、毎日野村にその報告を求めると

いう。今後一年の経済波及効果も専門家に予測してもらうようだ。その態度が、埋蔵金発掘への興味を失っているように見えて、ますます気がかりだ。

「『埋蔵金発掘課』は当初の目的を果たしたと思うか？」

　俺は野村個人の意見を求めた。

「いや、そうは思わんが、今回ほどの成果が続けてすぐに上がるとは期待しちょらんよ。筒井もそれは過大な期待と思うじゃろう？」

「うん」

「そんなに気になるなら市長の考えを聞いてみようか？」

「そうしてくれ」

　そして、いつもの玉沢邸での会議の席上、野村から話があった。

「市長から伝言がある」

　野村の口調は役人面を見せるときのものではなかった。つまりこいつは本音を語るつもりだ。

「やっぱり解散か？」

　俺は努めて平然と聞き返したが、それは不安げにしている他のメンバーを気遣ってのことだ。

「いや、そう決まったわけじゃない。ただ、ちょっと問題があるんじゃ」

「予算の問題か」

玉沢先輩の問いかけに、野村は口調をあらためた。

「そうです。それはまあ、一番大きな問題です」

「そうじゃのう」

今や観光課が仕切る「地下S工廠」の収益は我々のもたらしたものだが、かといってこの先ずっと「埋蔵金発掘課」に市の予算を割くわけにはいかないだろう。

「野村課長、もし解散になったらみんなはどうなるんですか？」

伊藤君が尋ねた。

「そりゃあ、申し訳ないが、あらためて仕事を探してもらうことになる」

「僕も……」

「伊藤君は元々水産林業課の職員じゃけえ、その心配はせんでええ」

「いや、僕もみんなと一緒に辞めます」

聞いている野村はキョトンとしたが、伊藤君はまくしたてた。

「ここまで仲間として一所懸命やってきたんです。みんなが大変なときに、僕だけ安閑としてたらそれは裏切りですよ。僕も一緒に辞めさせていただきます！」

驚いた。こんなに毅然《きぜん》とした伊藤君は見たことがない。台藤こずえが拍手した。

「男だ！　男だよ、惚れ太郎」

「うるさい、ヨントン」

いつもながらこの二人は仲がいいのか悪いのかよくわからない。

「まあ、伊藤君は先走るといかんよ。まだ結論は出てないし。それに、あの放送があって『埋蔵金発掘課』の注目度が高まったのも事実で、実は市長がよその市長から頼まれたらしいんじゃ。うちの方でも埋蔵金発掘を頼めないか、ちゅうてのう」

意外な話に全員で顔を見合ってしまった。

「ほう、そりゃ面白い話じゃのう。どこからそねえな話があったんじゃ？」

玉沢先輩が身を乗り出す。

「いや、北海道からもありましたし、九州からもあったらしいです。埋蔵金発掘のノウハウを伝授してもらいたい、という話ですのう」

ここで石川投手が挙手して発言を求めた。

「僕は野球の練習もあるので、長い出張は遠慮したい立場ではあるんですが、どう考えても日照市内だけで『埋蔵金発掘課』を長期間続けるのは無理があるのと違いますか？　僕はせめて県内全域に活動範囲を広げるべきだと常々考えていました。これはチャンスだと思いますけど」

他のメンバーも無言で頷く。

「その考えはようわかるんじゃがねえ。そうなると、市内ならまだしもよその土地を掘り返すのに、市の予算を使うのはどんなもんか、ちゅう意見が当然出てくるじゃろう。いや、まだ出とりゃせんよ。けど、誰しも考えることじゃと思わんかね」

野村にすれば、面白いが現実味の乏しい話と考えているようだ。

「あの、よろしいでしょうか？」

珍しく立花こずえが発言を求めた。そもそも見た目は目立つが、ふだんは口数の少ない女性だ。

「先ほどからのお話では結局予算以外に問題はないと思います。だったら私は『埋蔵金発掘課』が独立すればいいと思うんです。つまり『埋蔵金発掘株式会社』にすればいい」

「はあ、会社を立ち上げるわけですか？」

「はい。設立資金は私の方で心配させていただきます」

唐突なこの発言に全員が沈黙する間があった。

「えっと、すると、立花さんの方でお金を出してくださるということですか？」

「はい」

真剣な面持ちの野村が標準語で尋ねた。

「かなりの大金になると思います。まあ、この人員のままで続けるという前提ではありますが」

「はい、それはわかっています」

「いいじゃないですか！　そうしましょう」

と伊藤君が大きな声を出したのは、オッチョコチョイの面目躍如ということでしかないが、

「そうさせていただきましょう」

神田妖子が力強い口調で言い切ったのには驚いた。

「ちょっと待って。非常にありがたくていい提案だと思うけどね、そう簡単に決められる問題ではないし……」

俺は慌ててみんなを諫《いさ》めた。そもそも俺が野村から聞きたかったのは、現状維持の可能性だ。まさか、こういう発展的な話題になるとは予測していなかった。

「私はお金を出しますが、口を出すつもりはありません。筒井課長にはそのままリーダーとして社長を引き受けていただきたいのです」

「え!?」

立花こずえの態度に何の躊躇《ちゆうちよ》もない。これは熟慮の上のことのようだ。俺は返答に窮して野村を見た。

「いや、お話は拝聴しましたが、結論を出せる立場の人間は、結局中川市長ということになろうかと思います。月曜日に私の方から市長に報告しますけえ、それから検討

ということになります。それでよろしいですか？」

役人らしい口調に戻って野村は言った。

「ええ、よろしくお願いします」

そう答えた立花こずえは涼しい顔だった。


「課長、会社にして採算が合うと思いますか？」

台藤こずえが「台ちゃん」のカウンターの中から現実的な疑問を投げてきた。

「どうだろう？　それはやり方によるね。我々の経験とノウハウを提供する、という名目でまず日当を請求して、あとはお宝発見後の成功報酬、かな」

「それなら無難ですけど、問題はそれで仕事が続けて入るかどうか、ですよね？」

「うん」

どんな仕事でも数をこなさないことには経営は成り立たない。

「売り込みも必要ということになりそうですね」

石川投手の口調は冷静だ。

「自分のところも調査してくれ、という自治体があるのは成功が続いている間です。

依頼が来なくなったら、積極的に全国を調査して、『そちらに埋蔵金の隠されている可能性があります』と働きかける。あるいは可能性の大きい場合は『掘らせてくださ い』ぐらい積極的に出る。それで発掘が成功したら、向こうから依頼があった場合とは比較にならない収益になるでしょう。ただ、そのためには自己資金が必要になりますね」

石川投手の提案は魅力的でも、本人の言うように金銭的余裕があってこそだ。

「だから、それを立花こずえさんが面倒みてくれるわけでしょう?」

伊藤君の発言はあまりにも楽観的に思えたが、神田妖子がさらりと言った。

「伊藤さんのおっしゃる通りです。私たちのやり方で通して、お金だけ立花さんにお願いすればいいんです」

今回の件では、彼女は最初から妙に明るかった。ここまで楽観的な彼女は珍しい。それが気になって俺は本人に尋ねた。

「妖子ちゃんには何か見えてるの?」

「いいえ、見えているわけではありませんけど、立花さんの心の感触が伝わってきました。あの人は言葉通りに支援してくれます。それで彼女自身の気が晴れるなら、遠慮する必要はないと思います」

「気が晴れる?」

「はい」

彼女の直感を疑う気はないが、今回は言っている意味が今一つ理解できなかった。

結論を口にできない俺に台藤早苗が、カウンターの中から声をかけてくれた。

「筒井さん、ここは『明日を思い煩うことなかれ』ですよ。何も迷う必要のない、いい話じゃないですか」

そのとおりだ。確かに、立花こずえの提案は我々が完全に独立する話で、市長や市議会の思惑など関係ない。

「そうだな。これからはみんなと一緒に全国を股にかけて働ける。こんな痛快な仕事はないかもしれんね」

自分でも顔からくすんだ色が吹っ飛んだ気がする。

「そうですよ」

「やりましょう」

そんな俺に向ける仲間の目の輝きが嬉しかった。

「よーし、ちょっと似合わないけど、今度は『埋蔵金発掘社長』だな」

俺が調子に乗ってみせると、みんなは愉快そうに笑った。

「みんな一緒にやってくれるね？」

「はい！」

「よし。じゃあ、待っていることはない。立花こずえさんと相談して、月曜日にはこちらから市長に独立宣言だ」


「埋蔵金発掘課」から「埋蔵金発掘株式会社」へ移行する空白期に入り、少し気の抜けた状態にいたときに、藤山新作の訃報が入った。電話で知らせてくれたのは「クローバーハウス」の高橋さんだ。

「朝食に出ておいでにならなかったので、私が様子を見に行ったのですが、とても安らかなお顔で……」

そこまで言ったところで、電話の声は啜り泣きに変わった。

ショックだったが、藤山老人の九十二歳という年齢から考えると、予想しておくべきだったと言えなくもない。むしろギリギリ間に合うタイミングで奇跡的に出会えたことを喜ぶべきだろう。

本人の遺志で葬儀は行わないと聞かされた。いかにもあの人らしい。

遺書があったかどうかは聞かなかった。ただこの短い期間でかつての天才児は多くの遺言を残した。そしてそれは様々なメディアを通じて人々の耳に届いた。彼を探し

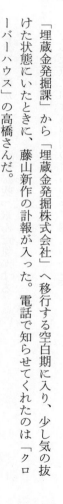

当てたことこそが俺の一番誇れる成果だ。

俺は供養のつもりで、この数日藤山新作ゆかりの地を一人で巡って過ごした。かつて藤山家があった場所。遊び場だった普賢寺。母校の附属小と象ノ鼻岬。最後は村杉海水浴場。埋蔵金発掘に関わる前、俺が毎日夕日を眺めていた浜辺だ。

藤山新作少年とその仲間たちは、夏休みになると毎日浜辺で遊んだのだ。それは俺の少年時代の光景と変わらない。村杉に育った人々に共通する思い出だろう。

俺はデッキチェアを手に浜に向かった。夏の盛りが過ぎて海水浴客も去り、浜辺はふだんの静けさを取り戻していた。デッキチェアに座って久しぶりに赤い夕日と向き合う。

こうして故郷の浜辺で海を眺めている俺の胸には、優しく楽しい思い出だけが甦ってくる。しかし同じこの風景を目にして心を沈ませる人もいるのだ。あの水平線の辺りに自らの死に向けて訓練する若者がいたことは、今の俺には遠い歴史の一コマでしかないが、目撃者であった老人にとっては忘れ得ぬ悲しい光景に違いない。

（藤山さん、今頃仁科さんと会ってるだろうか？）

かつてこの海で遊んだ少年たちの友情が、一人の老人の死に至るまで続いていた。それを思うと何か救われた気分になる。

夕日に照らされた海の輝きに、ちょうど一年前の出来事を思い出した。ここでデッキチェアに横たわっているところへ、後ろの松林を抜けて野村の奴が現れたのだ。

あれがすべての始まりだった。

年齢を重ねると時の流れに加速がつくと言う。三十歳を過ぎたあたりから俺もそれを実感していたが、さすがにこの一年は思い出が盛り沢山だ。明らかに他の年より「重い」一年になった。

秋からは北海道の帯広《おびひろ》市、続いて熊本県人吉《ひとよし》市に調査に向かうことになっている。いよいよ「埋蔵金発掘株式会社」の始動だ。

「やっぱりここにいた」

松林の陰から涼子が現れた。

「やあ、この前は凄い視聴率だったらしいね。おめでとう」

突然の訪問に驚きつつも、まず祝福した。

「ありがとう。皆さんのおかげ。それに運が良かったとしか言いようがないと思う。藤山新作さんを見つけたのが大きかったけれど、それ以外にもシーガルズが都市対抗野球で活躍してくれて、その映像を番組の締めに使えたし」

「あの番組なら何か賞も狙えそうだね」

「ええ、今回まず社長賞が決まったわ」

「へえ、それ凄いの？」

「社内的にはね。それを皆さんに伝えたくて来たの」

ジーンズ姿の涼子は俺のデッキチェアの横に腰を下ろした。

「ここの夕日はきれい。あなたが自慢してたのもわかる」

「自慢してたっけ？」

「してたよ。将来俺と日照に帰ったら、毎日あの夕日が見られるよ、って」

「そんなこと言ったかな」

「結婚したばかりの頃ね」

「そんな昔の話は忘れたたな」

「私は嫌だったから、よく覚えてる」

「嫌だったの？」

「そりゃそうよ。東京を離れるなんて、その頃は絶対に嫌だったもの。でも今ならわかる」

「それは、あれかな、今回の取材のおかげかな」

「そうね。色んな事が見えてきたわ」

夕日を受けて赤く染まった涼子の顔は年齢よりも若々しく見えた。眩しいほどの自信とエネルギーが湧き出ている。

「野村さんから『埋蔵金発掘株式会社』の話を聞いたわ。市長も大賛成みたいね」

「立花家からの援助は本当に助かったよ。その分結果を出さないといけないんだけどね」

「立花こずえさんは石川君のためにしてくれたんだと思うよ」

「え？　石川君の？」

そんな話は初耳だ。

「まったく、相変わらず鈍感ね」

意味深な微笑を見せて涼子は立ち上がる。

「何だかあなたの人生は、日照に帰ってさらに変わったわね」

「そうだな、東京を去るときには思いもしなかった方向に進んでいくなあ。それも面白いさ」

俺は正直な気持ちを言った。今の俺は自分の人生への新たな興味を覚えている。こんな思いは高校生の時分に味わって以来だ。

涼子は波打ち際まで歩き、振り返って俺を見た。

「……今度東京に帰ったら、私も人生変えようと思う」

「結婚するのか？　彼氏いるんだろ？」

「逆よ。随分長いことつきあってたけど、きちんと別れるわ」

「どうして？」

「人を傷つけるのも、嘘をつくのも嫌になった」

「……不倫か？」

「そう」

「いい男には女房がいるからな」

「いい男かどうか知らないけど、自分のエゴで人を傷つけるのはやめにする。一人で生きていけばいいもの」

「それが今度の取材の教訓？」

「そう」

　俺はこの一年彼女が見てきたものを思い起こした。ちょっと面白い企画だと思われた「埋蔵金発掘課」が掘り起こしたもの。故郷と歴史を愛する人々。心ならずも故郷に背を向け続けた人生。希望、挫折、生と死、友情。

「何年も迷ってきたけど、やっと別れる決心がついた。ごめんなさいね。もっと早く話そうと思ったんだけど、タイミングがなくて」

「俺のことを気にすることないよ。自分の幸せを考えなきゃ。でも良かったね」

「そうね、良かったわ。これから堂々と生きていける」

「……そろそろだ」

　俺の言葉に涼子は再び海の方に顔を向けた。

「……沈むね」

夕日から海の上を金色の帯が伸びてくる。こうして日照の一日は終わる。

そして俺と「埋蔵金発掘課」の一年は終わった。

山手線御徒町《おかちまち》駅近く。

長く続いた残暑もようやく収まった十月、白髪の老女が長身の若い女性を伴って「古銭・コイン」の看板を掲げた店に入っていく。

「これ、売りたい」

ぶっきらぼうな口調を気に留める風もなく、応対した店主は老女の差し出した小判を手に取った。

「……本物ですね。まだ他にもお持ちですか？」

「さあ、どうだろうね。……この小判の金の含有量からすると、純粋に金の価値だけなら六万円ぐらいのものかね。でも、古銭としての価値を考慮するといくら？」

「……百五十万円というところですか」

「だろう？　で、私がこの小判を大量に売りに出せば、相場にも多少影響してあんたも損をするわけだ」

「ま、そういうことになりましょうか」

五十代と思しき店主は苦笑いして頷いた。

「だから、これがまだあるかどうか、今は聞かない方がお互いのためさ。先代ならそう言うね」

「父をご存じですか？　あ、そういえば父からお噂を聞いた覚えが……」

「どうせ、時々フラッと顔を出す因業ババアがいるって話だろう？」

「いえいえ、そんなことは……」

「親父さんは？」

「それが一昨年他界いたしまして、生前には父が大変お世話になりましたようで」

「そうかい、そりゃあご愁傷さまだったね。いや、お世話になったのはこちらの方だよ。じゃ、さっきの値で引き取ってもらえるかね？」

「百五十万円で？」

「そう」

「わかりました。少々お待ちを」

やがて店から出てきた老女は、付き従う若い女性を見上げて言った。

「今の話を聞いてわかったろう？　こうして長年店を張っているからには信用第一だ。相手は決してズルはしないよ。だがね、舐められるような態度でいちゃダメだ」

「わかった」

「そう思っていても忘れるもんだ。ちゃんとメモしておくんだね」

「はい、ちゃんとメモしてます」

「さ、銀座に行くよ。銀座が終わったら、そのまま大阪だ」

年齢に似合わぬピッチで歩く祖母を、大股のゆったりとした足取りで追いながら、立花こずえは手元のノートに目を落とした。

〈小判の売り方→同じ店に続けて売らない。一店舗、二年に一度。同じ年に売りに行く店→東京都内六軒まで。名古屋、京都、大阪、各三軒まで。後の地域は一軒ずつ。

墓から小判を出すタイミング→お彼岸とお盆。墓参りの多い時期で怪しまれない……〉

本書のプロフィール

本書は、小説誌「ＳＴＯＲＹ ＢＯＸ」に二〇一三年一月号から二〇一四年三月号まで連載された同タイトルの作品に大幅に加筆し、文庫化したものです。

小学館文庫

埋《まい》蔵《ぞう》金《きん》発《はっ》掘《くつ》課《か》長《ちょう》

著者　室積《むろづみ》 光《ひかる》

二〇一六年六月十二日　初版第一刷発行
二〇二三年三月六日　第五刷発行

発行人　石川和男
発行所　株式会社 小学館
〒一〇一-八〇〇一
東京都千代田区一ツ橋二-三-一
電話　編集〇三-三二三〇-五九五九
販売〇三-五二八一-三五五五
印刷所――中央精版印刷株式会社

この文庫の詳しい内容はインターネットで24時間ご覧になれます。
小学館公式ホームページ　https://www.shogakukan.co.jp

ISBN978-4-09-406296-0